THE OPHIUCHI HOTLINE

蛇夫座热线

[美] 约翰·瓦利 —— 著 [加] 仇春卉 —— 译

JOHN VARLEY

新星出版社　NEW STAR PRESS

The Ophiuchi Hotline by John Varley
Copyright © 1977 by John Varley
Simplified Chinese translation copyright © 2022
by Chengdu Eight Light Minutes Culture Communications Co., Ltd.
Published by arrangement with Virginia Kidd Agency, Inc.
through Bardon-Chinese Media Agency
ALL RIGHTS RESERVED
著作权合同登记号：01-2020-3713

图书在版编目（CIP）数据

蛇夫座热线 ／（美）约翰·瓦利著；（加）仇春卉译． —— 北京：新星出版社，2022.10
ISBN 978-7-5133-4215-5

Ⅰ．①蛇… Ⅱ．①约… ②仇… Ⅲ．①幻想小说－美国－现代 Ⅳ．① I712.45

中国版本图书馆 CIP 数据核字（2020）第 216387 号

光分科幻文库

蛇夫座热线

［美］约翰·瓦利 著；［加］仇春卉 译

责任编辑：杨　猛
监　　制：黄　艳
责任印制：李珊珊

出版发行：新星出版社
出 版 人：马汝军
社　　址：北京市西城区车公庄大街丙3号楼 100044
网　　址：www.newstarpress.com
电　　话：010-88310888
传　　真：010-65270449
法律顾问：北京市岳成律师事务所

读者服务：010-88310811　service@newstarpress.com
邮购地址：北京市西城区车公庄大街丙3号楼 100044

印　　刷：北京美图印务有限公司
开　　本：910mm×1230mm　　1/32
印　　张：10
字　　数：250千字
版　　次：2022年10月第一版　　2022年10月第一次印刷
书　　号：ISBN 978-7-5133-4215-5
定　　价：58.00元

版权专有，侵权必究；如有质量问题，请与印刷厂联系更换。

No. 1

The Ophiuchi Hotline

我的生命正在缓缓地爬向终点。

旧地球历 568 年
丽洛·亚历珊德拉·卡吕普索

《每日法制公报》

旧地球历568年2月14日

出版单位：罪行控制研究部星际办公室

案件被告：丽洛·亚历珊德拉·卡吕普索

案件原告：月球公民

（案情概述——用于即时出版）

政府控告丽洛·亚历珊德拉·卡吕普索于556年1月3日至567年12月18日，处心积虑地利用人类基因物质进行试验，其目的是诱发上述物质发生突变。此外，政府还进一步指控被告培育出变异的人类胚泡与胚胎，其成品之潜在结构超出了人类结构频谱的法定范围。被告违反了《八星联盟统一法典》第三条（反人类罪）第七款（基因罪），政府要求判处其永久性死刑。

（一级阅读材料）

罪行控制研究部通过计算机分析，发现丽洛长期以来从蛇夫座热线下载与人类DNA有关的数据，遂对其进行立案侦查。探员获准调查她在星线股份有限公司——处理蛇夫座热线数据的最大代理机构——的订阅记录以及使用详情的图表。接下来，大陪审团资料中心正式授权罪行控制研究部利用计算机保安程序与人类探员开展进一步的监视行动。567年11月10日，探员取得搜查令，对其住宅、工作场所以及包括其身体在内的一切个人财物进行全面搜查。

（二级阅读材料）

罪行控制研究部的探员表示："丽洛这家伙很顽固，也很狡猾。我们在生物系统研究所破门而入的时候，还以为撞上了一堵冰墙呢，那可真不是闹着玩儿的！然后我们重拳出击，却打在了全息图像上，完全扑了空。我们发现了很多磁盘和笔记，可是一碰它们，就全部自动格式化了。罪行控制研究部的密码破译机处理了大量数据，可最后结果怎样呢？什么也没有！我们去她住宅进行了同样的操作，也还是一无所获。这人特别有钱，她十年前研发的肉蕉树基因获得了专利，赚了一大笔。后来我们查了她的旅行记录，这回成功了——发现她去了五趟土卫十！闯进她的住宅时，我们跨过一个3G重力的警报触发器，把大门撞开，举着激光枪冲了进去。屋里没人，可我们不小心触发了另一个警报器，幸亏那玩意刚好出了故障。她回家时，还携带着两克基因改造肉，我们一下就把她抓起来了。虽然X光设备毫无用处，不过幸亏我们把她剖开了。你猜我们发现了什么？这家伙竟然把几十亿比特的数据包裹在自己的整条脊椎周围！去死吧，这个拿基因瞎折腾的混蛋！就等着被扔进死洞吧！"罪控部的警察郑重告诫各位，作奸犯科是不会有好下场的。

（文盲级阅读材料）
附带插画与全息影像。

当代的监狱可谓今非昔比。当意识到目前这份工作也许会导致我身陷囹圄的时候，我就研究了一下这方面的资料，发现有些旧地球的监狱是相当野蛮的。

而我的牢房就不一样了，其条件甚至高于工人集体宿舍的平均水准。这是一个套三，家具齐全，还有一台视像电话。可是我不想让狱卒监听，所以一次也没用过。

我的牢房和古代监狱只有一个相同之处——这也是牢房最基本的属性——关在里面的人打不开牢门！这扇门后还有很多门，而每一扇我都打不开。我牢房的每个房间里都安装了摄像头，我在房间里走动时，摄像头会跟着我转来转去。

我住在人类公敌终极研究所,这里位于月球正面,就建在托勒密环形山底下三公里的地方。我只在这里关了区区一年,其中六个月,控方一直在搜集对我不利的证据。有一天早上,我还没睡醒,审判就开始了。而整个审判只持续了几毫秒的计算机时间,然后就正式完结了。事后他们把宣判结果告诉我——不出所料,我的死刑将在第二天执行。然后我的律师帮我申请到了六个月缓刑。

但我并没有因此心存幻想。他们之所以给我缓刑,完全是因为打算等学期结束才动手——研究所关押的人类公敌不够用了,而学生们还有论文要完成。每天两次,我牢房的一面墙都会突然发光变色,而墙的那边就有一位教授在上心理学的课。如果我把脸凑到墙边,就能看见一间大教室,里面坐着一排一排的学生。可我很快就看腻了。

每周一次,研究生们会成群结队地来访问我。这些男孩和女孩惴惴不安地坐在我的沙发上,每个人都全神贯注地皱着眉,脸上写满了诚恳。在一小时的访问过程中,他们会提出各种问题。可是我一眼就能看出来,这些学生根本不知道应该对我做何评价。刚开始的时候,我会用各种怪诞的答案去忽悠他们,可后来就玩腻了。有时候,我干脆一言不发地呆坐一个小时。

我的生命正在缓缓爬向终点。

丽洛·亚历珊德拉·卡吕普索坐在牢房里等待天明。她不知道自己是否有勇气孤零零地踏上那一段阶梯。一年前,死期还没这么近,要鼓起勇气并不困难。现在她明白了,自己当初的勇气其实来自内心深处的一个坚定信念:不会真的有人来杀她的。可是在接下来的一年里,她有很多时间去仔细思量。

毒气室、绞刑架、电椅、火刑柱、行刑队……吊着脖子直到断气为止……死翘翘了,上帝又让你重新投胎……

上述设备虽然凝聚了人类无穷的想象力，可它们都有一个极其简单的目的：让一个人的心脏停止跳动。到后来，断定死亡的标准变成了是否还有脑活动。

再到如今，"脑活动停止"已经不足以定义死亡了。可悲的是，在这个年代，你杀了一个人之后，没办法确认这人是否还会再次出现。所以，对于月球社会来说，今天上午处决丽洛，很大程度上只是一个象征性的仪式而已。

可对丽洛来说，这个死刑的意义就重大很多。此刻，她心里正在盘算着一个念头——早在六个月前，在获得缓刑之前，丽洛生平第一次动了这个念头：自杀。

"为什么不呢？"她扪心自问，突然吓了一跳——自己竟然把这句话大声说出来了。

确实，为什么不自杀呢？若是在几年前，丽洛可以随口说出一千个不自杀的理由。当时她才五十出头，还很年轻，她的人生还在前方无穷无尽地延伸下去。可现在她已经五十七了，突然变得衰老且过时。而且她马上就要死了——要死了！没有什么比死人更老更过时了吧！

从生理上看，丽洛是二十五岁。普罗大众都喜欢停留在二十五岁，虽然丽洛向来不赶潮流，可当她超过二十五岁时，总是感觉不太对劲。丽洛的身体只有几处动过手术，绝大部分是天生的。她的头发是浅棕色的；她的鼻翼较宽，鼻尖较平，所以她把两只眼睛稍稍分开一点，使之与鼻子更匹配——这样一来，她的面容与她修长苗条的身材就显得特别相衬了。

唯一让丽洛感到虚荣的就是她的腿。她给胫骨加了十厘米，让自己的身高达到两米二，稍稍高于平均线。此外，她还在从小腿中部到脚背的皮肤上植入了一层南美栗鼠式的棕色细毛。

丽洛站起来，心神不定地在房间里来回踱步。有一件事情让她很吃惊：当她接受了自己大限将至的事实后，自杀突然变成了一个颇具吸引力的选择。月球政府根本不在乎她有没有自杀倾向——不管是死是活，第二天上午她都会被扔进死洞——所以并没有把牢房里可以用来自残的工具都清理掉。

丽洛拿起一把小刀，仔细端详着这件可爱的小东西。她喜爱它流畅匀称的线条，以及镜子般明亮的不锈钢刃。刀柄上刻满了交叉的凹槽，使这冰冷的金属柄容易抓握。丽洛的脑子里一片空白，把刀子往咽喉处一抹……然后她抬起手来，用颤抖的手指在脖子上摸索着——然而并没有血。

于是，她又开始思量摆在眼前的两条路。

明天她将沿着那条孤独的阶梯走向死洞，世上还有比这更骇人的等待吗？丽洛担心明天自己的情绪会完全崩溃，无法控制自己走向灭亡，只能让人捆起来扔下去。

与此同时，丽洛觉得自己总算恢复了平静。反正万念俱灰，那她是否能够在这个私密的空间里直面死亡、亲手结束自己的生命呢？这种死法是否更体面呢？

答案是肯定的。她重复着这个决定，连说了三遍，然后再次伸手把刀拿了起来。她闭上双眼，用刀锋在手腕上一划，全身上下哆嗦着，顿觉心跳加速。随后她低头一看，只见手腕上连半条红色的划痕也没有。可自己明明用力划下去了呀……这时，丽洛突然察觉脸颊上好像有东西在动，连忙用手拨开。

丽洛咬牙切齿地坐在椅子上，身前是一方小桌。她弯腰凑上去，手臂伸直了放在桌面上，然后把刀刃搁在柔软的皮肤表面。她看着刀刃，目光却不由自主地跳开。她拼命把视线拉了回来，死死盯住刀锋，直到眼睛变干变涩也不肯眨眼。

终于，鲜血流了出来，变成了一条红线。

"把刀放下，丽洛。"

丽洛吓得蹦了起来，脸顿时涨得通红，手里拿着的那把沾了血的小刀不停颤抖。她手忙脚乱地把小刀塞进沙发的坐垫下面，然后转身看看到底是谁偷偷走了进来。

"你这是动真格呀？"那人一边问一边向她走来。

丽洛低头看了看手臂，只是一条小伤口，血也快止住了。他把一块布扔给她，她接了过来，开始擦拭手里的血迹。那人抽过一把椅子坐下，与她相隔几米，等她清理干净。

"我想介绍一个人给你认识。"说完，他伸手指向牢门的方向。房门打开，身穿蓝色制服的男守卫走了进来，后面还跟着一个赤身裸体的女人。这女人身材高大，脚步踉跄，好像受到药物影响，神志有些不清。她棕色的头发披散在肩头，乱糟糟的都打结了。一种宛若糖浆的黏稠液体从她的鼻尖、下巴和指尖滴落下来。她的目光与丽洛相遇，相持了片刻，双眸里始终是一片混沌。突然，她撞到了一把椅子，整个人摔倒在地。守卫帮她站起来，半扶半拖地把她拽进了浴室。紧接着，一个同样身穿蓝色制服的女人走进来，把房门关上，然后跟随另外两人走进了浴室。紧接着，里面传来哗哗的水声。

丽洛好不容易才把目光移开。那个女人的脸看上去如此熟悉——那是丽洛自己的脸！

金色……一切都是金黄色……我在水下睁开眼睛，意识到自己并没有呼吸。可不知为什么，我并没有感到不妥。我坐起来，只觉得黏稠的液体从我身上往下流。

我感觉呛着了，于是用力咳嗽，大量液体从咽喉里喷了出来。有那么一瞬间，我再也无法支撑下去，好像快要淹死了。就在这时，有人用力拍打我的后背，然后我大口大口地开始喘气。

出生真的不容易啊！

她的目光不能聚焦。有人把什么东西递到她面前，可她只能看到对方手臂尽头有一个物体。然后她看清楚了，那是一只水杯。她本能地往后躲，那只杯子却如影随形地跟着她。于是她接过来，喝了一大口。

她坐在一个玻璃箱里，身体连着许多电线，泡在及腰的麦色液体当中。肌肉张力程序在她体内进行了连续三个月的加强训练，现在虽然已经接近尾声，但影响还没完全消退，这导致她的身体会时不时抽搐一下。

她的脑子里一片混乱，无法将各种想法连接在一起。对她来说，这个玻璃箱应该具有某种特殊意义，可是她怎么也想不起来。

"来，我们起来吧。"有人说道。说话的是一个身穿蓝色衣服的女人，她伸手帮助这个赤裸的女人从玻璃箱里爬出来。裸女全身湿嗒嗒的，摇摇晃晃地站在地上。蓝衣女人让她靠在自己强壮的肩膀上，还用手紧紧地箍住她的腰。可裸女一心只想回玻璃箱里继续沉睡。

"她准备好了吗？"

"我觉得准备好了。"这里的另一个人是一个男人，身上也穿着蓝色衣服，"反正很快就结束了。"

她知道这两人在谈论自己。她想把箍在腰上的手甩开，可心有余而力不足。她听着两人的对话，突然觉得很厌烦，很想让他们闭嘴。

"让我静静。"她说道。

"她说什么？"

两人带她穿过一条走廊，又帮她走上几级阶梯，跨越几道门槛。她没力气抬头，脑袋左歪右倒地晃着。她只能看见自己的光脚丫子、两条腿以及从身体滴到地毯上的液体。她突然觉得这一切都很滑稽，忍不住哈哈大笑起来，几乎从蓝衣女人的臂弯里滑了出来。

"她什么毛病？"

她笑得太激烈了，没听见另一个人的回答。在另一扇门前停下来时，她突然感觉到有人在抽自己耳光。她想让那个男人住手，可他还是抽个不停，于是她哭了起来。最后，他打了一下狠的，把她整个人打飞撞在了对面的墙壁上。她缩成一团，突然意识到自己不用对方搀扶也能站稳了。然后她看见那个男人的脸就在自己眼前。

"你醒了？"他盯着她的眼睛说道。

"是的……我……"她一边咳嗽，一边想要四处看看，可那个男人总是把她的脑袋搬回来。她觉得自己又要哭了，"我……那个……"

"她好了，带她进去吧。"

那个男人又说："你跟着我，听到没有？跟着我就行了。"

他似乎觉得这个要求特别重要。她使劲点头——只要那人肯松手，她什么都答应。可她现在头发乱糟糟的，全身上下湿嗒嗒、黏糊糊的，特别不舒服。她刚要开口说话，那人已经走进了房间。她觉得肩膀被人一推，也跌跌撞撞地穿过了那扇门。

她瞥了一眼坐在房间里的人。只见一个男人身穿一件滑稽的外套，她隐约记得这个人，但一时想不起他的名字。还有一个女人坐在一把椅子上，她绝对认识这个人——因为这个女人就是她自己！

我从没想过自己有机会跟前总统特威德面对面坐在一起。这家伙不是上这个节目就是上那个节目，不停地向大众推广他疯狂的光复大计。你只要打开电视机就会看见他，简直避无可避。从我出生以来，他就是电视政治圈里的一棵常青树。

特威德的穿着就像旧地球二十世纪初的某个政治卡通形象。他刻意长出一个大圆肚子，总是穿着竖条纹裤、燕尾服、装饰鞋罩，以及戴着一顶大礼帽。他整天叼着一根雪茄，每次当选后就把总统府称作"坦慕尼协会[1]"。这家伙经常赢，虽然我从没留意过他的政治活动，可是我知道他连续三次当选月球总统。

当今的月球政府沦为马戏团小丑般的角色，正是特威德开创的先河。在他看来，曝光率就是一切！毕竟普罗大众往往分不清严肃的政治言论与电视上的虚假政治秀有什么区别——也许他们这样去混淆是可以理解的。现在我们有了各个版本的新特威德、新丘吉尔、新肯尼迪，还有一个希特勒、一个邦福特、一个刘易斯顿、一个图拉真。一旦把这帮人聚集在一起，你就可以看马戏团开幕表演了。

幸运的是，民选的政府官员再也不需要干什么实事了，因为实际的政务都由计算机去执行。政府各部门的职位有些是监督计算机的运作，有些只是象征性的虚位而已。我不知道这种状况到底是好是坏，不过谢天谢地，至少我们不用被特威德这种小丑统治。可是到了这时候，谁会在意我的看法呢？

我不再反思政治了，还是看他葫芦里卖什么药吧。不管是什么药，肯定比我马上要吃的那一剂强。

"你不用痴心妄想了。"他的声音以低沉浑厚著称，一开口便自带磁性音效，果然名不虚传，"我有保护措施，你无论如何都伤不到我。"

丽洛意识到特威德是在警告自己别想刺杀他，其实她压根儿就没往那儿想。他出现在这里，这个举动本身就是犯法的，更何况他还带来了一个非法克隆人！特威德为什么要这样做呢？丽洛能想到的唯一原因就是：他是来跟她谈判的。特威德到底能开出什么条件呢？丽洛很感兴趣。

---

[1]. 成立于1789年，旨在维护民主制度的纽约民间团体，后来一度沦为民主党的政治机器。

"将来你跟我打交道多了就会知道,我时时刻刻都有人保护,绝无例外。"

"你说的这些对我有什么意义呢?我还会跟你打交道吗?你应该知道,我已经没有将来了。"她尽量让语气显得轻松点,尽力不流露出对生存的渴望,然而这是不可能的。沉重的刀锋压在她的大腿上,一道血痕挂在她的手臂上,这一切都表明她能摆上谈判桌的筹码实在少得可怜。

"是的,将来你还会继续和我打交道。不过,到底是你……"他朝浴室挥了挥手,"……还是……另一位女士,这就得由你来选择了。"

她听见浴室传来哗哗的水流声,有人在愤怒地叫嚷着——她勉强听得出来,那是自己的声音。她的孪生姊妹快要清醒过来了,丽洛突然感到一阵恐惧。

"我有什么选择?"

"第一,你必须明白自己目前的处境。我……"

"我明白我的处境!该死的!有话就快说!"

"耐心点,我要你先了解几件事情。"说到这里,他停了下来,掏出一根雪茄,慢条斯理地修剪了一番才点燃。丽洛突然发现这人的相貌特别丑陋,丑到恐怕只有卡通形象才能与之相提并论了。他是一个来自旧地球的幽灵,一个让人恶心的怪胎。

"很明显,那个克隆人是非法培育的。"特威德继续道,"可你已经没有资格出庭作证了。就算你拒绝我的要求,也没有机会把今天看到的事情泄漏出去。从现在开始,你唯一的联络人就是瓦法和亥吉亚,也就是你刚刚看到的那两名守卫。他们都对我绝对忠心。"

"我在洗耳恭听,你他妈就跟我说这些?还有别的吗?你做这些事情,肯定不是纯粹为了嘲弄我,你是一个……随便吧,我不喜欢你这人,从来就没喜欢过。"

"我也不喜欢你,可是你有利用价值。来给我干活吧。"

"好,我们什么时候开工?正如你刚才所言,我剩下的时日不多了,我们最好赶快呀。"可她这番讽刺并没有取得预期效果,就连她自己听着也觉得很失败——也许是因为她说话时咽喉痛得厉害。特威德很有礼貌地哈哈一笑,而丽洛竟然很容易受他感染,几乎也跟着笑了出来。可她马上强行忍住,害怕这种笑会狼狈地演变为哭。

"现在你面临一个小问题。"特威德表示赞同,"我给你一个机会,助你逃过一劫——我能给你一个替身。"

说完,他扭头看了看浴室门——里面传出有人挣扎的声音——又转回来看着丽洛,然后扬起了眉毛。

冷水虽然把我呛得气也喘不过来,却也让我清醒了一点。在过去几分钟里,我脑子一片混乱,现在终于能够正常思考了。其实,我现在最想做的事情就是睡觉,不过事态发展得太快,容不得我偷懒了。

特威德!坐在外面房间的那个人名叫特威德!他在我的牢房里跟一个和我长得一模一样的女人说话,这是怎么回事呢?我在一个大缸里醒来,这就意味着我已经死了。可我被判处的是死刑啊,没理由能够重新醒过来呀?

我干脆把脸泡进冰冷的水流里。保持清醒!保持清醒!有件很重要的事情正在进行中,而你已经输在起跑线上了。我大口喘着气,在飞溅的水花里呼喊,拼命拍打自己的脸颊、肩膀和小腿。我突然知道发生什么事情了!这实在太卑鄙、太肮脏!我觉得难以置信,却又不得不信!

我一个踉跄,撞在淋浴隔间的墙壁上。那名女守卫揪着我的手臂把我拉起来。虽然我的眼睛依然无法对焦,可还是猛地挥拳向她打过去。然而这女守卫不仅身材高大,反应还特别灵敏,我这一拳竟然打空了。然后我高声尖叫着冲向浴室门。

她从浴室里跑出来，身后的两名守卫紧追不舍。男守卫一把揪住她，可是她浑身滑溜溜的，而且在狂暴的状态下力量陡增，竟然一下就挣脱了。然后两人摔倒在地继续扭打起来，她赤脚踢开对方，随即用两只手在地上乱抓，一边尖叫一边向座位上的那个女人爬过去。

她挣扎着爬起来时狠狠撞在一张桌子上，猛地栽倒，重重摔在沙发前面，正好倒在了特威德脚下。男守卫扑上来就要把她拖开，可是特威德举起一只手制止了他。

"别碰她。"他说道，"我觉得她才是主人家，因为这里毕竟是她的房间嘛。"说完他瞥了丽洛一眼，只见她着魔般僵坐着，目不转睛地盯着趴在地上的那个女人。"除非……你想夺回这个房间？"

丽洛好不容易才把视线从克隆人身上扯开。她张着嘴想说话，却如鲠在喉。克隆人还在盯着丽洛，脸上的恐惧使丽洛觉得不堪重负。如果她接受特威德开出的条件，就等于把这个女人送上死路……丽洛此刻不愿意去想这件事情。

可现在，那个克隆人已经转头看着特威德了！丽洛仿佛听见她的脑子正在开动马达全速运行。只见她一把抓住沙发边缘，用双膝将自己支撑起来。

"我不知道你们在说什么。"克隆人说道，"可是我觉得你也应该告诉我。我知道自己刚刚醒来，记忆还停留在从前。不过我已经知道在我醒来之前发生了许多事情。我获得了缓刑，对吧？我猜她就是我——是六个月后的我，对吧？"

"对。"特威德答道，然后冲着她微微一笑。

丽洛顿时觉得一阵寒意传遍全身，随即意识到自己原来是对这个克隆人心存恐惧。特威德竟然对克隆人微笑——这一幕绝对不是丽洛希望看到的。她并没有理由去认定特威德更喜欢克隆人，因为不管是克隆人也好，还是原版的丽洛也好，都能达成他的目标。特威德是不会因为丽洛比克隆人年长六个月就去救她的。

"不管你跟她谈什么交易，"克隆人说道，"我都能做得和她一样好……"

"我答应你了！"丽洛声嘶力竭地喊道。

特威德抬头看着她，"你确定？"

克隆人的视线在特威德和丽洛两人身上游来移去，显得有点迟钝。

"确定！"丽洛狠狠咽了一口唾沫，"确定！我要活下去，你杀她好了！"

我觉得自己好像突然消失了。

我还跪在地板上，特威德和那个女人就在我跟前交谈着，仿佛我这人根本就不存在。我不能相信这一切，也听不懂他们在说什么。我耳边一片嘈杂，而且又觉得头昏脑涨了。也许是我刚才摔倒时撞伤了脑袋吧。

在这生死存亡的关头，我必须让特威德注意到我！于是我摇摇晃晃地站起来，拦在两人之间，可他们依然对我视而不见。我仿佛陷入了一个噩梦，开始朝他们尖叫。可这样做也没用，他们干脆站起来，向着房门走去。那名女守卫跑过来，凶神恶煞地挡在我和房门中间。

我猛扑上去，跟女守卫缠斗起来，却被她牢牢地抱住，只能目送那两人消失在门外。

我独自坐在椅子里，一会儿昏睡，一会儿清醒。几个小时之前，亥吉亚给我吃了加倍剂量的止痛药，然后我就一直坐在这里，等待着药效发作。我的梦境昏暗混乱，唯一清晰的是我一直以来反复梦见的一个场景：一轮蓝色的太阳照耀着一片熟悉的树林，我正在奔跑着穿过那片树林。

后来我的双手双脚都麻木了,于是我站起来,哪知眼前一黑……然后我发现自己在浴室里,却想不起来是怎么进去的。我打开了淋浴喷头。

我低头盯着手腕,看了好一会儿。只见我的手腕上有一道很深的伤痕,鲜血从里面涌出,沿着手指一直往下流,溅落在我裸露的腿和脚上。这是怎么发生的呢?我脑子里像灌了糨糊,可我觉得自己应该记得……我刚才明明把刀子放下了……对吧?那个女人——她叫什么来着——曾经在我房间里。难道是她企图杀害我,然后伪造自杀现场?

温暖的水在我身上流过,粉红的溪流在我脚趾间蜿蜒。我步履蹒跚,一头撞在浴室墙上。我知道现在为时已晚,我死定了。我觉得很冷,我很快就要死了。

水喷洒在我脸上,我的脚却快要冻僵了。我再次看看自己的手腕,发现血已经止住了。接着我站起来,哪知脚又开始打滑,于是脸面朝下栽倒在一摊红色的水洼里。

我又回到了主厅,站不起来。我在找一件东西,是什么呢?我脑子里又多了一个空白片段。对了,是那把刀子!我是打算完成那个女人未完成的任务。或者,刚才动手的其实是我自己,跟那个女人完全没有关系?我把刀子落在……哪里了?原来就在我手里!我用力砍劈,手指却抓不紧,刀子又飞走了。

于是我在地上往前爬。

我看见面前有一双靴子。我努力想要站起来。

"你又晕倒了。"说话的是亥吉亚。

"一点也不疼。"我告诉她,"别担心。"

"环月六号"电站有一个半径五百米的巨大金属外壳。它外表面的重力加速度是 $5m/s^2$,而访客从三个入口的任何一个进去后,每往下走一步,都会明显感到重力增加。只是,"环月六号"电站的访客并不多。

所有环月电站都算是"洞",而唯独六号被称作"死洞"。每年它都会停机五六次,每次只有几个小时。在这段时间里,这个本来充满了辐射的地狱会暂时变得安全,人们就可以走进去了。

现在"环月六号"已经停机了。在重力为1G的高处悬着一个平台,平台下方是巨大的场发生器——全靠这台场发生器把一个黑洞固定悬浮在发电站的正中心。有一条弧形的悬空阶梯从平台延伸出去,阶梯两端还有扶手。这里一共有十三级阶梯,每一级都很低矮,只有几厘米高,担架车在上面行进完全没有困难。一个男人和一个女人——两人都一袭黑衣——推着担架车走向弧形阶梯的尽头,固定在车上的尸体一路不停地颠簸。

一名行刑者把覆盖在丽洛尸体上的布帘掀开,另一个则把担架固定在一个投放装置上。完成之后,两人在摄像头下方站了片刻,然后走回弧形阶梯的另一头,再爬上电站的表面。

担架缓慢侧倾,在失去平衡之前静止了片刻,随即往下急坠。它的速度逐渐递增,随后"环月六号"电站的内部闪出了耀眼的亮光。在通向死洞的斜坡上,在前往无穷混沌的半途中,丽洛化作一颗质量极小的中子元素,一边下坠一边以近光速转圈;同时还一边释放能量,一边被挤压到物质能承受的极限……最后,它终于湮没在虚无之中。

No. 2

The Ophiuchi Hotline

如果我把你敲晕了抬出去,会走得更慢。

旧地球历 568 年
瓦法

《共存共生：儿童的法律启蒙》

作者：阿利亚德纳·克莱尔·焦耳

出版：第谷底教育出版社

等级：一级阅读材料

犯法的人分三种：按照罪行严重程度来划分，依次是轻罪犯、中罪犯和重罪犯。

轻罪是与行为不端有关的罪行，比如争抢、滋扰、恶语中伤、体臭等。如果你被控犯了轻罪，可以在法庭上给自己辩护，还可以要求设立人类陪审团。如果你被判有罪，就会被罚款，罚金将缴付给你侵犯的对象或者月球政府。

中罪是指针对个人所有物的罪行，包括抢劫、偷窃、打架斗殴、强奸以及谋杀。其中涉及公民身体的行为属于较严重的等级。所有中罪犯会被没收百分之九十的财产；若犯罪人对受害者的身体施暴，则会被判处强制死刑并予以自动缓刑。罪犯的生命权不会被剥夺，因此在死刑后会被复活至第一次犯罪前的年龄，并且强制其接受预防性康复治疗。

最严重的罪行是重罪，比如纵火、爆炸、蓄意破坏、拥有可裂变物质、蓄意传播疾病、窜改人类基因等。其中，对全人类——或者很大一部分人类——造成威胁的重罪称作"反人类罪"。被判有罪的重罪犯将会被永久性剥夺生命权，政府会搜寻并销毁罪犯的记忆存档与身体组织样品。罪犯的基因信息会被公开并定义为非法，一旦发现克隆体，将立即处死，次数不限，绝不姑息。

（二级阅读材料请参阅姊妹篇《作奸犯科没好处》。如果需要漫画与录音磁带，请向工作人员索取。）

瓦法押解我离开牢房，推我快步穿过一条空荡荡的走廊，走进一间电梯。

我倒是很好奇他们用什么方法把我偷运出去。在过去一年里，我花了很多时间研究怎样逃出去——就姑且称之为"逃跑方法学"吧。这门学问的三大法宝依次是：贿赂、外援、恒心毅力。无奈我没有钱财去收买守卫，在外面也找不到人帮忙，至于恒心毅力嘛，关押我的这个终极研究所，哪怕换成是基督山伯爵来也没辙。这里深埋在距离月表三公里的地下。雪上加霜的是，离这里最近的列车站也在五十公里之外。离开这里只有两个办法：走路或者乘坐无加压磁感应轻轨列车。这两种方法都需要我穿上增压真空服，而研究所最主要的安保措施自然是对每一套真空服都严加控制。

在上升的过程中，我突然想起特威德在卸任总统之后的这些年里一直担任什么职务——他被任命为罪犯改造专员！

电梯停了下来，瓦法示意丽洛出去。她才走了十步左右，瓦法一把拽住她的手臂，拉着她穿过一扇门，走进一条阴暗狭窄的走廊。瓦法看样子一点也不担心，特威德显然在终极研究所里安插了许多心腹。这样的话，逃走应该不会太困难。

瓦法把丽洛带到一扇写着"紧急气密锁"的舱门前，丽洛的思绪也随之中断了。她走进舱里，有意无意地看了看——这间气密舱很小，里面也没有摆放增压真空服。舱里有另一扇门，门上的一盏红灯亮着。丽洛盯着这扇舱门，突然意识到门外就是真空了。

"等一下！"她突然说道，"你这是干吗？"

"我们没办法将未经授权的真空服偷运进研究所。"他说道，"真空服是由另一个部门监控的，那个部门不受我们控制。"

"哦，可是……"

"这个气密锁的感应器已经被切断，我们可以放心使用，计算机不会察觉到。来，把这个穿上。"他把一双可调节尺寸的厚重靴子递给丽洛。

"等一下，我不能……"

"不能也得能！"

"我真的不能啊！你这是要害死我吧？我就不该相信你们这帮混蛋！放我出去！"丽洛惊慌失措，已经到了崩溃的边缘。和所有月球人一样，丽洛对真空怀有一种强烈的恐惧感。从出生的第一天起，他们就陷入了与真空的持久战中。月球人害怕真空就如同早期人类害怕地狱。这时候，丽洛觉得浑身上下都很难受。

"快穿上，"瓦法说道，仿佛在心平气和地讲道理，"你需要靴子保护双脚。"

"我……我应该怎么做？"

"如果你动作快的话，暴露在真空的时间不会超过五秒。一台履带车会出现在舱门附近，距离不会超过两米。"

"现在外面是一天当中的哪个时间？"

"这个气密舱在阴影里。"

她觉得心头的恐惧又开始爆发了，"不！不！不可能！"她还想往下说，可瓦法把双手压在她的肩膀上，用力捏住。片刻之后，他说道：

"如果我把你敲晕了抬出去，会走得更慢。"

丽洛看得出来，瓦法是能够说到做到的。瓦法脸上露出了微笑，因为他也看出了丽洛知道双方体型有差距，深知自己肯定打不过。这样一来，要离开气密舱，她就只剩一条路了。丽洛穿好靴子，面向外舱门。瓦法将门闩都打开，而舱门被一万四千公斤的压力顶住，依然紧紧闭合着。

"什么时候出去？"丽洛问道。

"履带车绝不能停下来。哨塔上的卫兵不是我们的人，所以我们必须在合适的时机分散他的注意力。你只有十秒的时间跑到车上，错过就来不及了。履带车会在一分钟后到达……"他本来低头看着手表,这时抬起头来露出一丝诡异的笑容,"如果我们按计划顺利进行的话。"最后这句话让丽洛第一次感觉到瓦法说出了剧本以外的真心话。说完,瓦法便走出气密舱,把内舱门关上了。

时间转眼就到了,丽洛听见一阵熟悉的尖啸声——这是快速释放阀门的排气声。这声音她以前听过很多次,不过每次都穿着增压真空服。奇怪的是,丽洛并没有什么异样的感觉,只是在不停地打嗝。几秒钟后,尖啸声平息了,丽洛一把拉开舱门,无声无息地跑了出去。她眼前出现了一个迅速靠近的黑影,里面伸出一条手臂,猛地将她拉进了履带车。舱门立即闭合,空气迅速涌进密封的车厢,伴随着一声刺耳的尖啸。丽洛全身上下突然颤抖起来。

"我成功了。"她声嘶力竭地吼道,然后就晕死了过去。

一个女人正俯在她的上方。

"请不要动。"丽洛感觉不到自己的左臂,于是低头瞥了一眼,发现前臂在手肘处被切断了。

"手术很快就会做完。"那个女人说道。她的胸口纹有一根蛇杖——原来是名医务员。丽洛把脑袋枕在另一条手臂上观察对方。

"为什么要做手术?"她问道。

"我们会在一百公里外的一个列车站下车,这手臂是用来帮你混过海关的。"女人说着,从一只金属保生箱里取出一条前臂,再连接到一个黑色袋子里。接着,那一团苍白的肉开始有了血色,手指也抽搐起来。然后她把丽洛的左前臂放进保生箱里。

"我叫玛丽。"女人说自己名字的时候,最后一个音节的声调稍稍上升。她的脸上流露出一丝笑意。

"丽洛。"她回应道,然后两人握手示意。丽洛暂时没了左手,只能用右手跟玛丽的左手相握。

"这东西很快就能准备好。"玛丽指着那条手臂说，然后她把手伸进身后架子上的一只袋子里，拿出两件深紫色的长袍。她自己穿上一件，随后对丽洛说："我给你做完手术后，你就穿上另一件。"

"你要把我带到哪里去？"

"去拜见大老板。"玛丽提到大老板时，语气毕恭毕敬，可见她是一名地球解放者。呵呵，严格来说那帮人也不算精神病患者，丽洛对他们还是能忍受的。她受不了的，是像特威德这种想带领全人类自取灭亡的疯子。

玛丽又开始忙了。她先把肘关节对准接好，再黏合筋腱，最后拼接神经与血管。五分钟后，皮肤完全愈合，手肘上只剩一条几乎看不清的红痕，表明这条手臂是移植的。玛丽再把一个接头从丽洛后脑勺的接口里拔出来，在这一瞬间，新手臂不再是死物了，丽洛顿时觉得左手特别冷，仿佛有千万支针插在里面。

"这手术做得太仓促了，不好意思。"玛丽一边收拾一边说，"不过这手臂嘛，你只需要一个小时左右，所以做得太精细也没必要，对吧？其实你没什么机会用得到它。"

"没关系，反正我不是左撇子。"丽洛握紧拳头，发现新手臂短了五厘米左右。

"哦，真的呀？我妈妈也是用右手的。"

"这手臂是谁的？"

"是用某个人的基因培育出来的，按照系统记录，这人应该是月球居民。我们不时让她的基因进出海关一趟，所以计算机有她的记录……呃，我不该跟你说这些事的。"

"请自便。"其实丽洛自己也猜出了个大概。

"你刚刚成功越狱，而且那还是一个高度戒备、绝无逃脱可能的监狱,怎么看起来郁郁寡欢呢?"玛丽好奇地问。她脸上的笑容逐渐变得灿烂起来,现在已经笑得合不拢嘴,神情充满了善意。丽洛挤出一丝微笑,当作回报。

"我猜是因为还没反应过来吧。毕竟我等死等了足足一年呢。"

玛丽凑上来,"你想亲热吗?"

"不用了,谢谢你。我干涸了这么久,还是找个男的开荤吧。"

"没问题。"医务员撇过头去,看着舷窗外那片凹凸坑洼和密布着嶙峋黑影的平原。

现在,丽洛终于有了一线生机,她努力去接受这个现实,却依然理解不了这事情到底有什么意义。她脑海里一直浮现出那个女人——那个替她去死的女人。丽洛的内心百感交集,混乱的情绪无处宣泄,终于在这一瞬间彻底崩溃,开始号啕大哭。不知哭了多久,玛丽终于觉得是时候安慰一下她了,于是伸手扶住她的肩膀。只有在这时候,丽洛才意识到自己原来是多么渴望看见一张友善的笑脸,多么希望得到别人的抚慰——她几乎立刻平静下来了。玛丽准备把手缩回去,却被丽洛伸手阻止了。

"我们还有多久才到?"

玛丽瞥了一眼大拇指指甲上的计时器,"两小时左右。你现在想亲热了吗?你目前的处境,我也略知一二。其实现在想平复心情的话,最好的方法就是亲热。"

"嗨,那就来吧!"于是两人浓情蜜意起来。玛丽是对的,亲热确实让她心里好受了一些。玛丽很有技巧,而且顾及对方的感受,是一个很好的性伴侣。唯一美中不足的是她脏话太多,而且三句不离本行。她会亲吻丽洛的各个部位,同时却想知道这个部位是哪家店做的。通常丽洛都会回答"天生的"。

整个过程中,玛丽是主动的一方,而丽洛则有点心不在焉,甚至不知道自己的嘴巴和手指在干什么。她自知不是一个好的伴侣,可是玛丽说她毫不介意,而且态度特别真诚。玛丽的话当然是出于好意,却使丽洛感慨万千,瞬间开始了第二轮大哭。当她逐渐恢复平静,丽洛意识到,等待死亡的一年使她的情绪陷进了一个深不见底的巨坑。越狱后,理性思维只能让她知道自己暂时不会死,却无法将她从这个深坑里拉出来,而这位医务员竟然做到了!

她不用死啦!

履带车停在赫歇尔陨石坑站——中央高原边缘有许多人类聚居地,这是其中规模较小的一个——然后玛丽把车开进市中心,她们要换乘本地列车前往全视镇。丽洛一直睁大眼睛想找机会逃走,可很快就有一男一女加入她们的行列。这两人跟玛丽有说有笑,却一直警惕地监视着丽洛。丽洛倒也不着急,因为她知道机会肯定还会有的。现在最好先按兵不动,等她再多了解一点四周状况,再采取行动。

丽洛把左臂插进海关的检验机器里,感觉取样器在掌心的干燥皮肤上划过。机器发出一阵咯咯响,确认丽洛是另外一个人,然后就放行了。丽洛暗自想到,这只手是无价之宝啊,不留下太可惜了。奈何这是不可能的,因为移植的组织会出现排斥现象,不到一个星期这条手臂就会作废。

全视镇是艺术家聚居的地方,住着大量演员和编导。为了饰演某个角色,他们当中许多人都做了身体整形手术——所以这里充斥着各式各样的怪人。接下来,他们排队等候一列前往阿基米德环形山的重力列车。四人上车后,车厢密闭,然后沿着一条陡峭的隧道向下急坠四百公里,丽洛全程处于失重状态。到了亚平宁山脉下方,隧道变成上升的缓坡,列车也逐渐慢了下来。最后车厢以近乎爬行的速度靠近一台能将他们送回居住区高度的升降机。丽洛好不容易才在椅子里坐得安稳一点，这趟旅程就结束了。

阿基米德市的大广场相当吓人——丽洛忘记了原来月球上还有那么多人和噪音。可不容她细想，其余三人就簇拥着她穿过人群，来到一个私人列车站。当她的神志恢复清醒时，丽洛发现空荡荡的八座车厢里只有她和玛丽两人。

"现在去哪里？"

"我不能说呀。"玛丽耸了耸肩。

可是丽洛很快就猜了出来。绝大部分月球人对月面学所知甚少，他们一年到头可能就来月表一两次，充其量就像丽洛和玛丽这样，坐在密闭车厢里，沿着磁感应轨道前进，看着月表的风景在车窗外掠过。而丽洛对月表地图了然于心，她知道列车正在向北行驶，进入雨海平原。不久，地平线上出现一座座逐渐高大的山峰，丽洛知道那是斯匹次卑尔根山脉——原来大老板就住在那里！这种信息虽然不算是国家机密，却也不会广而告之，因为经常有人想暗杀特威德。

特威德的府邸建在月表。丽洛突然意识到这是很合逻辑的，因为这样他就可以经常仰望地球家乡了。特威德一直以来对地球和侵略地球的外星人念念不忘，已经执着到近乎痴迷的地步。丽洛看到远处有一个巨大的半球，大半球的四周还环绕着十几个略小的半球。在大半球的阴影里竖立着一架直径二十米、形似八爪蜘蛛般的望远镜——当然了，这架望远镜瞄准的正是地球。

玛丽把新移植的左臂切除，再将丽洛原来的手臂装回去。完事后，玛丽告诉丽洛，特威德已经在主半球等她了，还给她指明了方向。丽洛慢悠悠地走着，每经过一道门廊都会往里张望一下。这里只有一个列车站，而他们对增压真空服当然会严加看管。她完全明白，这里跟研究所一样，都是一座牢狱。现在就该开始计划逃跑路线了。

她来到一个大堂，发现整个地面竟然覆盖着潺潺流水。丽洛逆流而上，溅起朵朵水花。走着走着，大堂变成了一片丛林——这里其实有真树，也有全息图像，两者巧妙地混合在一起，乍看之下，丽洛也辨不出真伪。地面的流水汇聚成一条小溪，在林间蜿蜒穿行。河床铺满了精心打磨的五彩水晶石，溪水较深的地方还有很多鱼儿在游来游去！岸上有头黑豹目不转睛地盯着丽洛，等丽洛上岸后就踱步过来，嗅了嗅她小腿上的细软绒毛，然后，不停地往她身上蹭。丽洛跟黑豹玩了一会儿，最后在它脑袋上轻轻一敲，黑豹就乖乖走开了。

小路尽头是一片空地，特威德就在那里。只见他坐在一把椅子上，身旁还站着一个裸体女人。接着，丽洛又在空地边缘的树林里看到一个男人，那家伙也是一丝不挂。

看到这种场面，丽洛很希望自己能够等闲视之，可惜她做不到。要维护这样一座微型的迪士尼乐园需要多少钱，她并不清楚；不过她敢肯定，那绝对是一个天文数字。

"坐吧，丽洛。"特威德话音刚落，高高的草丛里突然升起一把椅子。

丽洛坐下，把一只脚搁在椅子上，接着在长袍口袋里翻找起来。她找出一把梳子，仔细梳理起小腿上已然浸湿的绒毛。

"你已经见过瓦法了。"特威德说完，朝站在他身边的女人做了个手势。

丽洛瞥了她一眼，立刻留意到她全身的姿态，还有她双手摆放的位置。看样子这女人只要一出手就能把丽洛干掉，而且连眼睛也不会眨一下。丽洛觉得她的眼神似曾相识。

"像她这种人，你一共豢养了多少？"丽洛问道。只见草地上有条长达二十米的大蟒蛇，就蜷在那女人的脚边。"这宠物很厉害嘛。"

"你讨厌蛇？"

"我不是说蛇。"

特威德咯咯笑道："瓦法用处很大，对我忠心耿耿。她的聪明才智不比别人差，而且她做事不择手段。对吧，瓦法？"

"你说是就是，先生。"她的目光始终盯着丽洛。

"至于你刚才的问题嘛，我的答案是很多很多。比如说这里有一个，另一个则在几小时前帮你逃走，还有许多分散在其他地方。"至于为什么瓦法用处很大，丽洛不用问也知道。虽然前后两个瓦法的相貌和身材相去甚远，可她们给丽洛的感觉却是一样的：这人是一个杀手，甚至可能是一个士兵。丽洛也没打算深究，毕竟她不是精神病学的专家。

"跟我讲讲土星环的事情。"特威德突然说道。

"这个……审判的时候已经讲过了。"丽洛没想到他会突然问这个，不禁有点结巴，"我以为你都知道了。"

"我知道审判的详情，可我觉得你没把所有真相说出来。你的保命舱在哪里？"

"我不知道。"

"我们有各种各样的方法来帮助您说尽真话。"

"少来这一套！"特威德就喜欢以这种方式说话，活像三流恐怖片里面的男演员在读台词。"现在问题不在于我想不想告诉你。"丽洛解释道，"我承认当初设置了一个保命舱。可如果我知道它在哪里，那这个舱对我来说就没用处了，对吧？"

这时候，特威德的脸色很难看，丽洛开始担忧起来。她知道，这样僵持下去其实对她有害无益，现在最重要的是讨好对方。

五年前，当她的研究工作开始涉及一些非法领域时，丽洛就决定给自己建造一个保命舱。她结识了定居在土星环的环族人，也有足够的资金去维持这个项目。她的想法是——当时看来，这真是一个好主意——一旦她被抓起来定罪了，那么她的研究工作也不会中断，还能继续干下去。可当时她的动机真就这么无私吗？现在丽洛已经不敢确定了。这次濒死经历让她明白了一件事情：人的求生欲望原来是很强大的。

"他们在审讯的时候已经对我用过药了。"丽洛说道，"没错，我在土星环有个朋友，我就是把保命舱托付给她的。我走后，她就将保命舱移到别的地方，这样我就不可能带别人去找，因为连我自己也不知道她把保命舱藏哪儿了。"

"你这个同伙，"特威德说，"你有办法联络她吗？"

"你去过土星环吗？"

"没去过，我哪有时间？"说着，他还特意耸了耸肩。丽洛以前在电视上见识过特威德的表演，这家伙很擅长通过这类小动作去营造一个谦逊低调的形象，表现得好像整天忙着为人民服务。

"呵呵，土星环其实很大。要是你没去过的话，很难明白那里的尺度有多大。我是可以通过无线电跟她联络，但那样就没办法确保她的安全了。你也知道，在药物作用下，我什么都会招出来。所以，如果我主动联络她的话，她不能确定这到底是不是陷阱。当初我说服她答应帮忙处理保命舱已经很困难了，环族人都特立独行，不太关心其他人的难处。"

"可是你确实有办法联络上她吧？"

"如果你问我能不能找到她，答案是否定的。不过我可以在土卫十的交换机上留一条信息，她每隔二十年就会打电话查一次，就像钟表那么准时。"

特威德摊开双手，"不是很有效率。"

"这正是我们的策略。要是我能随便终止这个项目的话，那么无论是谁掌握了我了解的信息，都能轻而易举地搞破坏了。"

特威德站起来,缓缓走开几步,仰头望向天空。

那条蟒蛇动了一下,又重新在瓦法的脚下盘好。瓦法弯腰抚摸蟒蛇,眼睛却依然盯着丽洛。

"你这同伙叫什么名字?"

"参数。参数－冬夏至。"

No. 3

The Ophiuchi Hotline

十四万一千八百九十五公里。

旧地球历568年
参数 – 冬夏至

《土星环之歌》，早期共生体人类在旧地球历240年至300年间集体创作的诗歌集，属于无分级阅读材料。

收集整理者：克兰西·丹尼尔·米特尔

从蛇夫座热线接收到的所有数据当中，最精彩的莫过于共生体方面的知识。在第三世纪早期，共生体一度被视作人类这个物种的救赎。未来主义者们预见有那么一天，每个人都会与一个共生伴侣结合，从此不再依赖增压真空服、水培农业和循环用水。虽然人类失去了自己的家园，可每个人就像一个微型地球，能在太阳系里随心所欲地翱翔。

是什么导致他们如此乐观呢？答案显而易见：共生的概念有一种让人无法抗拒的对称美。每一对"人类－共生体"伴侣就是一个闭合的生态系统，只需要阳光和少量固体物质就能维持下去。带有植物性质的共生体收集漫射到太空里的阳光，并利用太阳能将人释放出的二氧化碳和排泄物转化成食物和氧气。与此同时，它还能保护人类脆弱的躯体免受真空和极端温度的摧残。而共生体的身躯则会进驻人体，占据消化道和肺部。于是人和共生体互相供氧、互补互助。

不过有一点是我们没能预见到的，那就是共生体的自主意识。共生体自身并没有大脑，因此在与人类接触之前，它仅仅是一团非天然的有机物。可一旦渗透进宿主的神经系统，共生体就脱胎换骨，成了一个会思考的存在——它与人类伴侣共享一颗大脑。早期的实验显示，一旦共生体进入人体内部，就会永远驻留下来，再也赶不走了。从那以后，很少有人类愿意牺牲自己思维的私密空间，去换取土星环乌托邦的通行证。

不过在失望之余，我们还是收获了一份珍贵的礼物。土星环的社会并不是人类社会——我们活在房间和过道里，而他们拥有广袤的宇宙空间；我们每个人一生中都有一次机会做妈妈，可以生一个小孩；他们却能像细菌一样任意繁殖；我们每个人就像一座孤岛；而他们一副躯壳里并存着两个独立思维——这两者之间的关系是我们外人难以想象的。

当两个迥然不同的思想交汇融合在一起，一种魔幻般的张力油然而生。随之而来的便是无穷的创造力，在碰撞间闪现耀眼的火花。所有环族人都是诗人，诗歌对他们来说是日常生活的一部分，而对于我们这些没有胆量与共生体配对的芸芸众生来说，却是无价之宝。可惜我们无法与环族人联络，只能翘首等待他们与我们不期而遇了。

参数飘浮在一片茫无际涯的金色沙漠上空，直面太阳。从这里看去，太阳是一只耀眼的小圆盘，就处于一个与土星自转方向相反的旋转坐标中。而土星就像悬浮在太空中的一个巨大黑洞，它的边缘如同一柄新月形的弯刀，而太阳正是镶在刀刃上的一颗璀璨宝石。

然而参数并没有看见这幅画面。在她的感官世界里，太阳是一股压力，同时也是一阵风，而土星则是一个把外界万物往里吸的冰冷深井。

日出本身就是一道珍馐美馔。她张开自己某些薄如蝉翼的身体部位，让美味源源不绝地涌进来——因为此时此刻，她是一朵向日葵。

在向日葵模式下，参数可以安心做一个慵懒的植物人。她让冬夏至——她的共生伴侣——暂时断开她大脑皮层的视觉中心，这样就能全身心地投入去做一棵植物，去充分体验那种简简单单的小幸福了。她的双脚牢牢扎根于肥沃的土壤里——这也是她的共生伴侣变的——然后张开双臂，迎向太阳的光辉。

多么美妙的时光啊……

在外界看来，这对共生体像一把直径一百米、类似抛物面的薄膜太阳伞，而参数就坐落在正中心。换个角度看，她又像一只大蜘蛛，端坐在一个凝结的肥皂泡的横截面上。这个横截面上密密麻麻地布满了血管，就像眼球的内壁。血管当中，不同颜色的液体在涌动：有奶白色，有深红色，还有紫棕色。参数的肚脐眼旁长出一条花梗，顶端有一颗拳头大小的肉瘤。这颗肉瘤位于抛物面的中心，负责吸收从向日葵花朵反射过来的一点点阳光。化学反应就在这肉瘤以及向日葵花朵的毛细管内进行，所以总是热气腾腾的。参数的各种活动正是以这里为中心展开的。

此刻，她的脑部活动衰减到几乎完全静止。而冬夏至从来不会完全入睡，所以它的脑波会不时冒出一个尖峰，打破这片平静。

"参数。"就算在参数完全清醒的时候，冬夏至的话也不是通过声音表现出来的。这些言辞会直接出现在她脑海里，就像一个个念头——只不过这些并不是她自己的念头。

确认、微嗔、接受。

"喂，快醒醒。"

"什么事？"参数毫不费力地醒来。

"你准备好恢复视觉了吗？"

"当然了，哪用什么准备！"

冬夏至就像是安装在参数大脑背后的电路开关板。它闭合一个闸门，连通了参数的视觉皮层与前脑：于是参数看见了。

"多么美好的早晨啊！"

"对对，是很美好。不过等你看了早报之后，就乐不出来了。"

"等一下再看行吗？为什么要扫兴呢？"参数一点紧迫感也没有——她已经整整一个世纪没着过急了。

"当然可以等。你准备好就告诉我吧。"

参数想跟共生伴侣逗着玩，于是构想出一名战士准备出征的画面，而主角正是参数自己——只见她挂上佩剑和匕首，戴好头盔，拾起一把饰有浮雕花纹的盾牌。冬夏至则用另一个场景回应：参数一边仰头观星，一边走上台阶。她已经走到尽头，眼看就要踩空了，自己却浑然不知。

随后参数伸了个懒腰，整个薄膜太阳伞也随之缓缓泛起一阵阵波纹。她的四只手紧紧握拳——其实她没有脚，当初与共生体配对时，她就做手术把脚掌换成了两只超大号的手掌——然后把二十根手指尽数张开。她忽然看到其中一只手的肤色正在改变，于是留意盯着。在她的注视下，那只原本苍白的手开始有了血色。本来参数的肤色就像一位白化病人，而她指甲下面的皮肤则从琥珀色迅速变成了橙色。原来，冬夏至正在往躯体各处输送体液——它在收拾行装准备离开了。

其实参数看到的一切都不是真实的。冬夏至用一层不透明的物质把她的眼睛保护起来，在过去七年内，不曾有一丝光线落在她的视网膜上。她仿佛正在用眼睛直视太阳，可其实并没有真的在看，否则她视网膜的细胞早就毁了。她看到的影像实际是由冬夏至的感觉接收器向她脑部多个区域发送神经脉冲造成的。在参数自己看来，她正赤身裸体地飘浮在空中，感受原始粗犷的阳光笼罩着全身。这个幻象简直无懈可击。

"好了，什么事儿？"

"大事儿！两分钟前我监听到这个广播，来自土卫十的传送器，十九频道。你想我在哪里播放？"

"没关系，哪儿都行。"

于是，一个三维图像渐渐在参数眼前成形。在土星的暗黑半球的背景衬托下，这个影像的真实程度不逊色于她能亲眼看到的任何事物。她看见一间房里坐着一个人——这个房间可以是任何一个房间，不过这个人却是参数的熟人。画外音解释说人类公敌丽洛被判处死刑，而且已经执行了。这段消息包括了时间、地点以及对丽洛罪行的简述。然后旁白话锋一转，开始谈论基因实验如何罪大恶极。冬夏至不等参数提出，就主动把影像切掉了。

"我们早就知道会有这么一天。"参数指出，纳闷为什么这条消息对自己并没有太大影响。

"她也知道。"

"好吧。她现在在哪里呢？"

参数才问完，她眼前的景象就变了。土星在她下方旋转着。渐渐地，参数看见环绕着土星的那个巨环缓缓转到了她的顶部。看来她正飘浮在土星的北极地区上方。

在巨环底部与土星阴影交接的地方，有一个很小的绿色箭头正在闪动。

"这是我们所在的位置。"冬夏至说道。从这里开始，顺着土星旋转的方向，沿着巨环的曲线向前大约六十度角的地方出现了一个深红色的箭头，指着一块大石——这颜色表明这块石头的质量。这块大石在阿尔法环上，也就是土星环的最外层——五年的光景对这个区域天体的运行轨迹不会有太大影响。

冬夏至将画面放大，于是参数看到了丽洛的保命舱——它看起来跟几年前一模一样。这个图像其实是从两人共用的大脑深处调出来的，正常来说，参数必须通过催眠的手段才有可能接触到这些信息。

其实保命舱已经伪装成一块石头——虽然其体积比平均值稍大，看起来却完全是块普通的石头。石头内部有台核发电机、一部计算机、一台小功率火箭发动机、一个维生系统，还有一个丽洛——也可以说，一个有可能成为丽洛的克隆人。只要把丽洛预先录好的记忆输入到克隆人的脑子里，她就会成为五年前的丽洛。

"真的已经过去五年了吗？"

"按照旧地球标准时间，五年零六十天又三小时。"

"感觉没那么久。"参数再次仔细研究两个箭头，发现两者之间的距离还挺远的。

"十四万一千八百九十五公里。"冬夏至心领神会地说道。

"好的,我们答应过她的,对吧?"

"我就等你这句话呢。"

她们是在六年前与丽洛初遇的,当时丽洛已经在土卫十设置了私人研究站。这颗卫星是人类社会与共生族交流的地方,所以地位比较特殊。丽洛希望这里的监管会宽松一点,基因法律的执行力度会低一些。参数-冬夏至偶尔去一趟土卫十,刚好与她碰上,竟然一见如故。通常来说,人类和环族很少深交,像她们这样实属罕见。

参数-冬夏至在土卫十逗留期间,经常去丽洛的小实验室找她玩。后来她们要离开,临别时,她们建议丽洛把整个实验室搬去土星环。丽洛当时没能下定决心迈出这一步,却想到在土星环边缘设置一个保命舱,还求她们帮忙照看。她担心有一天会被抓起来,而参数-冬夏至也答应,万一她有需要的话,她们可以负责唤醒克隆人。

两人即将踏上漫长的旅途。这件事急也急不来。虽然她们前进时可以达到每小时五十公里,不过每天还是要停下来补充能量。这样一来,从这里去丽洛的保命舱估计要走上一年。

"俗语说,千里之行始于足下。"冬夏至说,"我们出发吧。"

No.4

The Ophiuchi Hotline

我太笨了!

旧地球历 569 年
丽洛·亚历珊德拉·卡吕普索

我很少去那些迪士尼园区体验生活。在我看来，去过"锄禾日当午"的生活，去吃"粒粒皆辛苦"的盘中餐，虽然不见得有什么害处，却是愚不可及的。这样做只会让我们渴望得到一个永远也得不到的东西——虽然它就悬在月球的天空上，却是可望而不可即——人们也会因此沉溺于一个疯狂的幻想中不能自拔。特威德就是这样一个疯子，他梦想着解放地球，把我们的家园从外星入侵者手里夺回来。

虽然我生长在一个被金属包围的密闭世界里，却从不觉得缺失了什么。有很多故事描绘旧地球的昔日辉煌，我听了却不为所动。要拓展人类的未来，我们不能一味重温过往，而是应该发掘自身潜力。我正是朝着这个方向努力的，最后却被扔进了死牢。

特威德肯定把他这个私家乐园设置成了恒温四十度，我快热死了！也许那些植物需要这种高温吧，可我不需要呀！有些不可名状的小害虫还想办法在我小腿绒毛里安居下来了。讨厌的大自然！特威德还在考虑怎么处置我，我干脆把宽大的长袍一把扯下来，也好凉快凉快。

丽洛看见特威德向站在树林边上的男人打了个手势，顿时紧张起来。他要下毒手了吗？也许特威德最后觉得这件事太麻烦了，花那么多心思在她身上不值得——丽洛至今也不知道特威德到底想要她做什么——这样一来,事态很可能会急转直下。她小心翼翼地盯着瓦法……要是他们扑过来，她一定要拼死还击，跟他们斗个鱼死网破。

可是这时特威德快步走入茂密的草地，消失在树林里。瓦法仿佛放松了一点，在草地上坐下，抚摸着大蟒蛇。这个女版瓦法有两米半高，平胸，全身上下一片苍白，完全没有毛发，也几乎没有脂肪。她就像一具象征死亡的骷髅，外形简单，动作极少，体内却蕴含着惊人的杀伤力。

这时候，有人穿过空地，向她们跑了过来。丽洛想，这么热的天气，怎么还有人跑呢？莫非那人也惹上麻烦了？不过她听出那纯粹是一阵兴高采烈的脚步声。接下来，丽洛先看见了来人胸口的文身，然后才是她的面孔。

"你好，玛丽。"

"嘿！"玛丽喘着气应道，"在这里感觉真好，不是吗？"

"嗯嗯。"丽洛听到嗡嗡声，一巴掌打过去，掌心顿时染红了——这里有吸血的虫子！

"嘿，瓦法。"女瓦法应声向玛丽点了点头。这位医务员浑身上下大汗淋漓，却好像很享受。她站了片刻，终于喘过气来。"你要跟我走。"她说道。

"干吗？"

"我得给你录一个备份，大老板的命令。来吧，一下就弄完了。"

丽洛当然知道"一下"是弄不完的，不过她还是跟随玛丽，沿着一条小路走进树林。走着走着，丽洛转头瞥了一眼，发现瓦法也跟在后面，不过她现在好像更关注那条大蟒蛇。丽洛有点郁闷，要是瓦法将她看作一个危险的敌人，那感觉该多好！可惜瓦法根本没把她放在眼里。不过，也许这样更好，丽洛可以找机会打她一个措手不及。

丽洛以为玛丽会带她去特威德府内一个比较正常的地方备份，谁知竟走到了密林深处的一片空地上。不远处有一座瀑布，地上还铺着一张塑料薄膜。玛丽本来背着一个包，这时她把包卸了下来，然后朝丽洛招手。

"就在这里做啊？"丽洛问道，"难道你不需要……"这时候，玛丽打开了地上一个貌似树桩的物体，里面竟然是金属的。

"有什么不行的？别担心，你会喜欢的。"

丽洛不得不承认，这个环境确实比传统的医务室更容易使人平静下来。也许这能够帮助她克服心中的紧张情绪吧。

是的，丽洛害怕录制记忆备份，然而这种恐惧是很普遍的。人们害怕自己在备份完毕醒来后，被告知现在已经是几年后了，原来的那个自己已经死了。丽洛只能反反复复地告诉自己，这种事情只可能发生在克隆人身上，绝对不可能发生在她自己身上！人类的意识是线性的，她的思维一直固守在她的身体里，不曾离开过。而记忆备份只是复制一个与她一模一样的人格，移植进另一个与她一模一样的躯壳里。虽然那个克隆人拥有与她相同的记忆（从出生到备份那一刻），不过她们的未来却是大相径庭的。

玛丽开始给她接线了，丽洛努力让自己放松一点。当玛丽转动背包里的各个刻度盘时，丽洛觉得全身麻木，半分力气也没有了。从这时开始，她就看不见医务员在做什么了。可丽洛对手术过程还是很熟悉的——她知道自己的颅骨被打开了。当玛丽的双手偶尔进入她的视野时，丽洛发现那手整个鲜血淋淋。

从三岁起，丽洛的脑部就植入了一些细小的金属管道。这些管道一来可以帮助她与计算机进行人机直连；二来可以用作导线，为传输记忆备份的媒质亚铁光电核酸的单分子链服务。玛丽把一条记录带缠在丽洛的额头上，记忆备份手术过程中，记录仪会使她昏迷三分钟。

这个手术的原理虽然极其复杂，但过程却非常简单。丽洛经常想，要是没有蛇夫座热线传过来的信息，人类应该不可能把这个手术改良得像今天这么完善吧？

记忆是一个类似全息摄影的过程。具体某一段记忆不是储存在单一位置，而是遍布整个脑部。所以记忆的备份和解码是不能用任何一种线性过程完成的，比如说，无法像磁带那样回放，而是需要将它的整体一次性捕捉下来，就如同拍快照或者全息图像。这个操作是靠亚铁光电核酸实现的。它的每一条单分子链上可以储存数以十亿比特计的数据，在备份过程中，各条单分子链彼此关联，互相影响。对于全息摄影而言，底片的每一部分都包含了整幅图像的所有信息；而亚铁光电核酸则不一样，单独一条分子链是没有任何作用的，它必须与其他分子链整合成一束———共四十六条——才能构建出一幅有意义的画面。而她额头上的记录带会在脑部各处全面激活磁场，由此产生的编码有无穷无尽的组合方式。

至于这个过程是否真的能够备份所有的记忆，丽洛倒是从来没有担心过。她完全不相信灵魂、魂魄、因果、业报等怪力乱神的东西，而且她认识的人就有死后通过记忆备份和克隆技术复活过来的——跟本尊没有一点儿区别。

终于，玛丽按下开关，她的笑脸成了丽洛的最后一个记忆。

当她醒来时，首先映入眼帘的还是同一张脸，依然笑意盎然，丽洛也报以轻轻一笑。她心里暗自高兴：记忆备份终于完成了。然后她想要坐起来。

"等等，先别起来。"玛丽说道，语气听起来很轻松，"我得先给你断开接线，还要把切口都缝合起来。"

丽洛突然觉得哪里不对劲儿。她再仔细一看，发现是背景变了——玛丽这张脸后面的景物变了。

准确来说，是树上的叶子变了。手术前它们是绿色的，而现在已经是一片灿烂的红色、金色和紫色。

"啊？天哪！不，不可能，我……我不要这样，我不想……"

玛丽轻轻触碰她的前额，"你再这样子，我就只能让你下线了，我真的不想那样做啊。"

丽洛登时瘫软了。渐渐地，她意识到在玛丽和背景的树冠间，还有一些人脸正在盯着自己。那几张脸围成了一圈，就出现在她视野的边缘。有特威德、瓦法，还有……另一个瓦法，原来男版和女版的瓦法都在。他们都在俯视着丽洛。

终于，玛丽完成了善后工作。"来，抓住我的手，我帮你站起来。"她说道，"你需要人帮忙才行。"丽洛任由她拉着自己坐直，然后站了起来。她就这样站着，只觉一阵晕眩，但迅速恢复了平衡。她不敢深思，只是让自己去感受周围的一切：踩在脚下的小草、从脸上掠过的发丝、正在抽动的腿脚肌肉。她的手臂触碰到了玛丽凉凉的后背，却有一阵温暖从她皮肤下面透上来。玛丽用一条手臂搂住丽洛的腰，带着她在地上转圈，就像喝醉了酒似的。

"你的两条腿很快就能恢复了。"她安慰丽洛，"你在培育箱里成长的时候，我不断地给你做运动。其实你已经很强壮了，只是还没习惯而已。现在可以自己站了吧？"

丽洛生怕说错话，所以只是点了点头。于是玛丽放开手，让丽洛自己站着，正好面对着特威德。只见他手里拿着一叠纸。

"这么看来，我已经死了。"她说道。特威德低头看了看，在纸上打了一个勾。

"你们都没有话要对我说吗？"

特威德没有回答，只是再次低头，又在纸上打了一个勾。男瓦法抬头望着树冠，脸上竟然带着微笑——这是丽洛第一次看见他笑。女瓦法则用手捂着嘴巴，丽洛突然意识到她是在竭力忍耐笑意。难道他们以取笑她为乐吗？都是些什么人呀？

"这到底是怎么回事？谁来告诉我？"

特威德把一张纸撕下来递给丽洛。她低头瞥了一眼，马上抬起头看特威德，然后不得不再次低头，看着她最不想看到的几句话。

"这么看来，我已经死了。"

"你们都没有话要对我说吗？"

"这到底是怎么回事？谁来告诉我？"

这几句话是用机器打印在纸上的,而且每句旁边都画着一个斗大的勾。丽洛顿时觉得头昏脑涨。突然,她看见这片林中空地的边缘出现了一头巨大的麋鹿,水晶的鹿角折射出蓝色的阳光。这是幻觉吗?丽洛连忙把视线从麋鹿身上移开。她很想逃离这个疯人院!

"你最好坐下来休息一下。"玛丽说道。丽洛闻言膝盖一软,几乎无法站稳,玛丽连忙伸手,再一次搂住她,"哭出来可能会好受一点。"

"不!现在不是哭的时候!我要知道发生了什么事情!"

"你会知道的。"特威德说道,然后打了个手势。男瓦法连忙为他打开一张折叠椅,特威德舒舒服服地坐了下来,"玛丽,我告诉你不要多管闲事了。"

"对不起,老板。"玛丽无助地说道,"我一看到有人受苦……就很难……我只是……"

"没关系了,其实也没什么要紧的。我本来就不应该让你来参与这项任务。丽洛,你也已经看出来了,你并不是自以为的那个人,你是一个克隆人。你大概也猜到原来那个丽洛落得个什么下场。我有充分的理由相信,她在备份之前就已经密谋着逃跑。就算她没有策划逃跑,我也至少可以判断,她在跟我合作的过程中并没安什么好心。你明白我的意思吧?"

"你的意思是我逃跑未遂。"她瞥了两个瓦法一眼,却读不懂他们的表情。

"概括得很精准。你从意识到自己不会被处决的那一刻起,就密谋着要逃走。"

"事到如今,恐怕也由不得我不承认咯?"

"对,你不认也不行。"

我恐怕……丽洛心里想着,却不愿意说出来——也不知道他有没有把这句话也写在什么地方。她觉得有一种情绪在心中逐渐积累膨胀，必须找到发泄的出口才行，哪怕赔上这条命也在所不惜！丽洛对这种情绪毫不抗拒，她要扑上去把特威德的脸皮撕下来，露出里面的骨头，再用牙齿把骨头都咬碎！她要杀了他！杀戮的欲望在她心中愈发强烈，丽洛低头看着地面，准备扑过去……

她突然发现两只赤脚出现在眼前。她的目光上移，依次经过两条腿、没有毛的性器官、平坦的胸部，最后到达一个光溜溜的脑袋。只见女瓦法双膝微曲，两条手臂稍稍张开，垂在身体两侧；她大张着嘴，露出两排染了色的时髦牙齿。看样子，女瓦法还巴不得丽洛动手呢！就在刚才，丽洛心中的杀机还没起时，其中一个瓦法就已经挡在了她和特威德中间。丽洛的怒气顿时消失殆尽，胃部一阵痉挛，就像打了个死结似的。瓦法也稍稍放松了一点。

"瓦法有先见之明。"特威德说道，"你看到了吧？"

"是的，我看到了。"丽洛答道。

"你的举动都在我们预料当中，丽洛。"

"我也看出来了。"

"你想知道上一个你发生了什么事情吗？要知道，你落后这个时代整整四个月了。"

"那我就更该洗耳恭听了。"

我太笨了，怎么到现在才看出来呢？逃跑原来易如反掌。

他们带我去亚马孙迪士尼园区进行野外生存训练。那地方在阿里斯基尔环形山底下二十公里处，占地三百平方公里，是一片气候可控的热带雨林。那里地处偏僻，人迹罕至，而且闷热得让人窒息，还整天下雨。待在那里，衣服总是湿嗒嗒地粘在后背，感觉都要发霉腐烂了。

当时我们离开园区，沿着公共通道往回走。瓦法被临时调走了，我身边只剩一名看守。之前，我已经从玛丽的医务室里偷了所需的皮肤样品，现在就只需等待一个机会了。终于,那名看守扭头往别处看……

我一头扎进人堆里,两秒后就彻底融入人海中。半分钟后,我已经往下走了两层,位于原来位置以东一千米的地方。我站在一条穿越居住区的自动人行道上,朝着来时方向往回走。过海关时,我把偷来的皮肤样品粘在掌心,顺利过关。然后我登上了一列开往克拉维斯环形山的列车。

不久,我的车厢便被一个手动控制信号截停。三十分钟后,伴着一声叹息,车门缓缓打开,原来我来到了一个熟悉的车站。我忍不住想,他们会怎么处置我呢?

女瓦法站在车厢外,我对她那副尊容已经非常熟悉了。我低头看着她手里那件黑色的金属物体,又抬头看着她露出来的牙齿。我还是不明白……

丽洛无助地跪在草地上,不停呕吐,面前积起了一堆混杂着胆汁的异物。她早就把肚子里的东西都呕出来了,却依然感到恶心。玛丽守在旁边搀扶着她,特威德这才把相片从她眼前拿走。

"瓦法办事向来直截了当。"特威德说道,"很久以前我就告诉过你,他们很有用。"说到这里,他瞥了两个瓦法一眼。丽洛留意到他的眼神,怀疑里面或许隐藏着一丝恐惧。"你还能继续看下去吗?"

丽洛挺直上身,坐在脚跟上。只见女瓦法的脸部一动不动,只是偶尔眨一下眼睛。正是她开枪打死了一个长得跟丽洛一模一样的女人,然后还把那具脸部和胸口打凹了的血淋淋的尸体举起来拍照!

"难道还有?"

"那是当然。你天生不肯轻易放弃,否则你就不是我需要的人了。"

"还有更多的照片吗?"

"是的,而且你必须把它们都看完。"

"那就来吧!"

我太笨了!

可惜我到现在才看清楚。希望我的两位前人会饶恕我,这次失败意味着她们之前的牺牲都付诸东流了。看来特威德不会再给我机会了。

而且这次我还搭上了玛丽!玛丽……

大概特威德不会再让我复活了。就算他让我复活,也未必会跟我讲玛丽的事情,不会让我面对自己的耻辱。

这时候,瓦法出现在我的房门外。我打心眼儿里欢迎他来。

特威德点燃了另一根雪茄,吐出一团烟雾。丽洛看见女瓦法抽了抽鼻子,悄悄移动了一步,距离特威德远了一点儿。

"在第一次逃跑时,你很果断地采取了行动。"他说道,"我故意给你安排了一个机会,你一下子就抓住了。"这时,那头麋鹿走进了这片林间空地,站在特威德身后吃草——原来它不是幻觉。丽洛怔怔地盯着水晶鹿角折射出来的阳光;特威德的声音钻进耳朵里,可她却不愿意去想其中的含义。

"第二次你吸取了教训,却并不是我希望你吸取的教训,你只是变得更加小心谨慎了。我给了你同样的机会,可你很聪明,并没有逃跑。这一次你打算自己创造机会。"

"我是怎么做的?"

"我们现在又要开始扯皮了,我觉得很没意思。我是不会告诉你怎么逃跑的,你难道不知道为什么吗?"

丽洛绞尽脑汁,却还是毫无头绪。这一切完全不合理,而她现在只有一种身陷图圄的无奈感。

"好吧,我也不指望你马上就能够理解之前发生的一切,你要过一段时间才能适应。不过我希望你能努力接受这样一个事实:在逃跑这件事情上,你已经尽力了。在没有外力帮助的情况下,你筹备了整整两个月,期间还装出跟我合作的姿态。最后你终于制定了一个计划。可你必须明白,无论是过去、现在还是将来,这已经是你能想出的最完美的计划了。"他吐出的每一个字都像雷鸣一般,在场的每一个人都不由自主地看着他。如果特威德专职去做演讲家的话,肯定威力无穷。

"我向你展示这些数据资料,就是要帮你认清形势。我已经把你复活两次了,而每次的反应都一模一样。因为你天性如此,所以根本没有选择,只能按照剧本行事。每一次复活,你都拥有相同的记忆起点——也就是在这片空地做备份的那一天。然后你每次都变成一个跟上一个版本稍稍不同的人。原版的丽洛很笨,看得不够远,结果付出了沉重的代价。丽洛2.0就狡猾很多,她杀害了玛丽,然后几乎成功逃……"

"她什么?"

"你没听错。"

玛丽站在丽洛身边,"丽洛,你不用太……"

丽洛猛地向后一缩,想避开玛丽。"不!我不可能杀害玛丽!要杀我也只会杀……那两个东西。"她指着两个瓦法,"杀那两人我不会手软,可是我绝不会害玛丽!"

"我并不是说你完全没有悔恨。"特威德说,"瓦法说他杀你的时候,你好像如释重负。"

"丽洛,我没有怪你。"玛丽说道,"我知道这事情听起来很怪,可这段时间我有机会去了解你……其实是了解两个你,我还挺喜欢你的。你只是被迫做了一件你觉得非做不可的事情,而你是等我做了记忆备份之后才下的手,我最后只是失去了几天而已。老板告诉我,当我死时完全没有痛苦。谢谢你给我一个痛快。"

"她说得没错。"特威德一边说一边盯着丽洛。

"可我不敢相信……"

"你不信也得信！而且你要记住，现在我对你已经了如指掌！我会观察你的言行，留意其中苗头，再细微的蛛丝马迹也逃不过我的眼睛。一旦我发现相关迹象，就知道你又在按预定剧本行事了。而你呢，你完全没办法知道自己是否正在重复前任的错误。"他每说一句就扳下一根手指。丽洛觉得那一根根肥硕的手指就像一条条粗铁杆，正拢成一个笼子把她困在里面。

"我说的这些，你自己好好想想吧。等你真心决定要跟我合作了，就来告诉我。这完全是你自己的选择，不过这次我需要你给我一个确定的答案，而不是你还在研究所时对我撒的谎。我已经在你身上花费足够多的时间和精力了。"

说完他就走了。男瓦法紧随其后，就像一条忠犬。另一个瓦法好像完全忘记了丽洛和玛丽的存在，自顾自地吆喝那条大蟒蛇，让它从树上下来。可那蛇不听话，女瓦法干脆自己爬到树上与它团聚去了。就这样，这片林间空地只剩丽洛和玛丽两人了。

两人默然相对，丽洛越来越觉得尴尬。

"我不知道该说什么。"丽洛低声道，"我真不知道应该说什么。"

"就说你会答应他吧，你没有别的选择呀。"

"不，我……我不是说那个。我也……关于那件事情，我当然也没有别的选择，至少看起来是这样的。不过我是说，我不知道该对你说什么。"

"你什么也不需要说，因为你什么也没做，我心中对你只有美好的回忆。所以你想想，受到伤害的到底是谁呢？其实是一个曾经是我的人和另一个曾经是你的人。"

丽洛希望自己也能这样看，可是她知道，那个曾经是自己的人所做的事情会让她永远感到羞耻。然而日子还得继续下去，而唯一的办法就是像玛丽那样看待这件事。

"我按照你喜欢的款式修改了你的两条腿。"玛丽说道。丽洛连忙低头察看。她从没想过复活后小腿会有什么不一样，可现在想来，当然是不一样了。按照她本来的基因，小腿上是没有那层栗鼠绒毛的。

"谢谢你，我真的很感激。"

"我知道你会喜欢的。"

丽洛一下子咬紧了牙关。她明知玛丽不是有意讽刺，然而这句话还是让她火冒三丈——今天是这样，将来也一样——因为她很讨厌自己的一举一动都被别人预料到，真的很讨厌！

丽洛答道："我觉得我最好去跟大老板谈一谈。"说完，她忍不住揣测：上个轮回的我也说过这句话吗？

No.5

The Ophiuchi Hotline

我要永远活下去！

旧地球历 569 年
丽洛·亚历珊德拉·卡吕普索

回顾一下我的人生轨迹。

我正正常常地活了五十七年。和别人一样，我每隔几年就去做一次记忆备份。然后我就被抓了起来。

我拥有的那些备份全遭没收，等审判结果出来之后再做处置。后来我被判处死刑，所有备份都被删除。他们还把我的身体组织样本尽数销毁，以防止死后有人用这样东西把我克隆出来。

在我缓刑期间，特威德一伙肯定给我做了一次记忆备份。估计他们在手术前先用药把我迷倒了——这样做一点也不难。

我跟特威德培育的克隆人见过一面，然后她就被扔进死洞，代替我去死了。（不过到底是谁代替谁呢？毕竟她和我是同一个人，谁也不比谁更有资格做丽洛啊……这问题我始终想不明白。）

那个人，也就是原版的我——虽然心理上很难接受，可现在这个我确实是活在一个克隆的躯壳里——被带到特威德老巢的树林里，做了一次记忆备份。然后她只存活了几个星期就被杀了。就这样，在这个令人万分沮丧的死循环中，我又回到了原点，重新开始。新的我被唤醒之后，失去了几个星期的时间——也就是从上一次备份到原版的我被杀死的那一刻。"丽洛三号"很小心，隐忍了两三个月才逃走，结果还是被抓住处死。紧接着，"丽洛四号"——就是我，该死的，就是现在这个我——在树林里醒来，一睁眼就看见玛丽的微笑和俯视。不过这一次，连玛丽也是克隆的，因为"丽洛三号"在逃跑时把原版玛丽害死了。

现在，让我们从四维的角度去看待这一连串事件。当初在学校时，老师是用一条长着很多腿的长虫来描绘四维事件的。想象一下，长虫的一端是一个婴儿，正从母亲的胎盘或者阴道爬出来——具体是哪里，取决于母亲的选择；长虫的另一端则是死亡。这个人每做一次记忆备份，我们就在长虫相应的点上做一个记号，而每一个记号都有可能产生一条新的分支。

八九个月前，也就是在我缓刑期间，我的四维长虫开枝散叶，变成四条分支。(说不定有五六条或者更多。每次我死后,特威德总能在第二天就让我在一个新的身体里复活。由此推断,在我坐牢时,他给我培育了好几个克隆躯体。而且,他肯定也给玛丽准备了好几个克隆体,否则她不可能在被"丽洛三号"杀害的第二天就立马复活。)每条分支都以相同的记忆为起点,以玛丽给我做记忆备份的那一天为终点。其中三条分支都已终结,那三个版本的丽洛都死了。只剩下我这个版本沿着我自己这条支线,一分一秒地熬下去。

五年前,我偷偷做了一个备份,放在保命舱里绕土星运行——这里也有可能产生另一条分支。当然,这只是一个潜在的可能性而已,我没办法确定另一个丽洛是否会诞生。不过无论如何,我希望永远不要遇见她。当初我碰上了另一个版本的我,并因此加深了对自己的了解。然而有些事情,我不知道反而会过得开心点。

可既然已经知道了,既然我已经见识到自己为了活下去是怎样不择手段的,那么我无论如何也要活下去!

我要永远活下去!

丽洛用了整整三个月才完成野外生存训练,不过她知道特威德已经缩短了她的培训时间。

她没有开口抱怨,只是觉得这样做很蠢——她一边挨苦受累,一边觉得这事儿愚不可及。除非特威德真打算在旧地球抢滩登陆,否则这种训练一点意义也没有。

不过丽洛还是乖乖训练,踏遍了从亚马孙到埃及的各个迪士尼园区,在每个地方待上一周。地球解放党花了很多钱才获得授权,自由进出各大园区的荒郊野岭。于是丽洛一行人既能在大沙漠里享受烈日脱水疗程,又可以去西伯利亚品尝严寒冰雪套餐。

和丽洛一起培训的共有二十人,除了她之外,其余都是刚加入这个"邪教"组织的新成员——女瓦法除外。这家伙寸步不离地跟着丽洛,还轻松地完成了各项培训任务，仿佛那一切都是小菜一碟。丽洛结识了许多地球解放者，发现其中许多人并不是特威德那种狂热分子，更不会全心全意地为地球解放事业而奋斗。他们只是觉得这些活动很有趣，所以来体验一下罢了。

渐渐地，丽洛越来越佩服特威德独到的眼光——他对她的判断尤其精准。在丽洛接触的人当中，许多都不是地球解放党的核心成员或者狂热支持者。特威德竟然听之任之，这其实冒了很大的风险，因为她完全可以把自己的真实身份告诉别人。特威德不可能保证班上的每个人都对地球解放事业绝对忠诚，都不会向政府举报。可万一有人举报，月球政府得知特威德劫狱，那他就死定了。

不过最奇妙的是，这样一来，丽洛也会跟着陪葬！因此特威德算准了丽洛绝不会泄露秘密。

实际上，丽洛越来越喜欢野外的生活了，尽管她从没承认过。虽然在暴风雪里摸爬滚打并不好玩，可跟五六个人在拱顶小冰屋里挤成一团，盖一张北极熊皮做的毯子，这种经历就很有趣了。在整个培训过程中，类似的时刻比比皆是。

在这段时间里，丽洛还面临一个难题：孤独。与身体的疲劳相比，精神上的孤寂更加难熬。在研究所一年的牢狱生涯迫使她学会了独处，可现在她又重新燃起了对友谊和爱情的渴望。然而在野外生存训练营里，她不可能跟队友们交往。对于丽洛来说，爱一个人却又不能对他敞开心扉，这是不可想象的。可她有很多秘密需要严防死守，所以她不可能与人交心。而特威德大宅里的人甚至还不如训练营的队友。他们知道丽洛的秘密，因此知道她并非同道之人。人们对她谦恭有礼，却从不信任她。最终她能亲近的只有一个人：玛丽。丽洛知道她也喜欢自己，不过那只是因为她本就博爱和宽容罢了。玛丽认为用人类DNA做试验是不对的，而丽洛觉得地球解放者是一群疯子，两人之间没什么共同语言。

　　因此，丽洛虽然到了人群当中，却依然形单影只。这种境况甚至比孤零零地关在监狱里更凄惨。每个夜晚，当大伙儿围着篝火唱歌、讲故事、上床，丽洛却只能落寞地走开。她唯有告诉自己：我本来就不喜欢在野外亲热。有一次，丽洛和玛丽聊天时说："在沙滩上还得清理沙子，弄一天也弄不完。"只有当她实在饥渴难耐的时候，才会找个人解决。可是越往后丽洛就越觉得，最值得信赖的其实还是自己。

　　丽洛很孤寂，她的性生活也一团糟，而且她开始惶惶不可终日，成天担忧被政府抓回去。她经历了那么多苦难，也做了一些令自己觉得惭愧的事情，好不容易熬到今天，如果还被抓回去等待处决的话，这个结局就实在太可怕了。万一她现在一命呜呼，那前几个丽洛岂不是白死了？

　　从她苏醒那天开始，丽洛再也没有见过特威德。丽洛猜测特威德当时在场，目的是诱使她做出与之前相同的反应。他其实是想给丽洛一个教训，而且要把这个教训与他本人联系起来。特威德善于操控人心，而且这招确实管用，丽洛发现自己的确有点害怕他。

　　自那天以后，特威德仿佛突然对丽洛丧失了兴趣。丽洛想去找他，却被他的手下拦在外面：大老板总是很忙。

　　奇怪的是，一想到特威德很重视她，甚至愿意冒险把她从死牢里劫出来，丽洛竟然觉得很欣慰。可慢慢地，她不得不改变这个观念。当她意识到自己接受的训练其实是一套培训秘密特工的标准教程——这就意味着除了她以外，还有其他人，甚至也许有成百上千个——丽洛就变得抑郁起来。像玛丽这种医务员，特威德在月球随便哪个劳工市场都能找到，而在特威德心里，丽洛不见得就比玛丽更重要。

渐渐地，丽洛越来越觉得自己像是被扔进了一台巨大的机器里。而这台机器早在特威德有必要绑架她之前就已经在运行了。地球解放者能够严密地控制研究所，所以玛丽才能在里面花整整六个月的时间去培育丽洛的克隆体，而丝毫不用担心被发现。一想到这里，丽洛不禁开始怀疑她在真空里的那段死亡飞奔到底是不是真有必要。莫非那是一个考验？地球解放者们似乎特别热衷考验别人。就比如说她的训练——也不知道这些训练到底是为了什么——就包含了无穷无尽的测试，让她在各种陌生的环境中挣扎。据说这些正是旧地球的自然环境。

不过有一点可以肯定，特威德要找的是丽洛这一类人，而并非丽洛这一个人。实事求是地说，丽洛觉得自己与其他人相比，只有三个特别之处。第一，她是一个科学家。不过特威德有的是钱，无论需要多少科学家都能请来。其次，她是一个死囚。可丽洛怎么也想不明白这个身份对特威德来说有什么特别的价值。所以现在只剩下最后一个可能的特别之处：她研究的领域，以及导致她锒铛入狱的那个项目。

当初，丽洛发现自己的研究逐渐陷入法律的禁区，正在无可救药地朝深渊坠落时，她心里其实比世上任何一个人都要惊诧。坐牢期间，丽洛有很多机会反思这件事，而在培训过程中，她的时间就更充裕了。她经常反复回顾，推演自己是如何一步步成为人类公敌的，每次总会感到惊叹不已。

丽洛本来立志做一名医务员。她记得自己从小就心灵手巧，在成长过程中，她最珍爱的玩具是一个儿童手术包。她经常给自己和小伙伴们做脸部和肢体整形手术，而且总能跟上最新的潮流。

然而她的母亲和师长们知道，以丽洛的才智与天赋，做一个区区的医务员实在是大材小用。她们希望她成为某个技术领域的专家。丽洛倒没有反对，因为她天生喜爱且擅长阅读——早在外星人侵略地球之前，她的家族就已经是书香门第了——无论是什么书，只要她能拿到手，就会全部读完。老师们对她悉心栽培，终于发现她最想从事的职业原来是基因工程师。

丽洛在这个领域取得了很高成就，所有大公司都来争相聘请她。她在其中几家工作了一段时间，然后就成立了自己的公司。她的专长是研制食物——这是一个长久以来一直受到忽视，刚刚重新焕发生机的领域。

她的大部分同行都专注于研发时髦的水培食物——其实就是用各种现有的口味以不同方式搭配，调制出离奇古怪的新口味。这类新瓶老酒式的产品虽然能在刚推出时引起轰动，但只需几个月就被消费者淡忘了。丽洛却另辟蹊径，钻研食物的原材料。她并不是发明新食材，而是在现有材料的基础上进行改良，结果大获成功。那些制造商心知肚明，凭着庞大的广告预算和到位的营销手段，他们可以为任何一种商品人为地创造出暂时性的市场需求。可长远来说，真正赚钱的是对牛肉树、鸡蛋植株这类商品进行改良并注册基因专利。

丽洛专门研究猪肉树。她成功提高了粉色生肉的产量和甜度，同时也降低了熏肉的肥瘦比例。就这样，丽洛赚了足够的钱去改善实验室的设施，并从此转型，迈入一个全新领域。

猪肉树的研究工作使丽洛意识到，大量天然的基本食材无法跟人造品种竞争，因而长久以来为人们所忽视——在普罗大众心里，后者才是真正的食材庄稼。其实在很长一段历史时间里，小麦、大豆、马铃薯、玉米、稻米等植物才是人类的主要食材。虽然当今世上已经没人亲眼见过这些农作物了，可月球生命库里还保留着旧地球每一个动植物品种的样本。

丽洛意识到，她这辈子摄入的所有食物都来自人造庄稼，而且那些庄稼都有四百多年的历史了。自从人类文明在八大星球生根发芽之后，就再也没有新的主食问世，可见庄稼基因创新的年代已经一去不复返了。丽洛懒得深究缘由，而是着手创造一种新的主食。

她的科研成果就是大名鼎鼎的香蕉肉树。这个品种一经推出就大受欢迎，而且销量经久不衰。顾名思义，这种食物是丽洛以某种热带水果作物为基础研发出来的。关键是，它的口味是全新的，并非源自市面上的任何一种食材。有人说这个新品吃起来像鸡肉，也有人说像鹿肉，不过这些描述都不够准确。

因为丽洛刻意隐瞒了一个事实：与香蕉肉味道最接近的其实是人肉！她第一个有争议的做法就是——她当时这样做纯粹是为了搞科研，并没有不良居心——在研究人类味觉参数时，把自己身体组织的培养物加入了分析样本里。而她第一次触犯法律则是对该组织培养物做出修改，并将其 DNA 片段移植到香蕉基因里。

就这样，丽洛通过香蕉（人）肉赚取了第一桶金，虽然不至于富可敌国，却也给了她足够的资源和时间去重拾旧爱：研究人类的身体。

她想起小时候最爱对自己和别人身体的外部结构进行修补和改动。成年后，她觉得那只不过是成长过程中的一个阶段而已——到了现在，她甚至对绝大多数身体改造整容手术嗤之以鼻——不过那段快乐时光依然让她回味无穷。

丽洛时常思考基因是怎样塑造包括自己在内的每个人的一生的，而这当中又有多少是偶然因素使然呢？比如说，她博览群书，而很多月球公民都是文盲。当前，社会上流行的解释是，那些人天生的性格气质不适合阅读——确实，在这个视像饱和的电脑化的世界里，需要识字的职业寥寥无几。丽洛虽然对这个说法没有太大异议，心里却隐隐觉得，大部分没有学会阅读的人其实是因为不够聪明。

这个想法并没有使丽洛自以为高人一等，反而让她大为不悦——因为这是偶然因素造成的。她的聪明才智不能归功于她本人，而是早在精卵相逢于子宫时就已经决定了。

无奈基因法律有诸多限制，丽洛懊恼之余仔细研究了这些法律的起源，结果大吃一惊。这条实施了五百年的禁令，在刚开始时原来只是为了暂时停止人类基因实验。当时全人类颠沛流离，前景也不明朗，所以这条禁令是很合理的。可要禁多久才够呢？地球沦陷后，人类这一物种只剩下一个小容量的基因库了，而当代这样规模的人类社会已经代表了这个小基因库所能达到的最大多样性，再也不能通过自然变异玩出新花样了。在禁令实施前，人类所有的基因缺陷和疾病都被消除。虽然人类物种处于非常健康的状态，可是它已经走到了尽头。

当丽洛接触到基因学的生殖分支时，她觉得更加震撼了。她既不是基因学家，也不是生殖领域的研究人员，她对遗传学的各种定律只有一个相当模糊的认识，就好比制造机器的专家不太了解让各个部件成型的冶金学原理。原本，丽洛的工作是运用从蛇夫座热线学到的基因操控技术，按照自己的意愿修改现有的材料。转型后，丽洛一头扎进了隐性基因和同系繁殖的领域。她开始怀疑人类正在变得越来越蠢，但因为没有对比参照，所以这种变化并不为人所知。

她尝试在基因工程师的圈子里大声疾呼，希望引起同行的兴趣，可惜没有成功。当时的政坛并没有废除禁令的呼声，所以丽洛也没有东风可借。人类社会早已不再把性看成洪水猛兽，有什么能取而代之，成为新的禁忌话题呢？答案只有一个：人类基因。没有人想正视这个问题，因为没有人觉得这是个问题。这条禁令成了人们生活中的金科玉律：人类DNA是神圣不可侵犯的！

丽洛思索前面的路应该怎么走，想了整整一年。

她可以忘记这件事。这个选择确实是可行的，即使到了现在，她也说不清自己当初为什么还要继续钻研下去。在有些日子里，整个社会的惰性会像毒品似的渗进她的血管里，使她平静下来，让她安于现状。既然你奶奶都没有怨言，那你为什么还要抱怨呢？

或者，她可以在这个领域继续探索，不过一定要小心谨慎。而这正是她选择的道路，只可惜她到底还是不够谨慎。

引领她前进的向导正是蛇夫座热线。从热线传送过来的海量数据都是加密的，其中百分之九十五一直解不开。可她听传言说当中有一部分——或者绝大部分——是和人类 DNA 有关的。于是丽洛让计算机对储存在公共资料库的那部分热线数据进行扫描。这样做无异于闭着眼睛在大海里瞎捞，她甚至不知道自己在捞什么。这个领域极少有人涉足，丽洛不得不翻查地球沦陷前的记录，看能不能碰到一些有意义的研究成果。她知道这项工程有多么庞大，需要成百上千名从事基础研究的科学家；不过她怀疑这类研究者只存在于过去，现在已经绝种了。而且在忙了一段时间后，丽洛这才意识到自己并没有受过科研方面的训练——她毕竟只是一名工程师，充其量算是修补匠！

不过成果是喜人的。丽洛不关心蛇夫座热线为什么对人类基因会有如此深入的了解——他们好像无所不知——她只知道这几百年来，人类一直依赖从热线传送过来的知识。丽洛在土卫十设立了研究基地，断断续续地用自己的卵细胞进行一系列实验。这是她第一次进行人类基因实验。她的初衷并不是为了弄一个活生生的人出来，她只是想修改卵细胞的基因，等胚胎培育出来就止步。接下来，她会用实验结果发现下一步的研究方向。

丽洛不知道自己在寻觅什么，也不知道自己为什么要这样做。在最低谷的时候，她甚至怀疑自己其实是对"成为医务员"这个童年梦想念念不忘，而换个方式去实现罢了。

然而在更多时候，丽洛还是能坚持下去，就凭心中的一个憧憬。她不知这个憧憬从何而来，有时候甚至觉得这个念头不是出自自己的脑子。那是一个虽然模糊却令她心驰神往的梦想：人类经过优化和改造，翱翔于太空，足迹遍布亿万星辰。

伴随这个梦想的是一幅明艳生动的画面,每个夜晚正是这幅画面伴她入眠:她在原野和树林里奔跑,脚下是长长的青草,漫山遍野的鲜花在微风中摇曳。她头上悬着一颗蓝色的太阳——那是一种特别可爱的蓝色,沁人心脾,十分动人。丽洛奔跑时,身边还有一个人。

丽洛住在"地球家园"——也就是特威德私人拥有的这座微型迪士尼园区。他们强迫她动手搭建了一间草棚子,她就睡在里面。

每天早晨,丽洛的第一位访客都是同一个人:玛丽。没人陪同的话,丽洛是不能离开地球家园的。她尝试寻找来路,找了好几次,却怎么也找不到来时的溪床——那个入口简直是只能进不能出。因此,每天早晨玛丽都来找她,给她戴上眼罩,然后领她涉水走出这里。

不过这一次,玛丽没有伸手掏出眼罩,而是带着丽洛走到一个堤坝前。从这里沿着堤坝继续往前就能走到那条小溪了。

"这个星期去喜马拉雅山,对吧?"丽洛随口问道。

"不对。"玛丽回答,"你今天就出发,飞船已经准备好了。"

"今天就走?"最后一刻才通知,这是很合理的。要是她提早知道出发日期,必定会狗急跳墙,给自己制定一个逃跑的最后期限。

"是的。来,抓紧我的手,准备好,不要把内脏也吐出来了。接下来的感觉不会太舒服,不过你习惯了就好。"她带着丽洛走到一棵大树前。这棵树长在小溪对岸,枝干却一直延伸到这边。丽洛记得自己分明在这棵树附近探索过的。两人开始绕去树的另一头……

突然,所有景物开始向下倾斜。丽洛顿时觉得头晕目眩,连忙往后缩。眼前的一切都扭曲了,就像隔着玻璃瓶去看一般。

"往上走。"玛丽拉了一下她的手,"只走三步。放心,你不会摔下去的。"

丽洛狠狠地咽了一下口水,然后凌空迈出一步——竟然感觉一脚踩在了硬地上。虽然她明知道自己正在往上走,可看起来却像是顺着一面垂直的山壁向下坠落。

"向左,然后再向左。你闭上眼睛会好走一点。"

可丽洛坚持睁开双眼。以前她在游乐宫里也见识过这种全息图像障眼法,却都不如眼前这个逼真。最后,她们走进了一个满是流水的走廊。

"你能告诉我这是要去哪里吗?"丽洛问道,"这样我才知道要带什么行李。"

玛丽哈哈一笑,"不能。老实跟你说,我也不知道。"

她们在玛丽的医务室稍作停留。一小时后,丽洛走了出来。她的左肺被切除了,取而代之的是一个清零力场真空服生成器。丽洛从没用过这种设备,看来这次目的地是金星或者水星,因为清零力场真空服只有在那些地方才能派上用场。她好奇地用手指把玩着一朵镶在锁骨下方的小金属花,这既是排气阀,同时也是真空服的控制器——刚才玛丽给她解释了怎样操控。玛丽还在丽洛的脖子上安装了真空服的附件:双声道无线电和语音信号编码器。这时,丽洛的脖子还在隐隐作痛。

接下来,玛丽给她引见了伊菲斯。丽洛这下就能肯定,她这回确实要离开月球了。这位仁兄肯定是太空居民,因为他没有腿。很明显,他只是在这里短暂停留,不值得花笔钱把双腿装回去,所以用一台八爪行走机代步就可以了。这台行走机顶上有个篮子,篮子里还铺着软垫,伊菲斯舒舒服服地坐在里面。

这时女瓦法出现了。按照一贯作风,瓦法站定在丽洛身边,紧挨着她的手肘。

"特威德在哪里?"丽洛问道。

"他让我告诉你,他分身乏术。"玛丽说道,"瓦法会和你一起走。

我申请陪你上路,可大老板需要我留下来,因为又来了一名新的囚犯,那人……噢,我不该跟你说这些的。可是,没关系了。"她亲了丽洛一下,"我最讨厌送别了。"她一边说着,一边看向别处,"你要珍重,也许我们还会再见面的。"

"希望是吧。"

丽洛没有看见飞船的外观,她只是跟着伊菲斯和瓦法,沿着一条可折叠管道走进了飞船的生活区。这里空间窄小,伊菲斯双手一撑,从八爪行走机里飞出来,稳稳地坐在沙发上。然后女瓦法把这台奇妙的行走机拿到了飞船的气密锁外。

"坐吧。"伊菲斯说道,"我们两分钟后升空。"

丽洛还是不死心,"到底去哪里?"

"土卫六。"

他们计划在木星进行转向操作。丽洛不喜欢这种航行模式,但也没说什么。毕竟她没出钱买船票,哪有资格说三道四呢?

眼看还有几天就要进入木星轨道了,瓦法却突然告诉丽洛一件事情。

"我们不是真的去土卫六。虽然那里是我的最终目的地,可你要去别处。"

丽洛有点措手不及,"那么我去哪里?"

"一个名叫波塞冬的小地方。"

"这破地方到底在哪里?"

瓦法和伊菲斯交换了一个眼色。丽洛顿觉浑身不自在,仿佛她应该知道这个地名似的。

"你查找一下 J8,或者 J-VIII,罗马数字。"

"就是木卫八,木星的一个逆行卫星。"伊菲斯解释道,"就是一块半径二十公里的大石头,距离木星大约两千万公里。"

"不过那是——"

"不合法的?"瓦法哈哈大笑道,然后连伊菲斯也跟着笑了起来。"你找外星入侵者告状呀。"

"外星入侵者……"丽洛喃喃道。

No. 6

The Ophiuchi Hotline

在接下来的两年里,活活饿死的人数高达一百亿。

《为什么我们不能回家》
三月五日口述创意合作社,文盲级录像资料

《为什么我们不能回家》，三月五日口述创意合作社，文盲级录像资料。

外星人出现于2050年，他们的亮相方式很老派：两个有小行星那么大的物体从星际空间进入太阳系。当时，帕洛马山天文台的望远镜不停追踪，天文学家们也整天黏在目镜前走不动道。然后这两个物体减速飞向了木星。

当时有两位宇航员——普仁吉塔和米辛奇科夫——本来正在去火星执行一项例行补给任务（画面上是两人登上"吴丹号"宇宙飞船的实况录像，然后切换到飞船内部的场景，宇航员从事着接收无线电信息、监察仪器、启动引擎、吃饭、睡觉等活动），但这时要临时改道飞向木星。两人会在六个月后到达，到时燃料也会耗尽。他们的任务是原地待命，观察不明物体的动静，等待自动燃料舱的到达（画面出现合成的场景：两位宇航员站在"吴丹号"的舷窗前，窗外正是木星。普仁吉塔的肤色几乎和外面的太空一样黑，她用一条手臂搂住米辛奇科夫。她已经怀孕了）。

其中一个不明物体开始绕木星运行，另一个则在进入轨道前的最后一刻改变航向，直飞地球，最后落在赤道附近的太平洋里。这就是后人所说的"地球沦陷元年"（画面显示外星飞船出现的新闻片段，一个半径二十公里的半球露出水面。半球的外层很暗，还密布着孔洞）。

我们对外星入侵者了解甚少，有限信息大部分来自两位宇航员的描述。据资料显示，在全人类中，曾经登上过外星飞船而又全身而退的，就只有这两位。当时他们的遭遇是（画面显示外星飞船逼近"吴丹号"，将这艘来自地球的飞船整个儿吞了进去。然后镜头跟随两人带着小女婴穿过一条条灌满了水的石头隧道）：两人竟然在飞船里遇到了三个地球人——艾伦·布朗森博士和她的两位同伴！奇怪的是，博士三人组登上的是降落在太平洋的外星飞船，而且是在飞船着陆当天进去的。两队人相遇时,博士三人组待在飞船里还不到一天。而在三人登船的那一天,两位宇航员还在飞往木星的途中,距离目的地还有三个月的路程。

如果宇航员描述的是事实,那么两艘飞船内部的时空跟外界是不一样的。而人们也没理由去怀疑宇航员的故事。

后人一致认为,布朗森博士是唯一亲眼见过外星人真面目而又存活下来的人(画面里只有布朗森。只见她独自走进巨大的空间——类似于经过改造的小行星内部,这里面有一半淹在水里。远处有一些用特效做成的扭曲影像,代表的正是外星人。布朗森的面部特写出现在屏幕上,只见她一脸震惊和恐惧,然后转身狂奔起来)。

布朗森宣称,自己在飞船上的经历很奇特,很多信息是以某种神秘的方式灌输给她的。因此,虽然她把那些事情告诉了普仁吉塔和米辛奇科夫,却不能对那些话的真实性负责(画面里,五个人坐在外星飞船内的一片沙滩上,围着篝火低声交谈着)。没人知道应不应该相信她的话,但这是我们拥有的唯一版本了。以下就是她的叙述。

入侵者来自一个类似木星的气态巨行星。他们前往太阳系的首要目的并不是为了侵占地球,具体动机布朗森也不清楚,好像是跟木星上的生物有关。她说木星上有智慧生命,其形态就跟入侵者相似(这时出现木星大气层的动画场景,一些庞大的阴影在镜头前游过)。

然后入侵者顺便就把地球给占领了。他们这样做只是为了造福地球上的三种智慧生物:抹香鲸、虎鲸,还有瓶鼻海豚(此时播放的是关于地球海洋生物的旧影片)。

布朗森表示,宇宙中存在着不同层次的智慧生命:最聪明的是入侵者和木星生物,其次是地球上的海豚和鲸。至于人类、飞鸟、蜜蜂、海狸、蚂蚁和珊瑚等,甚至连智慧生命也算不上。

没人知道这番话正确与否,可这是我们拥有的唯一解释了。

入侵者没有给人类任何解释，没有派出代表团，也没有给人类下最后通牒。人类面对强敌入侵，当然是奋起反抗，但外星入侵者对人类的抗争直接无视。我们的氢弹炸不响，坦克动不了，连枪也哑火了（画面显示城市街道一片混乱，然后切至直升机航拍的高速公路大塞车场景）。地球上从来没有人见过入侵者的真面目。虽说照片显示天空中有些扭曲的区域，然而当时在场的观察者都没有留意到，仿佛它们都隐藏在人们的盲点中。也许这些东西就是入侵者吧（画面上出现了一幅幅平面照，无非是楼房倒塌、路面掀起等惨况，而每一幅照片的天空中都有许多五颜六色的旋涡）。

综合地表通信设备在停止运作前发出的所有信息来看，外星入侵者从来没有亲手害死任何一个地球人，只是把人类文明的一切产物悉数摧毁。外星人所过之处，都会留下大片犁好的田野、发芽在即的种子、茁壮成长的小草。

在接下来的两年里，活活饿死的人高达一百亿。

木卫八是一块不规则的巨石，在木星众多大大小小的卫星中，它是最偏远的一颗。这颗卫星的公转轨道与木星的赤道成一百五十度夹角，而且是逆行的，因此它属于太阳系里比较难以登陆的天体之一。

"地球家园二号"是一艘根据自由落体原理设计的货船，专门运载笨重且优先级较低的货物。它的航行线路是双曲线轨道，而不是高能推进式飞船的直线。

"恭喜船长。"丽洛说道，"刚才你干得太棒了。"

"嗯？噢，你是说我控制飞船靠近木卫八是吧？"伊菲斯耸了耸肩。不过丽洛能看出，他其实挺受用的。他们从月球飞到木星一共用了二十九天，朝夕相处这么久，丽洛已经很了解这位船长了。

"是的。"她说道，"现在大部分飞行员就跟滑道操作员差不多，跟着他们旅行闷死人了。"

"哈哈，你这样说，我完全不反对。"

"可你就不一样了，让我想起了太空探索刚起步时的那些飞行员。旅途的终点什么也没有，没有燃料补给站，没有氧气，什么也没有。我猜你挺喜欢这种感觉的。"

他对着丽洛微微一笑，"如果我不喜欢的话，就不会干这行了。可我总觉得自己生不逢时，错过了大冒险的年代。像这次的航程，基本上已经是我们能经历到的最危险的事情了。虽然我们来木卫八是非法的，但实际上安全得很。你肯定在想，我们大摇大摆地飞来木星这里，怎么会没人发现呢？"

八大星球的法律严禁飞船驶近木星轨道，也不允许登陆它的任何一颗卫星。不过这条规定有个漏洞：它并没有禁止人们利用木星帮助飞行器改变航道，前往别的星体。载人宇宙飞船从来不会这样做，因为很多人根本就害怕靠近木星。可很多自主经营的飞行员却愿意这样做，因为可以节省时间和燃料。

而特威德的把戏是准备了两艘一模一样的飞船。他从冥王星搞来一艘飞船，谎报这艘飞船不知所终，再公开购买同一款飞船取代那艘"失踪"的飞船，于是就有了两艘相同登记号码的飞船。更重要的是，这两艘飞船连船长也是一样的！丽洛乘坐"地球家园二号"前往木星，这艘飞船的船长其实是"伊菲斯二号"。与此同时，还有一艘飞船是"地球家园一号"，其船长则是"伊菲斯一号"，也就是克隆人。这两位伊菲斯从没碰过面，估计以后也不会遇上。

"按照海关的作风，"伊菲斯解释道，"他们只对入关的飞船感兴趣。我们从月球出发前往土卫六，申报乘客名单时只填了瓦法一个人，然后我们先去木星进行转向操作。与此同时，我的克隆人开着另一艘飞船，载着另一个瓦法，从木卫八出发，也飞来木星这里，然后代替我们沿着既定航线飞向土卫六。他们到达目的地过海关时也毫无破绽，因为上面运送的货物跟我在月球出发时申报的一模一样。就算有人留意我们这艘飞船在木星各卫星之间残留下来的排放物，他们也不会说什么，因为他们很可能以为这是入侵者在搞什么小动作。"

伊菲斯一提到入侵者，丽洛马上警醒了。算起来，他们绕着木星飞行已经有二十个小时了，她实在不愿意回想这一段旅程。

于是丽洛再次朝舷窗外望去，"差不多是时候让我们降落了吧？"眼前的木卫八越来越大，丽洛已经看不见它的边沿了。她心里惴惴不安起来。这时候，这颗卫星的表面似乎有动静，随后丽洛惊讶地发现那竟然是有个人在动——原来他们距离地面已经这么近了。

"你就别操心了。我们这种小货船是不能直接停泊在这样一颗鹅卵石上面的，因为不小心放个屁就蹦回太空了。"他向舷窗外瞥了一眼，然后把手伸向控制台。飞船的微调喷射器发出几下砰砰声，然后丽洛就感觉不到任何晃动了。"他们已经用绳子把我们的飞船拉下去固定好。你想的话，现在就可以出去了。"说完他双手向下一撑，整个人从座椅上腾空而起。这个动作实在太优雅，丽洛每次看见都觉得帅气极了。她知道在无重力环境下，人的双腿因为爆发力太强大，什么任务都完成不了，反而成了累赘。可是她不知道，双腿不仅仅是累赘，还会给人带来危险。在航行的第一天她就撞了三次头，几乎把脑袋撞破了——毕竟她以前出远门乘坐的都是1G重力的宇宙飞船。

突然，丽洛意识到自己正在四处张望，原来她在寻找一件东西：她的太空服。丽洛身上只穿着背心和短裙，在一种根深蒂固的条件反射驱使下，她对穿成这样走进气密舱非常抗拒。之前，她从死牢逃出去时，那几秒的时间特别可怕；现在，那种恐惧突然再次涌上心头。与此同时，丽洛又觉得很不忿，因为她不想被这种非理性的恐惧支配，于是她拼命把这段回忆压下去。她明知清零力场真空服已经在正常工作了——在他们距离木星还有几小时的航程时，飞船内的辐射强度已经到达了危险值，所以真空服已经自动激活了。

伊菲斯和瓦法出去后，丽洛也走进气密舱，再把内舱门锁上，然后按下了循环键。她裸露的皮肤上突然起了无数鸡皮疙瘩，然后真空服瞬间成型。丽洛明明觉得呼吸困难，却刻意把张口喘气的条件反射压制住。

要适应清零力场真空服并不容易，其中一个重要因素是心理上的不适感。试想你被一个镜面包裹住，而且这个镜面与你躯体的轮廓完全同步，始终保持着一到一点五毫米的距离——那感觉很古怪吧？丽洛看着自己，却只能看见一个倒映着四周景物的扭曲镜像，就像照哈哈镜似的。另一个因素其实是恐慌：丽洛呼吸空气呼吸了五十七年，现在突然不需要这样做，当然是很可怕的。

真空服内自带一个神经链接，能使她横膈膜的那部分自主神经系统失效。在真空服生成后，呼吸反射就自动停止了。当然，实际情况并没有这么简单。本来，消化、心跳、呼吸等功能是由很底层的自主神经系统控制的，然而在这个底层系统之下还蛰伏着一头原始的古猿——这头古猿的智力足够让它意识到丽洛的呼吸停止了，却不足以明白真空服已经接管了呼吸系统。结果就是让丽洛近乎惊慌失措。

丽洛知道自己没办法适应这种恐惧。其实很多人都用过清零力场真空服，水星和金星的居民则更是在真空服里长大的。在刚开始的五分钟里，她紧紧抓住气密锁一侧，努力使自己不再颤抖。然后她发现，思考一下真空服的工作原理，想想这东西是怎样保住她这条老命的，这样就能够帮她镇定下来。于是丽洛在脑海里想象出这个不规则形状的金属植入体——由玛丽亲手放进去取代了她的左肺。这东西包括了清零力场生成器、一个可连续供氧三十小时的氧气源，还有一些连接她肺循环系统的人造肺泡。这件清零力场真空服能够帮助丽洛的身体交换气体（将氧气泵进血管，又把血液中的二氧化碳透析出来），甚至远比她的肺更高效。而真空服的力场震动则会产生一种类似风箱的效应，把高纯度的二氧化碳通过镶在她锁骨下面的排气阀排出体外。此外，真空服里还有一些附加设备，比如说内置双声道无线电设施。与外界联络时，她只用在咽喉处默念就可以了，完全不必发出声来。

渐渐地，丽洛感觉好点了。灰色的地面就在她下方，距离大约五米。她看得出有人尝试把地面铺得平整一些，尤其是在"地球家园号"停泊的地方。地面上安装了一些金属架子，彼此连着许多银色绳子，乍看之下宛如一张银色的巨网。在木卫八，这就算是一个交通网络了。

丽洛觉得是时候离开气密舱了，于是迈步往外走。可过了几秒钟，她就看出自己犯了一个错误。在往下坠落的时候，丽洛本来有足够的时间计算这里的重力加速度。她算出来的结果是将近一厘米每秒的平方（$0.01m/s^2$），也就是月球重力加速度的千分之六。当她着陆时，反应太强烈，下意识地一蹬腿，整个人又飞了起来——这回丽洛有点害怕了。幸好，她最终停止上升，再次向下飘落。这时，丽洛有充足的时间做进一步计算。按照标准月球状态，这里的重力井[1]有三百三十米深，所以无论她再怎么蹬腿，也还是达不到逃逸速度。

再次落地时，丽洛就加倍小心了。她抓住一根绳子，一点一点把自己往下拉。绳子与她的身体一样，都像镜子一样闪闪发亮。她观察自己的银色双手裹住绳子，在接触的瞬间，手上的银色与绳子的银色融合在一起，连接得天衣无缝。

前面两人已经走进了一面镜子里，于是丽洛拉着绳子前进，来到这面镜子跟前。这其实也是一个清零力场，是用来保护地下聚居地入

---

1. 指空间中围绕着某个天体的引力场的概念模型。大质量的天体能令周围的空间产生凹陷，天体质量越大，重力井越深，范围越大。

口的。她尝试穿过去，却在脖子那里卡住了，怎么也进不去。里面是一条岩石过道，瓦法就飘浮在空中，脸上露出一丝微笑。丽洛把脑袋缩回来，将背心和短裙脱了——清零力场真空服成型时，并没有把她的衣物也裹住。要将衣服带进去，办法肯定有，只是丽洛一时想不出来。于是她把衣物扔在洞口外，自己顺利进去了。

瓦法还在原地等待。她伸直手臂，把一件东西递给丽洛。原来这是一个增压箱。

"你一定要掌握清零力场的基本常识。"瓦法说道，"只有包裹在另一个清零力场里的物体或人能够穿越清零力场。此外，有些力场进行了微调，只允许某些频率的光穿过。这就是为什么你隔着真空服也能看见外面。"

丽洛很生气，却不打算说什么。她从瓦法手里接过箱子，随即转过身。从里面是看不到镜面的，她仿佛站在一条隧道的出口往外看。当她迈步走出去的瞬间，真空服又自动生成，把她全身都裹住了。

"这算什么？入会仪式啊？"她把衣服装在箱子里带了进来，很生气地说道。她的衣服只在真空里放了片刻，就已经出现了破损。短裙里面包含了不太稳定的塑料成分，现在已经开始气化了。

"不。"瓦法答道，"不算。我只想让你明白，这地方有另外一套规矩。"说到这里，她停顿了片刻，看着丽洛把破损的背心和短裙又从身上脱下来，"这几件不是你最喜欢的衣服吧？"

丽洛没有答话。

"我这就给你提几个醒吧。"瓦法说道。丽洛抬起头来看着她，眼神里隐约流露出惊奇——瓦法可不是那种积德行善的主。

"不用给钱吗？"

"不用。"瓦法哈哈笑道，"第一，当你外出时，千万别让头发遮住眼睛。力场会把头发压紧，将里面的空气都逼出来，头发就会紧贴在你脸上。那样的话，你就什么也看不见了。"

"多谢提醒，我会记住的。"

"第二，你说话的时候一定要小心。镶在你咽喉的那颗东西能把你默念的话也四处广播。要是你想东西的时候太用力，那么每个人都能听见你在想什么。"

"我会记住的。"

走廊的截面是圆形的，看起来就像还没完工。施工者只是随随便便把过道给挖出来，事后甚至懒得将里面弄得平整一点。走廊的内壁喷着一条条黄色和绿色的指示条，用来标识隧道的天花板和地面；另外还有许多箭头，用来指示方向。丽洛往前走着，才转了三个弯就完全迷失了方向。虽然她知道自己总有一天能学会看这些标识，可现在她连上下左右也分不清。有黄色指示条的到底是天花板还是地面呢？这条隧道每隔五十米就有一个分支，里面是一个个房间。丽洛往那些房间里探头张望，却也没有什么用，因为房间里的家具摆放完全没有章法，都是随便找个地方固定住，也不管那是在地上、墙上还是天花板上。

瓦法把她带到医务室。只见里面有一张桌子固定在后墙上，一个女人就坐在桌子后面。这女人的脸上没有一丝笑意。

"玛丽！"丽洛还没反应过来，双脚就已经开始向前跨步。然后她觉得热血涌上脸庞，连耳朵也有些发烫。

"是我。我知道你认识我在月球上的克隆人。"玛丽一边说着，一边向她们飘过来，"我还知道你对她干了什么。"

"我……很对不起，我……"

"别对我道歉，你又没干什么，是"丽洛三号"干的。我知道你是"丽洛四号"，而且你害的又不是我。不过我和你没什么好说的，希望你能理解。来，我们干正事儿吧。"

所谓正事，原来是一系列健康保护措施。玛丽先给丽洛做了一次全面检查，然后给她制定了一个专门减轻无重力环境副作用的疗程。只要丽洛在木卫八逗留，就必须持续接受这个疗程。玛丽的目标是让每个女性都保持标准 0.9G 状态下的肌肉紧张度。她相信——丽洛也赞同——任由人类的肌肉适应低重力状态，从长远来说是危险的。

玛丽给丽洛注射了一管镇静剂，帮她减缓方向失调引起的不适。然后她们带着丽洛走进一间方形的斗室里，让她在这里睡上八个小时。等丽洛醒来，她们就会给她详细介绍，她在这个基地里的职责到底是什么。

No.7

The Ophiuchi Hotline

无论哪里都好过待在死囚室。

旧地球历 569 年
丽洛·亚历珊德拉·卡吕普索

木卫八的基地有超过四十年历史了。当年的建造者们像白蚁蛀朽木似的，在这块巨石内部挖出四通八达的隧道，就如同一个地下墓穴的迷宫。时至今日，这些隧道的百分之八十都已废弃。

丽洛睡醒后，在基地度过了完整的一天。瓦法让她四处走动，熟悉一下环境。在探索的过程中，丽洛发现了许多废弃区域。有些走廊的尽头是一面镜子，当她穿过这些镜子后，真空服会自动激活，把她整个人包裹起来——因为镜子的另一头是真空。

在特威德还在总统任内时，木卫八基地的规模比现在大得多，因为他那时能够偷偷把纳税人的钱转移过来投入到这个项目上。然而现在他已经下台，只能用自己的积蓄和地球解放党的钱，所以必须大幅削减开支。考虑到这个项目是他独力撑起来的，所以规模已经算是相当庞大了。基地里住了八十名成年囚徒，还有他们的小孩以及数目不明的守卫。这些守卫当然都是瓦法的克隆人——这人可真是无处不在。

丽洛没办法确定这里到底有多少个瓦法，原因很简单：他们从来不会在同一时间一起出现在同一个地方。基地里，守卫们有一个独立的区域，是用特殊的清零力场隔离出来的。这个力场被设置成只让瓦法通过，把其他所有人一律挡在外面。这批瓦法只有两种标准型号——男性和女性——而且全身上下都是光溜溜的，一点毛发也没有。丽洛数过，基地里至少有六个瓦法，但实际上可能两倍也不止。她不可能知道他们是怎么排班的，也不知道在那堵墙后有多少个瓦法正在监视着众人。

然而这帮守卫还算低调，只要每名囚徒完成分配的任务，瓦法是很少来打扰的。囚徒们可以在基地里自由走动，唯一不能去的地方就是守卫聚集的那个禁区。每一个瓦法都带着一把激光手枪，犯人们在付出了惨痛的代价后才了解到这样一个残酷事实：这些激光枪只能用来打犯人，对瓦法是无效的。而且，那些激光能够射穿清零力场——

除非力场裹住的是瓦法。有些犯人改装了真空服的清零力场生成器，把激光的频率屏蔽掉。这样做虽然有效，无奈真空服只有在基地外面才会启动，而每个人肺里的空气只能维持三十个小时。所以当造反者在外面熬不住，终于要进来换气时，瓦法队伍就守株待兔，进一个毙一个。

丽洛很快就把这一切都了解得一清二楚。大伙儿对过去的失败经历毫不忌讳，甚至欢迎她提出一些新的想法和创意。只可惜丽洛提出的每一个方案都被证实行不通。众人达成的共识是：他们在木卫八插翼难飞。虽然丽洛对这个悲观的看法持保留态度，可心里不得不承认：前景确实很悲观。

"无论哪里都好过待在死囚室。"丽洛说道。

"也许吧，反正我没经历过。"

她此刻的同伴是一名叫华夏的男人。几分钟前，他走进食堂，坐在丽洛身边和她一起吃早餐。这时还很早，整个大厅里就只有他俩。丽洛的生物钟还没和基地其他人同步起来。

基地里只有少数几个区域有离心重力生成器——这些设备安装在木卫八内部的一些巨大空腔里，通过不停转动来模拟重力。食堂大厅是其中一个；另外有一个更大型的转轮是健身室，人们可以在里面跑步和举重；第三个是集体宿舍，给那些在失重状态下睡不着的人居住。

华夏身材高瘦，两条大长腿，满脑袋都是乱糟糟的棕色头发；明明长了一张娃娃脸，却留着很不协调的络腮胡子。他的相貌英俊，却又不显得过火，正是丽洛欣赏的类型。丽洛还没有触碰过华夏的肌肤，甚至还没有嗅到他的气味，就已经莫名地被他吸引了，这对丽洛来说是相当罕见的。当今社会流行整形手术，美好的皮囊唾手可得，已经变得很廉价，而且来来去去就是那几种模样，丽洛早就看腻了。在她眼里，一个男人的相貌跟那些烦人的网红脸相差越大，她就越喜欢。

"这么说来,你不是他们从研究所里绑架出来的咯?"她问道,用一片薄饼把碟子上最后一点枫糖抹干净。

"我是被绑架,却不是从研究所……其实我是被哄来的。"

"你的意思是,你没干什么坏事……你来这里并不是罪有应得,对吧?想要加一点咖啡吗?"

"好的,谢谢。我之所以沦落到这里,完全是因为错信了特威德。我本来不该相信他的,可话又说回来,当初谁能预见到这样一个鬼地方呢?"

丽洛把一只白色塑料杯放在华夏面前,自己则坐了下来,向后靠在椅背上。她把肩胛骨卡在椅背上沿,两条腿尽量伸展开来,然后把温暖的咖啡杯搁在肚子上。

"好吧。"华夏说道,"我承认,我确实惹上麻烦了,不过我并没被抓起来。然后特威德来找我,给我开了个好条件。他说会……"华夏说到这里停顿了片刻,把视线从她脸上移开。接下来,他又瞥了丽洛一眼,长叹一声,然后继续往下说,但不敢直视丽洛的眼睛。

"我是一名老师。"他说道,"应该说,我曾经是一名老师。事到如今向你隐瞒也没意义了,我是被教育联合会开除的。我认为他们这样做并不公正,不过我也没办法向你证明什么。"说完,他又抬头看着丽洛。丽洛耸了耸肩,又觉得这个动作不足以示好,于是加了几分微笑。

"对我来说没区别的。"她回答,"我自己就是人类公敌,记得吗?"

"呵呵,那个罪名肯定也是胡乱给你扣上去的。"华夏轻描淡写地说,"人类公敌我们这里就有好些个。他们当中确实有几个疯子,不过大部分和其他人没什么两样。这些所谓人类公敌,只是在某条路上走得稍稍远一点罢了。而且他们这样做往往是为了坚守心中的某个原则或者信念。"说到这里,华夏扬起眉毛,等着丽洛回复。可丽洛还没准备好向别人诉说自己的遭遇——至少现在还没准备好——更何况对方只是一个刚刚认识的陌生人呢？

"然后呢？"

"特威德说他可以帮我重新执掌教鞭教育小孩。当时我已经离开讲台五年了，实在是病急乱投医。我需要那些小孩子，我真的很需要我的学生……反正他开出的条件是，我给他做两件事情。第一件是在某个偏远的地方教小孩——他没说具体在哪儿；第二件是去冥王星工作一段时间。你知道吗，我当初还以为是先做完第一件，然后再做第二件呢。他没有说去冥王星干什么工作，而我也不在乎。特威德说，只要给他干几年，就会放我走，给我改名换姓，重新回到教师岗位。"

"那后来怎样了？"丽洛边说边伸手舀了满满一勺白糖，放进咖啡里，再轻轻搅匀，希望能盖住咖啡本来的味道，"这东西太恶心了！"

"很恶心对吧？当初他说能让我复职，我就该起疑心的。这表明他能通过非法手段接入政府的高级计算机系统，能够获得一些见不得人的东西。你明白我的意思吧？"

"我明白。他能获得什么东西呢？你的记忆备份？"

华夏微笑道："对！后来我才知道，他一直都打算让我同时做这两件事。他把原版的我派去冥王星，又把我的记忆备份灌进一个克隆人里面，然后就生成了坐在你面前的这个我。"

"把你给诱骗了。"

"没错。这里还有大约十个人和我的遭遇一样，都是跟特威德谈妥了条件，一觉醒来发现自己成了克隆人。"

丽洛呷了一口咖啡，"这种做法真的很卑劣。他心里到底还有没有一丝……怎么说，羞耻感？做人的原则？"

"这我就不知道了。不过只要他看中了什么重要的东西，就会不择手段地抢夺，不达目的誓不罢休。"

"这里有些人和你遭遇相近,那么剩下那些呢?都是像我这样的死囚吗?"

"不是。这里有大约十五名死囚——特威德好像特别喜欢死刑犯。其他的人其实很简单,都是他偷回来的,大部分是科学家。特威德觉得他需要科学家,不过与其把本尊绑架到这儿,还不如偷记忆备份和身体组织样本来得简单。"

"我明白他的逻辑,这种做法不会激起半点风浪,外界甚至完全不知道有人在作奸犯科。"

华夏站起来,给自己和丽洛添了咖啡,然后默然相对。过了一会儿,人们陆续进来吃早餐。虽然没人过来跟他们俩坐一起,不过华夏还是向许多人招手问好。

"有个疑问至今没人能解答。"丽洛说,"就是,为什么特威德需要一名基因工程师?我在这里到底能做什么?"

华夏做了个鬼脸,"首先,给我们改良一下咖啡品种。你能做到吗?"

"也许吧。"丽洛笑了起来,"我的厨艺也是一流,你们这里的伙食水准急需改善呀。莫非这就是特威德派我来的原因?"

"这个嘛,我就不清楚了,他没有告诉我。不过,他要是真派了一位大厨过来,那这家伙还不像我想的那么没人性。"

"所有基因工程师都进修过厨艺。"丽洛说着,硬着头皮把那杯咖啡咽了下去,"我的第一个项目是给水星的一家公司开发一种厚壳双黄鸡蛋树。在这个过程中,我学会了无数种烹饪鸡蛋的做法,一来可以减少食物开支,二来不会吃鸡蛋吃到吐。可你真的不知道他为什么派我来这里吗?"

"我倒是有个猜测。这里大部分人都是星球学家、物理学家、无机化学家、机械工程师等等。不过,我们每隔几个月就会用一台网格设备穿过木星大气层,有时会捞到一些活的有机体。他们可能想让你研究一下这些有机体。"

丽洛一下子就被吸引住了:长久以来人们都知道木星上是有生命的,却从没人研究过它们。不过她还是有些迷惑。

"可是为什么要找我呢?我的专长不是分析研究,而是改组重建。"

华夏耸肩道:"这问题不该问我。可你别以为这里的人是在做纯科学研究。不管他们叫你干什么,最终目标都是为了打败外星入侵者。"

"可我还是觉得自己的专长他们用不上啊。"

这时,华夏站起身来,"我该怎么说呢?有时候,让特威德感兴趣的不是某个人的专长,而是那个人本身。这就是为什么他总喜欢劫狱——这是我听说的。他不欣赏循规蹈矩的正常人,却喜欢离经叛道的怪人。某种程度上,他的做法就如同给一台机器挑选齿轮时只管齿轮的颜色好不好看,却不数轮齿的数目对不对。"

"听起来,他用这种方式统率军队可不行啊。你去哪里?"

"去玩儿,四处闲逛。"华夏咧嘴一笑,"我有七十三名学生——瞧你吓得,这里和别的地方不一样嘛——其中一个是我的次子。哈哈,你这是义愤填膺了吧?"

"没有,我……我只是想不到。没事,我消化一下就能习惯。你介意我跟着你参观一下吗?"丽洛说的是实话,她确实没有义愤填膺,只是有点震惊罢了。"一人生一个",这是人类文明最基本的法规。而这里的居民竟敢公然违反,整个殖民地的人都在随心所欲地繁殖后代!

随后,两人坐电梯到达柱形大厅的中轴,然后进入走廊区,手脚并用地推着墙壁前进。丽洛对这种行走方式越来越熟练了。

她之前并没有看见这里有很多小孩,不过很快就发现了原因:他们大部分时间是在废弃的区域活动。华夏提着一盏灯,丽洛紧跟其后,一起穿过一个清零力场屏障。不久,无线电耳机传来孩子们的声音,而他们也开始看到小孩三三两两地聚在一起,各自玩耍。华夏把丽洛这样一个陌生女人介绍给他们认识,大伙儿竟然还挺友好的——看来他们相当喜欢华夏,所以才会爱屋及乌。可接触下来,丽洛愈发觉得小孩们仿佛在这些废弃的山洞里组建了一个属于他们自己的小社会。他们玩角色扮演游戏,情节很复杂,却跟现实没什么关系,那都是从电视节目和益智漫画里学来的。

　　这是一帮古怪的小孩。不过,丽洛又想道,他们当然与众不同了——因为他们是和自己的兄弟姐妹一起长大的。至于这种境况在多大程度上改变了小孩子们的性情,丽洛想象不到。当她看见一个小孩殴打另一个更小的孩子时,丽洛震惊了。华夏在一旁看着竟然无动于衷,于是她走上前去。

　　"别管他们。"华夏警告道,"你帮不上忙。"

　　"可是……"

　　"我明白。刚开始的时候我也很难受。可你现在看看,这不就解决了?"

　　让丽洛感到安慰的是,这场斗殴确实没有持续多久。不过她有一种强烈的感受:在这次争斗中,那个年幼的小孩是受委屈的一方。她把这个想法说了出来。

　　"这是当然了。最惨的是他还不得不吞下这口气,主动停手认输,谁叫他瘦小呢?你必须明白,这里学生这么多,老师却只有我一个,我能做的实在有限。而且我已经明白了,我应该集中精力教他们自己解决内部矛盾。虽然这样的正义更像是丛林法则,可目前为止还没有小朋友被打死。"

丽洛开始明白这帮小孩跟文明世界的同龄人有多大区别了。

其实，华夏本身就是木卫八囚徒们斗争的成果。木卫八基地表面上看来风平浪静，内部其实遵循着一套极其严酷的社会法则。这里的居民，要不就是被绑架来的，要不就是不来就得死。一旦上了这条贼船，他们立刻就明白了，老板要求他们全身心地投入工作，其余一切都不要紧。唯一的规矩就是：遵守命令，严禁逃走。违者只有一种惩罚方式：死刑。

除此之外，特威德根本不关心他们干什么。那帮瓦法不断地巡逻，查找蛛丝马迹，防止有人偷造火箭驱动器或者无线电发报机。前者的难度特别大，需要花费大量时间，而且行动必须特别隐秘，所以迄今为止他们只尝试了一次。至于用无线电与外界通信，虽然此举无异于自杀，可特威德依然提防囚徒们这样做。没错，如果八大星球听说了木卫八的事情，特威德就死定了，可这也意味着住在这里的每个人都要跟着陪葬。逃狱的死囚自不消说，就算是被绑架来的那部分受害者也是克隆人，很不幸，他们都会被处死。因为按照八星联盟的法律，无论在什么时候，任意一套完整的基因组只能存在于一个人的体内。因此，瓦法从没搜到过无线电发报机。

研究进展得很缓慢，因为特威德不想入侵者和木星生物知道他躲在附近。可是他为了持续监视木星，几乎把人类能研制出来的每种先进设备都用上了。此外，他还不时发射探测器进入木星大气层探索。若论对这颗巨型星球的了解，木卫八上的科学家在太阳系里是首屈一指——即便如此，他们其实对木星还是所知甚少。

木卫八基地还有一项工作就是研制武器，以便将来开战时更有效地对付入侵者。

平日里，囚徒们有很多空闲时间，爱干什么都可以。最终，他们意识到这辈子都会困在这里，于是大伙开始生儿育女了。然后有人萌生了一个相当激进的念头：这里不需要计划生育！

特威德倒是很高兴，他甚至派来一名社会学家深入研究这个除了土星环以外唯一不限制生育的社会。他希望把在这里搜集到的资讯做成一个模板，将来击退入侵者、光复地球后，他就以这个模板为基础重建家园。

然而，在木卫八出生的那批小孩子们竟然成了导火线，直接导致囚徒们组织起来进行反抗——这也是唯一一次取得成效的抗争。父母们联合起来要求特威德派教师过来，否则他们就不干活。接下来，他们组织了第一次——同时也是最后一次——罢工。大伙儿要二十名老师，而最后只来了一个：华夏。特威德也放出狠话：如果他们还敢罢工，就全部杀光。特威德完全可以下毒手，然后用另一批跟他们完全相同的克隆人来代替。可是除非万不得已，他是不会用此下策的，因为这意味着囚徒们自上次记忆备份以来掌握的知识和技术都付诸东流了。

"他们想说服我进行大批量克隆……就像瓦法一样。"华夏说道，"我也知道这个方法很实用，不过我没办法答应。这场景，我一想起来就觉得恶心，我可不想分身变成好几十个自己。"

"你不需要向我解释。"丽洛打了一个哆嗦，"我也觉得毛骨悚然。"

这时，五个银色的小孩沿着走廊飞奔过来。见他们停了下来，华夏逐一介绍他们给丽洛认识。

"奥林匹卡、塞浦里斯，那位小个子是伊索尔特，站在那儿的英俊少年就是我的小孩卡斯。"

卡斯很高，丽洛估计他大约十二岁。她必须靠近了仔细看才能瞧出卡斯是个男孩子——话又说回来，当一个人全身上下被镜面包裹住，谁都难以辨别。自始至终，她也没见过这些小孩子的面容，只看到一个个扭曲的反射镜像。

突然间，丽洛很想回到生活区，重新呼吸真正的空气。华夏留意到丽洛的不安，于是陪着她穿过迷宫似的过道。一回到生活区，丽洛便深深地吸了口气——这是她在过去一小时里呼吸到的第一口空气。

此时，一个男瓦法就在入口处等着他们。只见他气定神闲地拍着腰间的枪套，一副胸有成竹的模样。

"我们已经给你排了班，马上开始工作。"他说道，"跟我来，我会给你布置任务。"

No.8

The Ophiuchi Hotline

杀死你能在这里发现的一切活物。

旧地球历569年
丽洛·亚历珊德拉·卡吕普索

特威德之所以选中我，一定是把我当成了奇兵妙招，可是我怎么也看不明白自己在他这盘大棋局里能发挥什么作用。我倒不会因此而不满，只是我并没有迫切地想帮他打败外星入侵者。对于他的复兴大计，我也算是赞成的，不过只限于精神上的支持。然而我知道这个宏愿是不可能实现的——反抗外星入侵者就好比要否定万有引力定律。

在这里，很多人的工作项目都比我的任务更有意义——当然，怎么才算是真正有意义，这就见仁见智了。他们向我展示了一些新型武器系统的图纸和展示模型，这些武器系统随时能投入大规模生产，现在只需等待特威德重新当选总统、再次控制政府的金库。我还见识了他们把清零力场理论应用在一些新武器上，有的相当恐怖。比如说，有一台设备能够把一个球形的清零力场发射到远处。这种武器的原理是用球形力场困住一名入侵者，然后将整个力场缩小到只有一个原子的直径那么大——很难想象在这种情况下，哪种生物还能幸免——最后要做的就是把力场关闭。哈！简直是一颗便携式氢弹！

我还见到了各种战舰的蓝图——在外星人侵略前，人类就在修建宇宙战舰；不过当地球沦陷后，这一切都终止了。此外，这里还有各种各样与战争有关的古董，比如伺服驱动[1]作战盔甲、步枪、坦克和手雷，甚至还有热核炸弹和中子态炸弹。若仅是纸上谈兵的话，木卫八的军力远远超过了八大星球联盟当中的任何一个成员。

可是，我们攻击的对象到底是什么呢？

丽洛每天只用一个小时左右就能完成当天的任务。而她经常在实验室里逗留很久，纯粹是为了做做样子给瓦法看而已。

---

1. 广泛应用于工业机器人及数控加工中心等自动化设备中，是实现高精度传动系统定位的高端技术。

从纯学术研究的角度看，第一个月还是挺有趣的。实验室里积压了大量从木星大气层采集的样本，都等着她去分析。丽洛阅读了来自地球沦陷前的研究资料，但对木星大气层中发现的有机物质的种类仍是一知半解。木卫八的化学家和行星学家发现了一些孢子和微生物，不断为资料库添砖加瓦。大约一年前，木星大气层里有东西撞进了探测机器人的打捞勺里。那东西不是很大，重量跟一只成年老鼠差不多。其实，体积再大一点的物体就会把那个探测机器人撞坏。

那东西在结构层面可谓乏善可陈——那只是一团冷冻在甲烷和氨气中的胶状物——可细胞层面上就大有乾坤了。丽洛每天工作十二到十四个小时，不到一个星期就完成了任务，把留存下来的完整细胞中的染色体结构全部绘制出来。之前便有探测器在冥王星大气层的上层捕捉到一些动物，而木星的这个生物体跟那些动物竟有很多相似之处。

接下来，丽洛与无机化学专家切亚合作，了解了这个有机生物可能具有的许多化学特性。生活在木星大气上层的巨型生物与火星上某些比较高级的生物类似，都能运用催化剂和高分子聚合物进行化学反应（而人类只有地球上的大型化工精炼厂能够实现这些反应）。丽洛研究的有机生物样本也具有相同的特性。不久，她在这些样本中发现了一个生殖系统的残余部分。在第三周即将结束时，她成功克隆了一个细胞。丽洛把它放置在一个临时搭建的仿木星环境的密闭容器里，而这个细胞长成一个灌满了氢分子的薄膜圆球，但只存活了几小时就瘪了。这个气球的外膜竟然是聚乙烯塑料，而它的底部有一块很薄的十字形凸起，里面裹着一个类似骨骼的结构。

这个任务完成之后，丽洛接下来的工作就变得非常程序化了。她利用剩余的样本进行组织培养，然后开始研究消灭它们的办法。无奈这项工作基本上是碰运气。如果丽洛研究的是一个由碳水化合物与氧分子组成的生物体，那她可以通过研究基因以及合成病毒的方法，想出无数种消灭它的手段。但问题是人类从来没有研究过木星有机体的基因结构。以前在研究地球生物时,她都是通过计算机进行运算的,而目前丽洛连用来处理非地球生物的应用程序也没有。所以,她向有机体样本发起攻击时,只能在它的基因上随机找几个位置改动,然后双臂交叉、跷起腿,等着看有什么反应发生。

"可是特威德想要我们研究出类似病菌的东西去杀死木星人。"有一天,切亚对丽洛说道,"你这样做能达到老板的要求吗?"

丽洛耸了耸肩,"能不能?呵呵,恐怕很难了。我当然能想办法消灭手上的这些东西,可木星人嘛,如果你是指待在木星上面的那些智慧生物,我就完全没办法了。"

有一天,丽洛和切亚、华夏,以及首席行星学家茉莉在农耕室里干活。丽洛刚研究出一个新的猪肉树品种,长出来的熏肉比他们一直吃的更美味,而他们正在种的就是这种树。四个人跪在温暖的黑土上,一边把幼苗种下去,一边聊着天。这间农耕室其实是一个不断旋转的巨大圆柱体,其内核就悬在众人头顶,发出耀眼的强光。从下往上看,内核后方就是圆柱体的远端。每个人都带着深色护目镜,身上涂抹的防紫外线药膏与汗水混在了一起。对他们来说,在这里劳动是一件很愉快的事情。

丽洛大部分时间都在务农。她在基地内部有一个水培农场,在外面的真空地区也开垦了一片区域,用来栽培她正在研制的耐真空植物。基地的伙食已经得到了极大改善,她也成了囚徒心中的英雄。丽洛虽然喜欢研究植物,却不喜欢烹饪,所以她教卡斯和另外三个小孩煮东西,好让他们接班。总的来说,事情还算顺利,只是每天的时间都不太够用。

"你觉得木星人跟这些生物并不相似?"华夏问。

"我是想不出为什么它们会相似。"丽洛答道,"可是茉莉也许能够告诉你为什么它们不可能相似。"

心灵手巧的茉莉从桶里拿出另一株幼苗,然后开始挖坑。她身材矮小,眼睛和双手却很大,满头金发扎成一根根粗辫子。她的脖子上有一圈厚厚的绒毛——这也是她身上唯一做手术改动的地方。在丽洛到来之前,茉莉已经和华夏在一个卧室里同居了两年。两人对丽洛很感兴趣,邀请她搬来同住,可是丽洛有些犹豫不决。她跟切亚住在一个房间里,相处得很不错;而在工作中,他也是一个无可挑剔的合作伙伴。可事违人愿的是,当木星有机物的项目完成之后,他们的合作关系也告一段落了。目前,切亚正在从事一项跟丽洛毫不相关的工作,所以两人相处的时间也少了很多。

"我们还没办法确切知道。"茉莉接过话头,同时用手拍打着幼苗根部一圈的泥土,"我的意思是,我不知道丽洛关于木星大气上层生物的研究成果能不能反映深层生物的特性,不过我觉得不大可能。"

"为什么呢?"每当讨论话题涉及科学领域,华夏就是一个万年跑龙套的。他倒并不介意,还欢快地承认自己对此一窍不通。毕竟他不是教某一门学科或者技术的专科教师,他是一名小学老师,专长是引导孩子们自我探索、发掘和发展自己的天赋。

"我们对木星大气已经有了相当程度的了解。"茉莉说道,"它是分层的。顶层是氢,往下依次是氨、氢硫化铵、水和液态氢。它们都处于不同程度的晶化或熔融状态,或彼此弥漫渗透在一起。假如丽洛研究的那个生物往下跌落几百公里,我们没有理由相信它还能存活。"

"但却有充足的理由相信它会一命呜呼。"丽洛补充道。

"你说这东西长了一个氢气袋。"华夏说道,"可它本身就在氢气里,怎么能浮起来呢?"

丽洛哈哈一笑,"问得好!其实我刚开始的时候也想到了这个问题，现在也还没找到确凿的答案。我猜它也许是生长在大气深层，等气囊里逐渐灌满了氢气，然后才上升到阳光所能到达的大气上层。在那之后肯定发生了别的什么使它得以留在上面——那个区域充斥着乱流和风暴，有很多能量供它摄取。"

"木星可能存在多个生物圈。"茉莉说道，"它们彼此之间或许会有部分重叠。就像丽洛推测的那样，她那只宠物有可能是生在深层，却想办法混到了上面。可这很难研究清楚，特别是大气深层，那些所谓的木星人很可能就聚居在那里。"

"为什么你猜他们聚居在深层呢？"

"这个，我……你说得对，他们也有可能住在大气上层。只是概率上可能性不大。木星大气有太多分层了，它们有那么多选择，为什么非要在顶层呢？我发射了大批探测器进去，发现里面有三十七层独特的生态环境，就像一层层洋葱皮。有些与不同的气候状况混在一起，形成了更多可能性。不过我很难想象有种生物能够在所有这些不同环境中生存下来。在最底层——也就是探测器最后一次发射信号的地方——是木星的地核，全是炽热的金属态氢，我怀疑根本就没有生物能在那里生存。不过，紧贴地核的倒数第二层倒并非全无可能。"

"倒数第二层有什么呢？"

"那是一层液态氢。奇怪的是，这里的液态氢竟然处于高温状态，有将近一万二千度，气压达到三百万。别问我有什么种类的生命能在那个地方存活，反正绝对不是丽洛研究过的那种上层生物。可如果入侵者和木星人确实能活在高温液态氢里面，那我们就输定了。连碰都碰不了，还打什么呢？"

这些对话使丽洛深受困扰。"武器研发"对她来说还是一个全新的概念，她以前从没考虑过这方面的问题。丽洛觉得很不开心，因为她现在做研究的目标只有一个：杀死你能在这里发现的一切活物。

No. 9

The Ophiuchi Hotline

我知道了,我知道它在哪里了。

旧地球历 570 年
丽洛·亚历珊德拉·卡吕普索

完成了实验室的工作和苗圃的农活后,丽洛通常会去找华夏、卡斯和茉莉(或者其中一人),然后结伴四处探索。可是过了一个月左右,茉莉就渐渐失去了兴趣。她今年一百五十岁,是这个小团体中最年长的。早在一个世纪前她就已经生过小孩,也发现自己对生儿育女不感兴趣,所以就没在木卫八这里生二胎。

丽洛、华夏和茉莉之间的关系变得越来越尴尬。丽洛已经搬去与两人同住,刚开始还相安无事,可渐渐地,茉莉觉得丽洛比华夏更吸引她。华夏察觉了当然不愉快,甚至还有点埋怨丽洛。然后茉莉又说想变性,这下更是把华夏越推越远——因为华夏是一个死硬派的男性,既不会变性,也不喜欢男人。而丽洛拥有的是"稳定的女性人格"——不过并不像华夏那么极端——在她一生的五十七年中,只有三年是以男性身份度过的。而茉莉则跟大部分人一样,对做男人还是女人并没有特别的偏好。

几个月后,茉莉去玛丽那儿做手术变成了男性。在接下来的一小段时间里,他们三人好像还能继续维持下去,可最终茉莉淡出了。剩下丽洛和华夏相处还算融洽,只是在一件事情上两人不能达成共识。

"你疯了?如果特威德不允许的话,我们哪儿也去不了!"

"问题是他永远也不会放我们走的。"丽洛本来不想跟他吵,却受不了他竟然对被囚禁的现状甘之如饴。她盯着华夏,仿佛看到了十年后的自己。

"对啊。"华夏说道,"他永远也不会放我们出去,除非你觉得我们有机会研究出打败入侵者的方法……"

"我不觉得,完全没……"

"……这样的话,八大星球都会把我们看作英雄。否则,总有一天特威德的钱会花光,他也会对这个项目失去兴趣。"

"然后就把我们杀人灭口。"

"没错!你以为我喜欢这样的下场吗?可我们还能怎么办?"

"我们可以群策群力,一起想办法呀!"

"好吧,好吧,我举双手赞成。你有什么想法?"

丽洛强压着怒气,想心平气和地与他讨论下去。可是他们每次争论总会卡在相同的地方:给我一个实质性的方案,把你的计划告诉我。而每次她提出一个方案——无论是半成型的还是试验性的——华夏总能把它戳得千疮百孔。

"我没有明确详尽的计划。"丽洛只能再次承认。

"好吧,那你再仔细想想,然后……"

"如果没有人帮忙,我哪来的详尽计划呀?像你这样听天由命,就肯定会在这里关一辈子!难道你看不出来吗?我也知道,我想出来的所有计划都不可行,不过这只是暂时的!可是我怎么总要面对这么悲观宿命的态度呢?而且给我臭脸的人还是你!我真是服了你了。"说到这里她停住了,好让自己镇定下来。她不是故意吼华夏的,而他看起来确实很受伤。于是丽洛张开双臂抱着他,刚开始他并没有反应,后来态度才慢慢软化。

和华夏在一起挺好的。他是一个很体贴的爱人,同时也是一个正直的好人。丽洛完全可以信任他。

"其实还有人在策划逃跑。"华夏说道,"可是最近一次我打听过,他们现在也是束手无策。你或许愿意过去聊一聊。那些人设计过一些特别疯狂的计划,比如说把整颗木卫八移走。"

"他们是谁?我想做的其实很简单,就是找想逃跑的人谈一谈。"

"你已经在跟我谈了。我们每个人都想逃,不过现在还在努力的人,据我所知就只有两个——维杰和奈欧比。"

维杰用一条腿倒悬在房间的天花板上,把头埋在一箱纸里乱翻。

这房间特别拥挤，六面墙上都堆满了家具和一只只装满纸的箱子。

"原理其实很简单，真的。"他说，"这事情已经有人做过好几次了，不过是在小行星带，而且也不够经济划算。"这时，他找到了要找的东西——一张折成一团、皱巴巴的蓝纸——然后把这张纸在空中展开。丽洛扭身向上一蹬，来到他身边，顿时皱起了鼻子。维杰总是忘记洗澡，所以不是很受众人待见。要是在一颗文明的星球上，这家伙肯定会整天惹官司。

除了不洗澡，维杰还经常忘记吃东西，也从不锻炼。他甚至不吃强身丸，以至于瘦成了皮包骨，全身上下的肌肉仅够支撑他在无重力环境下活动。玛丽告诉丽洛，维杰还算是健康的，前提是他不踏足重力环境。维杰本人信奉的是在最优原则下运作——而在木卫八，这就意味着最高也不能超过三十公斤。

房间里的第三个人是奈欧比。她与维杰有着天壤之别，世上恐怕找不到更大的反差了。奈欧比，人称"舞者"，有着完美无瑕的健康躯体。她的每一块肌肉都处于最佳状态，包裹着她的手臂、双腿、腹部和后背，线条凹凸有致，轮廓非常优雅。

"这是一种很适合太空航行的驱动器。"维杰说，"可负载的质量必须足够大，它才能运行，因为这个黑洞本身就比我听过的所有飞船都要重。它目前在木卫八的另一端，正对着我们这个基地，你有去看过吗？"

"还没呢。我本来想过去看一眼，只是觉得它也没那么重要。不过现在听你这样说，就非去见识见识不可了。"

"你确实应该去看看。这东西竟然能固定在我们这颗卫星的表面，简直是不可思议。你试试放一个黑洞在月球，一旦出什么差错，它就会钻进月壳，在里面转圈……很快整个月球就没了。"

丽洛不禁打了一个哆嗦。

黑洞这玩意儿，人人都敬而远之。只要它跟人类的大小事宜不发生交集，那就把它看成一个抽象的科学概念好了。当"黑洞"首次提出来时，学界认为只有恒星油尽灯枯的时候才会形成黑洞。也就是说，当恒星内核的燃料耗尽后，恒星无法支撑自身的质量，就会在重力作用下发生坍缩。最终，它达到一个极小的体积和极大的密度，导致物质的逃逸速度超过了光速。

可后来学界发现，在宇宙形成时，大爆炸产生的巨力生成了很多小型的黑洞，有些甚至比原子核还要小。但没过多久，他们就修改了这个理论：虽然那些黑洞曾经成型过，不过很快就消失了，所以不会遗留下来成为科学家们的心病。

这个理论一直维持到外星入侵者出现。在地球沦陷后不久，人类在冥王星公转轨道外的彗星带发现了一些神秘的"量子"黑洞并加以利用。它们的体积很小，最大的直径还不足一毫米，可它们的重力却大得惊人。如果小黑洞靠近某件物体，就会将其摧毁，并释放出能量。轨道电站能够捕获这些能量，然后传回地面的接收站。

两百年前，当人类把一个小黑洞引到环冥王星轨道时，不小心把它弄丢了。结果这个黑洞直接在冥王星的地核里钻了一个直径十厘米的洞，可这颗星球上受到破坏的地区就远不止这么一点了。在巨大的压力下，岩石变得像受热的黄油那般软，岩浆奔流涌动着，填满了黑洞所过之处留下来的空隙。地心的剧变干扰了冥王星表面的潮汐力，同时也造成了剧烈的地震。

"是什么防止这种情况发生在木卫八呢？"丽洛问道。

"这种现象是完全可能出现的。"维杰说道，"只是这个黑洞不大，木卫八又是一块形状不规则的小石头，万一黑洞失控的话，就会慢慢地穿透木卫八，而我们完全可以在另一头把它重新捕获。来，看这里，这就是工作原理了。"

丽洛一边仔细研究图表，一边听维杰解说。她心中有点不以为然：用黑洞给这么一个小基地提供能源，未免太浪费了。而实际数据也证实了她的想法——这个黑洞产生的能量足够支撑一座小城市了。这些能量的大部分都被转移去帮助那个黑洞抵抗重力的牵引，而剩下那些也只有一点点用在木卫八基地里，但那也充足得过分了。

"那黑洞现在就固定在原地不动。"维杰说道，"下面有一个碗形的清零力场，像这样。"他指着安装在木卫八表面的一个开口朝外的半球，"在这个力场的保护下，黑洞下方的设备不会过热，岩石也不会熔化。而且这样一来，你就可以走到黑洞下面很近的地方维修相关的设施。"说到这里，他指着地面上三个巨大的半球。

"这个黑洞是带电的，靠这三个巨大的电磁体撑起来。看看，够大吧？而且自带超级冷却系统。"

"这东西怎么帮助我们逃跑呢？"

维杰翘起脑袋，又盯着图表，好像第一次看似的。然后他转头望向丽洛，一脸难以置信的表情。

"难道你看不出这个半球形清零力场的奥妙在哪里吗？虽然这个设计并不是最高效的——等我们控制这个基地后，就可以任意改变力场的形状了——其实就这个样子也可行了。"

丽洛再仔细一看……对啊！她刚才怎么没看出来呢？

"火箭排气口！"

"恭喜你，答对了！这个巨碗就在木卫八表面，碗口向上，而黑洞就坐落在碗底。我们随便扔点儿什么东西进这碗里——什么都行，只要别太多——黑洞的重力就会压缩它，其力度之大，你能想到的每一种核反应都会发生。而物质被摧毁就意味着能量的释放，我们正是利用这些能量来给基地提供能源的。

"我们现在往碗里投放东西的速度其实很慢，可已经足以产生一点点推力了,因为这个碗的开口是朝上的。不过你想想,整个木卫八再加上黑洞本身的质量构成了巨大的阻力,所以这一点点加速度几乎测不出来。而我们将来需要做的其实和现在差不多,就是往碗里扔东西。区别在于,我们现在定期用点滴器挤一点点粉尘进去就够了;将来我们需要装一条运石头的传送带,源源不绝地给黑洞提供燃料。

"好了,那么我们已经解决了第二个问题,现在只需要解决第一个问题就大功告成了。"

丽洛皱起了眉,"可能我反应有点慢。"

奈欧比哈哈笑道:"别担心,是他的思维跳跃得太快。我第一次看这些图表时还以为我们已经上路了呢!喂,维杰,你别这样,人家才来呢。"

"不好意思。"维杰说道,"好吧,是这样子的,第二个问题是,我们消灭所有瓦法之后去哪里呢?去八大星球的任何一个,政府都会处决我们这群非法的克隆人。不过现在有了黑洞驱动器,我们去哪里都行。我建议能走多远就走多远。"

"你是指星际航行?"

"除了星际航行,难道还有别的选择吗?有了这个驱动器,我们能够以接近光速飞行。虽然未必能超出0.05g太多,可已经很接近了。从这里去半人马座的南门二星系只需要二十年。"

"可燃料……啊,我明白了!"

"燃料不缺,我们当然是就地取材,用木卫八上面的岩石——反正现在已经是这样做了。"

丽洛沉思了片刻,心里充满了挫折感。虽然维杰没有说第一个问题是什么,可她已经很清楚了。这个工程需要大兴土木,他们要动用那些当初用来挖掘隧道的重型设备,还有无数细节需要商讨——一个星际航行用的驱动器是不可能在一夜之间设计和建造好的。

"你觉得要花多少时间才能完工？"

维杰耸了耸肩，"如果大伙儿都努力工作，过程中又没有意外的话，我看两个星期就可以了。"

可是瓦法每天都来视察。又是瓦法，最后问题总是归结到他们身上。

我的睡眠质量开始下降。与维杰和奈欧比的会面重燃起了我心底的那丝希望，也唤醒了我逃跑的念头。虽然此刻的我跟过去一样，距离成功逃脱依然是那么遥远，可我并没有灰心失望。如果自由是一条等式的话，我们已经完成了较容易的一端。前方当然还是障碍重重——细数一下，至少有六个，也很可能有十个——他们的名字都叫瓦法。

瓦法落单的时候是能被消灭的——虽然很困难，却是可行的。过去那么多年，就有两个瓦法丧生在绝望的囚徒手里。这两个故事我听过不下一百次了。在室内的话，我们可以伏击，出其不意地把他们制服。可是一旦到了外面，他们就和身上的清零力场真空服一样刀枪不入。用一吨石头把他们活埋？他们在力场的保护下，能够一直撑到氧气耗尽为止——这段时间很长，足够等到救兵了。

把他们一网打尽，都埋起来？呵呵，我们是可以把整个基地炸毁，不过这样一来，我们自己又怎么办呢？

"它们是什么？"

"糖宝宝呀。开玩笑吧？你怎么会不知道什么是糖宝宝？"

可是丽洛确实不知道。她在卡斯的密室里发现了一个很大的窄颈玻璃罐，里面就装着这些东西。卡斯显然已经玩腻了，不过它们看起来还是好端端的。

只见罐子底部铺着黑土，上面种着五棵垂枝榆，三棵花旗松，还铺着大量苔藓。许多石头叠起来形成一个山洞,洞口站着三个两腿直立的人形,每个只有一厘米高。它们的身体是白色的,小小的脑袋顶上有一团黑,看起来就像一个个小人儿。

"看起来它们都长了一张脸。"她一边说一边凑上去。

"看来你不是开玩笑,你真的从来没有见过它们呀。"

"从没见过。"她刚说完,心里就马上出现一种感觉:这句话不是真的。她摇了摇头,却怎么也甩不掉这种感受。

"是呀,它们确实长了一张脸。可你再凑近点看。"

玻璃罐的内壁镶着一只放大镜。丽洛透过放大镜,顿时识破了表面的假象。小人儿脑袋顶上的头发原来只是外骨骼上面的颜色,这一团黑下面掩藏的竟然是两只巨大的多面复眼。它们的"脸"上只是三个点和一条线;它们的关节和腰部有明显的分割痕迹,有点像木偶,或者像……

"蚂蚁!它们是蚂蚁。"

"它们确实是以蚂蚁为原型的。"卡斯确认道,"不过他们对蚂蚁进行了改造。你留意一下腰部的第五和第六条腿,特别小是吧?"

丽洛突然觉得一阵恶心,却还是目不转睛地盯着那几个小怪物。此时更多的糖宝宝从山洞里走出来,用两条后腿发疯似的跑来跑去,还举起多关节的手臂向她挥舞着。

"太恶心了!"丽洛担心自己会把隔夜饭给吐出来。

卡斯做了一个鬼脸,"对,我明白你的意思。我得到这帮家伙的时候,还是个小孩子;现在我长大了,也不知道拿它们怎么办才好。总不能就这样把它们杀死吧?这样做是不对的。"

"特威德允许你们……"

"我们可以定期订购一些东西。几年前,我们都想玩糖宝宝,于是特威德就把许多'糖宝宝礼物包'连同生活供给一起从月球运过来,每个小孩都建造了自己的糖宝宝乐园。现在回想起来,我真希望当时订的是猫蛋。"

丽洛觉得有点头昏脑涨,仿佛找不到方向,而且心底涌起一股愈发强烈的似曾相识感——眼前这一幕,她好像亲身经历过!她努力去回忆,却什么也想不起来。而这种感觉还在继续强化,怎么也压制不住。

"它们离开罐子就活不了。"卡斯说道,"它们需要一种特殊的土壤或是别的什么东西才能生存,所以即使有一两只溜出去也不会造成虫害。不过我猜它们能撑很……喂,你没事吧?"

"请你安静一会儿好吗?先别说话。"丽洛继续盯着这群小小的囚徒。她感觉特别古怪,仅仅是因为看到它们身陷囹圄吗?她不明白这件事怎么可能对她造成这么大的影响。没错,她从来不愿意看见生命被禁锢,所以总是避免做活体实验,可这并不能解释她此刻如此剧烈的反应。

丽洛回想起几年前,自己也像现在这样盯着一只玻璃罐看,而罐子里面正是糖宝宝的聚居地。这一幕发生过一次……不,是两次……等等,她敢肯定发生过三次!她就站在那里,目不转睛地盯着……

突然,许多数字像下冰雹似的跌进她的脑海里,她看着这些数字,仿佛看见了一个个有质量、有尺度的实物。丽洛开始想起来了。

"这些东西……我有参与研发。"她轻声说道。

"什么?"

"首创这种蚂蚁的那个团队,我就是其中一个成员。那是二十五年前了,我当时在哥白尼生物实验室工作。团队里包括我、塞萨、扎伊尔,还有……还有姚喀哈。申请专利的时候,我的名字也在上面。当年这项发明引起了轰动,大卖特卖,而且……"突然,她把剩下的话一下子咽回去了。卡斯在她身边耐心地等着,神情充满了忧虑。

这时，丽洛的恶心感稍稍减退了，可那些数字依然留在她的脑海里。

"这个问题很棘手。"她又开口说话了，却像是在照本宣科，"如果我在刑讯逼供下能说出保命舱基地在土星环上的具体位置，那么这个基地对我来说就一点用处也没有了。我又不能任由保命舱自生自灭，要是我没有被捕，就必须有办法找到它。这就是说，我必须知道这个基地的具体位置，可是同时又不能让自己知道它在哪里。"

"你在说什么呢？"卡斯说道，"丽洛，你把我给吓……"

"深度催眠暗示。"丽洛继续道，仿佛没有听见卡斯的话，"我不知道自己在监狱里会有什么遭遇，所以必须把这个信息埋在意识最深层，就算是死也不能主动回忆起来，甚至不让自己知道。可如果我没有被捕的话，就必须找回保命舱基地的位置，所以我用了深度催眠。至于催眠诱因，我不能告诉任何人，因为谁都信不过。最后我把诱因刺激物设定为一个我能随机碰上的东西，不过遇见的概率必须很小。在过去五年里，我一共碰上过三次，而每次过后我都把这个信息重新埋藏了起来。"

"糖宝宝能勾起你的一些回忆？"

丽洛再次回头看着那些小生物——她当初的选择确实很英明。这些可怜的小东西，它们有没有尝试过逃出玻璃罐子呢？丽洛制订这个计划时，没想过自己后来会死里逃生，而这次能在木卫八遇上糖宝宝，也纯粹是好运。

不过，她已经知道了。

"我知道了，我知道它在哪里了。"

No. 10
The Ophiuchi Hotline

男孩的名字叫马克尔,他是在五天后去世的。

旧地球历 570 年
丽洛·亚历珊德拉·卡吕普索

有个传闻已经流传了将近一个月：据说他们要进行一次演习，把某种专门对付入侵者的武器拿来实际操作一次。当丽洛听说是什么武器时，还觉得这是谣言——特威德不会这样做的。

可很快他们就公布了：这消息是真的。每个人都忧心忡忡，却想不出办法阻止。特威德打算移动那个固定在木卫八另一端的黑洞，让它穿过木星，观察会有什么反应。木卫八上面的囚徒们普遍认为，如果真发生什么的话，瓦法根本不需要用无线电向特威德汇报，因为这种消息肯定会很快传遍整个太阳系。

丽洛跟奈欧比和维杰探讨了很久，又花了几个小时跟华夏和卡斯父子商量对策。大家都很害怕。丽洛提出的问题是：他们应该用什么手段去阻止特威德。华夏觉得无论采取何种方法都无异于自杀，甚至还说最好就是祈祷入侵者没留意到。毕竟木星很大，也许这个小黑洞一路上不会撞到谁。

丽洛对华夏的话表示强烈反对，并且得到了奈欧比、维杰和卡斯的赞同。

"你知道我怎么想吗？"丽洛问道，"我觉得现在就是攻占木卫八的最好时机！"

众人听了顿时炸开了锅。丽洛大口大口地喘着气，等待大家恢复平静。她决定把自己的想法都说出来，如果能够说服他们，也就有可能说服她自己！丽洛当然不想死，可连她自己也觉得这个计划其实非常危险。

"我说现在是最好时机，意思是无论我们动不动手都是一样的危险，那么为什么不放手一搏呢？我是愿意冒这个险的，你们呢？"

他们一直讨论到深夜，可还是没有制定出明确的方案。丽洛只能逼迫他们同意接下来会进一步商讨，并答应如果她想出一个可行的方案，就一定支持她。

丽洛确实有一个想法，但还没有成形。虽然这个计划最终完全取决于瞬息万变的外界环境，可无论他们制定何种计划，第一步终归是要想办法登上那艘把黑洞送去木星的太空拖船。等她成功上了船，再想办法把船偷到手，最后开回木卫八接其他人。

于是丽洛找瓦法商量，看有没有可能允许她用拖船顺便在木星投放一个生物探测器。她的理由是，把这两个任务合并起来是一举两得。电磁拖船可以先把黑洞释放在一条穿过木星地核的航线上，然后稍稍改变航道再释放探测器，使它沿着木星大气层切线的轨迹飞行。

瓦法和同伴们商量了一番，又再三查阅了特威德给他们的指南，这才答应了丽洛的要求。丽洛又说需要人帮忙，问能不能带上维杰。瓦法不假思索地否决了，理由是维杰这人臭名昭著。于是丽洛匆忙提出换成华夏也可以——她很担心瓦法看出她正在密谋逃跑。

丽洛指望的是，虽然特威德很可能知道她在正常情况下会怎样为逃跑计划做准备，却无法预测她在遇到突如其来的机会时会有怎样的反应。所以丽洛的策略是，哪里可能出现这种机会，她就去哪里。

丽洛嘱咐维杰，让他帮华夏谋划一番，看如何消灭或者制服电磁拖船的驾驶员；如果足够幸运的话，他或许能袭劫整艘飞船。丽洛刻意不去制定消灭瓦法的计划，一来她觉得这是一个不可能完成的任务；二来她认为计划赶不上变化，就算想得足够周全，可到时候实际情况可能完全超出预期。她在行动时必须见机行事，上了飞船就保持警惕，一有机会就立刻动手。

她竭力不去想太多，因为越想越觉得这个方案太过疯狂。

可特威德又打了他们一个措手不及，几乎害他们的计划毁于一旦。当丽洛知道特威德的真实打算时，连忙召集伙伴们商量对策。

"这就是轻信谣言的后果了。"奈欧比说道。

"我们本来应该想到的。"维杰埋怨道,"要是他挪用了我们的黑洞,基地的能源根本就不够了。备用的核聚变发电机虽然能够勉强维持,可是我们就很狼狈了。"

"我反正认为他根本就不关心我们的死活。"奈欧比说道。

事实上,特威德在冥王星的自由市场购买了另一颗黑洞,要把它运到月球,建立第九座环月发电站。而官方并不知道,特威德打算在运送过程中让黑洞先从木星穿过去。

这个方案简单而且划算,是典型的特威德风格。只要情况允许,他每走一步棋都要达到不止一个目的。这个环绕月球运行的黑洞能让特威德大赚一笔,正好用来补贴木卫八的项目。他会用一艘巨型电磁拖船把这个黑洞从冥王星运过来,在木星的一端放开,然后去另一端等它穿透后重新捕获。

于是,丽洛对瓦法说,在巨型拖船经过时,他们依然可能需要开着木卫八的小型火箭飞船过去汇合。瓦法思量再三,最后同意了。虽然瓦法们也怀疑丽洛有阴谋,可他们对小飞船有信心。这艘飞船有特殊装置,如果距离木星的重力井太远就会自爆——特威德设置了重重障碍防止囚徒逃跑,这只是其中的措施之一。

这艘小飞船是标准配置,基本就是在框架上固定了四个座位,再配了一台驱动器。三个银色的人坐在里面:瓦法、丽洛和华夏。瓦法驾驶着小飞船追上大拖船,然后匀速行驶着。

对接时,小飞船从侧面平移到拖船的前端——因为黑洞是靠无形的磁力线固定在拖船的船尾,所以他们不想靠近那一端。虽然那个黑洞比针头还小,质量却堪比一颗中等体积的小行星,离它太近当然没什么好处。

丽洛翻来覆去地考虑所有因素,希望从中找到一个哪怕稍纵即逝的机会。大拖船里只有一名驾驶员,只有瓦法一人能与他联络。丽洛做了一个毒气囊藏在大气探测器的小隔间里,而探测器就固定在小飞船的外面。瓦法带了激光枪,就别在腰间。至于时间和航线:二十分钟后,大拖船会放开黑洞,然后驶离;三十分钟后,大拖船会改变航线,在木星大气层的切线轨道上释放探测器。

按计划,华夏会第一个进入大拖船——那个气密舱每次只能进一个人——然后就全靠他自己了。如果华夏能用毒气制服拖船驾驶员,那么下一步就是对付瓦法。要是他们能攻其不备,也许会成功。

两艘飞船相距十米时,瓦法向大拖船发射了一根磁力缆,把小飞船牵引过去。然后三人离开座位,开始把小飞船固定在大拖船上。丽洛看见华夏朝探测器的小隔间移动,于是也靠了过去,想挡在他和瓦法之间。

"我知道你们想干什么。"瓦法冷冷地说道。

"干什么?我们要检查那个探测器啊!"丽洛突然感到一阵绝望,"我们必须……"

"那是什么?"他突然伸手去腰间拔枪。

丽洛一脚蹬在小飞船上,整个人向瓦法飞扑过去,一头撞在他的肚子上,把瓦法撞得弯下了腰。然后她看见激光枪从自己的面前掠过,原来在丽洛的一撞之下,瓦法的枪竟然几乎脱手。丽洛一掌劈在他的手腕上,激光枪顿时离手,旋转着飞了出去。

"气密舱!"丽洛大声喊道,"进气密舱!快!"可她无暇顾及华夏有没有开始行动,因为瓦法已经开始反击了。他挥击丽洛的下巴,可反作用力迫使他身体转动,结果打空了。这一拳是本能反应,但在无重力环境下,却是一记昏招。瓦法意识到自己的错误,正想改变策略,却发现身体正在向外飘,已经够不着大拖船和小飞船了。这时,丽洛伸手去抓小飞船的一根支柱,一只脚在瓦法面前经过,瓦法连忙伸手抓住。于是两人一个用力扯,一个拼命踢,结果丽洛脱手了,两人一起向外飞去。虽然速度不快，可如果没有外力帮助，他们无论如何也回不去了。除非……

丽洛又开始踢，一脚踹中瓦法的下颌，可瓦法拼命抓着她的脚不放。这时，两人已经变换了方向，丽洛已经不再面对小飞船。她本打算依靠踢瓦法的反推力回到飞船，但现在只能暂停。不过，瓦法也瞧出了端倪，趁丽洛停脚，连忙拽住她的小腿往上爬。他很快就能够推开丽洛，让自己朝飞船的方向飘。

这时候，丽洛也无暇顾虑了，又开始猛踹瓦法，硬是把他从小腿踢回了脚踝。然后她继续不停地踹，两只脚一起用力。在发现瓦法的肋骨好像被她的脚后跟踢断后，丽洛对准其狂踢不止。瓦法痛得整个人蜷缩起来，终于松开了手。丽洛则无拘无束地飘浮在空中，缓缓旋转起来。

情况看起来不算太糟，前提是华夏能够控制大拖船。她看着瓦法正在翻跟斗，大约每秒钟转一圈。然后她看到了大拖船，距离自己大概五十米左右——可问题是她没办法确认自己正在朝哪个方向移动。

然后她发现瓦法正在与大拖船通话。

"华夏！他正在跟拖船飞行员通话！你快干掉他，别让他通知木卫八，否则……"说到这里，丽洛停住了，因为她意识到，华夏如果已经进了拖船，是听不到她说话的；可如果华夏还没进去，那么大势已去，她说什么也没用了。

史上最漫长的三分钟缓缓逝去。丽洛唯一能确认的是：她与拖船之间的距离并没有减少，可她心里已经不在乎自己飞向哪里了。木星在她眼前逐渐变大，充满了整个天幕。那艘环状拖船就在木星的正中心，丽洛面向的正是它的船尾。而在她的前进方向上，有一颗黑洞正在等着她。

"你比我先到达黑洞！"丽洛吼道，突然觉得有点头晕，"感觉怎么样,瓦法?"

刚开始的时候并没有回应。后来,瓦法终于回答了,他的声音很虚弱,而且充满了痛苦:"你为什么要这样做?"

"哼,我没办法向你解释。反正我这招几乎成功了,而且我们现在还是有机会成功的。我正在祷告呢!"

瓦法再也没有回答。突然,丽洛隐约听见一丝呻吟。几秒后,她就确认了,确实有声响。耳机里传来一阵断断续续的噪音——这是从安装在瓦法咽喉里的语音信号编码器发送过来的。细听之下,丽洛不禁寒毛倒竖,因为她听了出来,这是瓦法憋在咽喉里发不出来的惨叫声!经过放大后,这种诡异的喉音里充满了极度的痛苦。接下来就是一片死寂……丽洛开始担心了:她虽然踢中了瓦法,可她的腿功没那么厉害,不可能让他在这么短的时间内死得这么惨烈。

"丽洛?听见了吗?你没事吧?"

"没事!我在这里!你已经进拖船了?"

"我费了一番周折才把拖船的无线电调到真空服的频道。该死,我真希望船上的是你而不是我。这控制台密密麻麻的按钮,我都快吓蒙了。"在行动之前,维杰建造了几个模拟器。华夏在模拟器里训练了几个小时,学会了在必要时输入预设航线。也就是说,不出意外的话,他是能够驾驶太空飞船的。

"那是后话,现在你必须马上放开黑洞,动作要快!瓦法已经死了,死因估计是强磁场干扰了他的清零力场真空服生成器。我不是物理学家,不知道强磁场到底有什么副作用,反正听起来很惨烈。你能不能……我想说的是……动作快点,你明白吗?我不知道过多久就会……"这时,丽洛停了下来,因为她意识到自己陷入了恐慌。

"我这就做,马上就行。"丽洛听见华夏喃喃自语,随后爆发出胜利的吼声:"行了!所有读数都变成了零。这就行了吧?"

"过一会儿就知道了。现在我们一定要尽快想出对策：我们两人都不想跌进那个黑洞里，所以你必须赶快把拖船往外移一点。维杰说过，这种小黑洞的重力场很弱，即使在它附近也不怕。可如果你继续靠近的话，它的引力会呈几何级数增加。我现在是安全的，可你必须保住这艘拖船，我们才能开回木卫……"

"太迟了。我刚才没时间告诉你，我还没来得及把驾驶员弄晕，他就已经通知木卫八基地了。他们知道我们控制了拖船，肯定已经设好陷阱等着了。丽洛，我们回不去了。"她听得出来，华夏的声音有点哽咽。天哪！维杰、奈欧比和卡斯还在外面等着，期待丽洛和华夏开着拖船凯旋而归……

"华夏，我们已经商讨过这个可能性了，他们知道怎么办。要是他们遭到怀疑，就会和卡斯躲起来。我们必须马上离开，找一些武器再杀回来。"

"你说得对，我们……"

就在此时，事情起了变故，丽洛身后突然闪出一道强光。她正想转头看，但马上打消了这个念头。不用看也知道，那是瓦法的尸体撞上了黑洞，被惊人的引力压缩成简并态物质，把本来储存在他身体每一粒原子内部的能量以最原始的辐射方式释放出来。

瓦法这样死掉已经足够凄惨，可丽洛就更狼狈了。她前方的拖船开始移动，只见船尾喷出一道亮光，驱动器不停地运行着，船身开始改变角度，离丽洛越来越远。

木星已经把整个天空吞没了。虽然明知这是自己的坟墓，可丽洛不得不承认，眼前这个景象确实很美。跟黑洞相比，在木星的死亡过程会更漫长，然而丽洛还是宁愿死在木星。

拖船的自动驾驶系统按照新的飞行计划运行后，已经过去了两个小时。整个行动有无穷无尽的细节，丽洛怎么可能全部顾及到呢？此刻，她已经彻底崩溃，整个人动弹不得，因为她知道自己只剩死路一条。她也竭力挣扎过，跟华夏详细讨论了每个逃生方案，一丝机会都不肯放过。可后来，背景的星星开始朝同一个方向绕着她转动，丽洛马上知道自己死定了。因为这个现象只有一种解释：她虽然没有直接撞上黑洞，却因为距离不够远，已经被引力场捕获了。

瓦法其实没有直接触碰到黑洞，可他比丽洛靠得更近，身体直接压缩成了一粒肉眼看不见的微尘，并在一秒后彻底消散在虚空里，最后留下的只有湮灭前闪出的那一道亮光。

丽洛与黑洞的距离并没有那么近。黑洞之所以可怕，是因为人有可能会掉进去。不过，这是小概率事件，丽洛所在的宇宙空间如此浩瀚，而这个黑洞又那么小。可与小黑洞擦身而过也足以致命，因为在黑洞的附近，引力场的强度会随着距离缩短而激增。如果丽洛进入一个环绕黑洞的近距双曲线轨道，那么黑洞引力场产生的潮汐力就会以不同强度牵扯她身体的不同部位，结果就是使她粉身碎骨。要是她像瓦法那么靠近黑洞，引力就会直接把她的身体压缩成一粒针头大小的中子态物质。

从某种意义上说，丽洛是幸运的，但她的运气还是差了那么一点。她距离黑洞足够远，所以没有被压死；可惜她距离黑洞还不够远，所以被困在一个环黑洞的轨道上缓缓转动着。

丽洛极其平静地跟华夏商量了很久。他想驾驶小飞船来接丽洛，可丽洛告诉华夏，刚才大拖船启动加速时，她亲眼看见小飞船被一股强大的力量从固定的索具里震了出来，顿时就散架了。然后华夏又想驾驶拖船过来接她，却被丽洛严词拒绝了——就算是一名技术特别高超的飞行员也不敢如此靠近黑洞，更何况是华夏这样的新手呢？

换个角度看，华夏遭受的煎熬更甚于丽洛。他要做出抉择、完成任务,而且相当艰难。丽洛详细地嘱咐他,语气中带着临死前特有的一点超脱和残忍。

"你不能回木卫八,至少目前不可以,因为他们正等着你自投罗网。到了这分儿上,卡斯他们只能自求多福,你已经无能为力了。你必须去土星,按照我给你的坐标,去那里等着,然后在我告诉你的频道上发出广播。参数不会离实验室太远,一年内肯定会现身的。我就在那一带,藏在某个地方,你一定要找到我。你先找参数和冬夏至,他们会帮助你的。你拥有这艘大型拖船,可以找些武器,然后开回来救孩子们。答应我,你一定要回来,华夏!"

"我会回来的。可我不想离开,我不能扔下你不管。"

"你一定要走!我到了……到了最后一刻不想你听着,我不愿你听着我死。"她觉得心里的恐慌快要喷薄而出了,连忙努力让声音显得严厉些,"好了,你已经尽力了,现在马上给我走!"

不知过了多久,丽洛感觉后背隐约有点压力。这时她才开始思考自己到底会怎么死。

此刻,丽洛就像一颗流星似的扎进木星大气层,她后背的压力也在迅速增加。因为有清零力场真空服的保护,丽洛并没有受伤,可她全身上下开始发出橙色的亮光。这亮光越来越亮,最后她眼前只剩一片橙色,其余什么也看不见了。在空气动力的作用下,丽洛已经不再翻滚,而是四肢前伸、背向着木星往下坠落。空气阻力急剧增加,不过她知道自己还能支撑很久,因为真空服的人工肺正在源源不绝地把氧分子输入她的血液里。

真空服变得越来越僵硬。原本丽洛的手脚都有被拉扯的感觉,但现在连这种感觉也消失了。她之所以还能感受到自己在动,完全是因为她的肚皮快碰到脊骨,她的脸皮绷紧了贴着两侧脸颊,她的乳房也直往两侧的胳肢窝里钻。

丽洛没办法确认这种状况持续了多久。也许她其间晕厥过,可她想不起经历过昏迷和苏醒的那一刻。后来,背上的压力消失了,因为她已经达到了大气上层的终端速度,正在木星引力的作用下往下坠,整个人处于近似失重的状态。丽洛四处张望,想找那个黑洞。按理说,它会吸入四周的气体,所以一眼就能看出来。然后丽洛才想起,大气层并不能使黑洞减速,估计它现在已经快到地心了。这样看来,最后杀死她的必将是木星,而不是黑洞。

天空很清澈,四周有巨大的云朵不断往上升。她不时感觉到一阵猛烈的加速——那是气流在卷着她平移。

这种坠落超越了时间,仿佛永无止境。刚开始的时候,她还是遵循老习惯,不停地思考各种问题:还要跌多久才能到达下方的暗黑云层呢?真空服力场外面的温度是多少?大气层在什么高度才有足够密度使她浮起来而不再往下坠呢?后来她不再想了,就这样四处观察也挺好的。这里的景观堪称惊人,如果她非死不可的话,那能终结于此,也算是死得其所了。

可惜好景不长,她最终还是跌进云层,可见度登时归零。既然什么也看不见,丽洛干脆把手挡在面前,让这片银色提醒自己,她还没有死。可是她忍不住又想,她会不会已经死了,只是自己不知道罢了?

她的脑子还在不停运转。丽洛虽然很厌烦,可现在她什么也看不见,什么也做不了,只能继续胡思乱想。她最后会怎样死去呢?她会不会一直活下来,直到体内氧气耗尽为止?这样一来,她会渐渐失去知觉,再也醒不来……其实也不坏。

丽洛想起了真空服上的排气阀,也就是镶在她锁骨下方的那朵金属花——她体内的废气和热量就是从这里排出去的。虽然这部件是用高强度合金做的,可它受热之后始终会变形、卡住,甚至熔化。这样一来，死亡过程就会比较快，却也更加痛苦了。可惜现在无论丽洛做什么，也不能改变自己的结局了。一想到自己无缘亲眼见到那片炽热的液氢洋，丽洛心中不禁闪过一丝遗憾——那个场景一定很壮观。

后来，她稍稍清醒了一点，意识到液氢洋很可能跟她现在穿越的云层一样，都没什么意思。

终于，她穿过了这片云层，下方出现一个巨大的空间。虽然这个空间很昏暗，却比丽洛预想的光亮许多——毕竟上方有厚厚的云层遮挡。

这时候，不知出于何种缘由，丽洛的恐惧感突然像暴风骤雨般袭来。她全身僵硬，动也动不了。也许是她大脑的某个部分重新评估了现状，发觉存活的概率依然是零，再度无法接受这个结论。

接下来，丽洛又晕厥了一次，或许是失心疯又犯了。再次清醒时，她距离下方的另一片云层又近了许多。云层里有无数红色和紫色的影子混杂在一起，边缘还有一道道明亮的闪电——朵朵白云飘浮在蓬松的灰云上面——那些影子翻滚着、沸腾着，就像一锅水煮电鳗。

还有一些隐约可见的黄色影子从她下方的云层里冲出来——那些云就在我头顶，浮在一片蓝天之下——然后飞进更为晴朗的天空里，随即跌回混沌的云层中。丽洛几乎可以肯定，这些东西是活的。不过她不知道这些到底是不是入侵者，或许是木星上的智慧生物，又或许只是没有智慧的动物而已。

我脚下的地面很柔软，有点往下陷。我抓起满满的一把，那东西从我的指间滑出——沙子。我扭动着往下钻，想把自己埋起来。一阵轻风拂过，凉意沁人心脾。蓝天之下，朵朵白云在我头顶飘过。突然间，一个黄色的影子从一团云朵里冲了出来——然后又飞回到云层里，它们飞得越来越近了。

不知为何，丽洛恢复了镇静超然的状态，开始怀疑那些黄色怪物是不是想一口吞了她。她一直盯着那些东西，看得眼睛都痛了……

左边，右边，从我眼前向后退，然后……哎呀！我快变成斗鸡眼，头也开始痛了。我用双手捂住脸，把砂石揉进皮肤里，让疼痛来得更猛烈些吧！我在沙滩上翻滚，一圈又一圈，地面是那么坚硬，又湿又滑——那东西再次向上冲，直直向她飞去。她凭肉眼竟无法判断那东西的确切形状。在它的正中心（如果那也算正中心的话）有一个孔，孔里有一棵树（一棵树？）——她觉得嘴里掺杂着沙子和水——水流朝我涌过来，冲击着我，让我不停地翻滚，把我往下拖，还往我的嘴巴和鼻孔里钻——那是咸咸的味道，还有沙子，以及轰隆隆的巨响。丽洛已经晕头转向，时间仿佛也乱作一团，肚子里的恶心感越来越厉害……

在飞溅的浪花里，我勉强站了起来。此刻的我，全身上下湿漉漉的，什么也没穿，依旧头昏脑涨，像醉酒似的摇摇晃晃。我向前迈出一步，却脚下一软，整个人摔倒了。我手脚着地，面朝泛着泡沫的浪花不停地呕吐。我开始在地上爬，脑子里依然是一片混沌，只留意到一缕湿嗒嗒的头发在眼前一前一后地晃动。我看见自己的双手紧紧抓住沙子——可这双手真的属于我吗？

日落。这是丽洛见过的最壮丽的景色。

她抱着双膝，缩成一团，坐在一堆被风吹乱的灌木丛下面。海风很凉，丽洛冷得牙齿咯咯作响。也许她熬不过这一晚，就会被活活冻死，可是她又能怎么办呢？

她是从什么时候才开始确信自己没死，而这里也不是阴曹地府呢？丽洛已经无从知晓了。她一动不动地瘫倒在沙滩上，一躺就是好几个小时，全身都麻木了。太多事情充塞着她的脑海——这些事情明明不可能发生，却又偏偏发生了。终于，她的知觉渐渐恢复，理智也慢慢回来了。但这理智是那么小心翼翼，仿佛随时都会再次逃走。

丽洛之所以能恢复神智，低温的环境功不可没。不适感迫使她打起精神,爬到一棵小树下。这棵树的枝叶虽然不够茂盛,可树下的空间很狭小,能帮助她对抗寒冷。

丽洛面朝大海,太阳就落在身后——她突然意识到自己其实知道这是什么地方。星星一颗接一颗地出现,闪烁着微弱的亮光。原来这不是哄小孩儿的童话,星星是真的会闪烁。

夜幕终于降临。丽洛颤抖了好几个小时,感觉越来越饿。这时候,有什么东西从水面升起来了——那是月亮!

此刻她身处北美大陆,而她正在眺望的竟然是大西洋。

这是一片平原。丽洛沿着海岸向南走,已经走了好几个小时。她尝试往内陆方向走上几百米,可地面变得又湿又软,各种蚊虫乌云似的拥过来折磨她,把她全身叮满了红肿的包块。

到目前为止,丽洛还没想出什么计划,纯粹只是一个劲儿地往前走。她希望碰上一个挡风遮雨的地方,找到一些能吃的植物。沿途有些绿色的浆果和棕色的海藻,她尝了一点,然后扭头就走——这些东西,估计只有快饿死的时候才能咽下去吧。本来丽洛也可以尝试设置陷阱捕捉动物来吃,可她一直在回避这个念头。她以前吃的肉都是从基因变异的植物上种出来的,所以丽洛甚至没有考虑自己到底有没有能力捕获猎物。她脑子里有一个声音不停地说:这里也许是月球地底的某座迪士尼园区。要这样欺骗自己本来不难,可她的谎言总是被一种持续不断的沉重感给戳穿。地球的重力远大于月球,再加上脚下的沙子很滑,丽洛愈发感到脚踝和小腿传来阵阵抽搐的痛感。

越往前走,海滩就越窄,最终丽洛被一个巨大的海湾挡住了去路。海湾的北岸就在她的西边,中间隔着一片宽广的海面。丽洛一屁股坐倒在沙滩上——对岸实在太远了,她不可能游过去。她现在必须做出抉择:是走回头路,还是沿着海湾内侧继续往前走。问题是,就她所处的位置根本看不出此处是否真是个海湾，说不定她是在一座海岛上。

这时候，丽洛觉得天旋地转，浑身发烫，疲劳已经达到了极限。于是她伸展四肢，平躺在沙滩上，顿感无比舒坦。然后她侧身背对着太阳，好让眼睛避开阳光的直射。片刻之后，她便沉沉睡去了。

丽洛在疼痛中惊醒了。她一下子蹦了起来，高声尖叫——她从没这么痛过。

丽洛觉得全身仿佛着了火，发疯似的想把火扑灭。可是她一碰到自己的身体，反而带来了更大的痛苦。

丽洛这辈子经历的磨炼再多，也很难适应这种疼痛。她过往也受过几次伤，可急救台总在几步之遥，所以痛感是完全可控的。可现在过了整整十五分钟，疼痛显然没有减退的迹象。丽洛变得歇斯底里起来，像无头苍蝇一样没命地狂奔着，最终一头栽倒在沙滩上。

过了许久，她终于意识到：痛感虽然没有减弱，却是能够忍受的。于是她坐起身来，抹掉眼泪和鼻涕，低头检查起来，发现自己从脚踝到肩膀，全身皮肤都是通红的。她知道自己整个后背都是一级烧伤，是某种辐射造成的。

丽洛没想到在地球上会发生这种事情。这里的大气层应该挡得住紫外线辐射才对啊，否则地球上的生物怎么活下去呢？以前她从来不需要考虑阳光的不良效果，因为每次接触到阳光，她要不就是穿着真空服，要不就是躺在公共日光浴场的塑料屏蔽层下面。

丽洛突然意识到，要在地球上生存，很多教训她都需要铭记在心。

走到现在，地面已经不像之前那么湿软了。刚开始她沿着海湾内侧走了一段，可这时沙滩开始向西弯曲，于是她决定往内陆方向走。因为在水边完全找不到吃的，她只得去内陆碰碰运气。

丽洛留意到，当她向北走时——如果她没估错方向的话——路相对来说没那么难走；而每当她往东西方向前进时，总会遇上一个个大坑。一路上，她的视野总会被许多树木和灌木丛遮挡住。后来她从一个小山坡往下望，这才发现自己正走在一座城市的废墟里。她一直走在一条南北方向的宽广大道上，大道两旁是一个个规则排列的大坑。绝大部分坑里都积了水，还长满了荆棘和灌木。这里本来是一座座房屋，可现在房子都没了，原本的地窖就变成了大坑。

看得出，这座城市遭到的破坏是系统性的，但却并不彻底。丽洛看到有些混凝土或者不锈钢质地的物体半埋在地下，可见城市的地下还是有东西的。比如说，她发现了一根大约两米高的弯折铜管立在地上，管子的其余部分显然是深埋在地底。

丽洛走了一整天，在距离天黑还有将近一小时的时候，来到一个类似入海口的地方。在这里，海湾变得很窄，看起来更像是条河。令丽洛吃惊的是，她身处这片土地，而且在上面行走了一天，但对这里的了解竟然并没有增进多少。河对岸的土地看起来跟她见过的其他地方相差无几。有些河岸和她相距一公里左右，而在更远处还有更大片的土地。她不知道对岸较近的那片地方到底是河里的一座小岛，还是河岸弯曲地段的一个尖角。

可她面前的河水中就有两座小岛，她敢肯定它们是人造的。丽洛靠近岸边，登上一座小丘细看，发现这两座小岛果然都有人工打造的痕迹。这里曾经有座横跨河面的吊桥，丽洛对此很有把握。

夜幕快要降临了，丽洛急着寻找容身之所。这座小丘里面也许有类似山洞的地方。于是她往下走，在小丘侧面进行探索，希望能发现洞口，可惜最后什么也没找到。

突然，丽洛发现树上有只浑身斑点的巨大猫科动物正低头盯着她。除了海鸥和螃蟹外，这是她碰上的第三种动物。丽洛对动物有所了解，却认不出这只到底是什么。它看起来有美洲豹的血统，可是身型大小更像是非洲狮。她转身背对着这头动物，迈步就走。

鬼使神差地，丽洛又把头扭回去瞄了一眼。

她从眼角瞥见那动物猛地跳到地上，一人一兽终于正面交锋了。只见它以不可思议的速度冲她狂奔过来。在丽洛的视野里，它的脑袋迅速变大。最后，它凌空跃起，张开血盆大口，猛地扑向丽洛。

接下来的一系列事情发生得太快，丽洛完全没反应过来。她记得自己听见一声撞击的声音，是那头猛兽撞在她身上，立刻把她扑倒在地。可接下来的一幕让丽洛觉得莫名其妙：野兽竟然扭头咬它自己的后腿！原来有一根木制长矛从它后腿插了进去，顿时鲜血四溅。野兽从丽洛身上蹦了起来，转眼跳开了；丽洛也随即翻身跃起……等她神智恢复时，已经蜷缩在一棵三米高的大树上，双手血流不止。

树下有个人正和野兽厮打成一团。野兽咬住他的手臂不放，他就用一把小斧头拼命砍向野兽的脑袋。最后，野兽终于倒地不起。那人站直身子，抬头望了丽洛一眼，再低头看了看自己的手臂和那头野兽。野兽的脑袋裂开了，身体还在抽搐。丽洛慢慢从树上爬下来。

"你只是一个男孩儿呀。"她惊奇地说道。男孩又瞥了她一眼，神情有点紧张，明显听不懂她在说什么。丽洛开始怀疑：他真的只是一个小孩儿吗？

他很矮，连两米也不到，丽洛平举双臂的话，他的脑袋肯定够不着。他的衣服鞋子都是皮做的，特别简陋。他有金色的头发，脸很长，而且天庭饱满。丽洛拼命回忆古代地球有哪些人种，然后想起来了：他应该是源自斯堪的纳维亚地区的北欧人种。

"谢谢你救了我。"丽洛说道，"可是你听不懂我在说什么，对吧？"

他抬头看着丽洛，咧嘴一笑，四颗门牙缺了三颗。

"我还没见过谁像你这么脏。"丽洛说道，"简直可以跟我媲美了。"

她尽量让语气显得友善一点——事实上，她一点也不怕这个陌生人。然后丽洛又起了疑心：我需要防备此人吗？她心里想着，不自觉地后退了一步。迄今为止，她已经对太阳和那头大猫做出了错误的判断，她不希望这个男孩成为自己的第三个错误。丽洛开始搜肠刮肚地回忆——这次是关于旧地球原始部落的知识——却只能想起一些零碎片段。而仅凭这些有限的信息，她还是不敢信任这个人。

他说了一句话,丽洛勉强听懂当中的几个单词。然后他点了点头，向她咧嘴笑笑，又打了几个手势。刚开始丽洛看不懂这些手势，可他反复地指向太阳，丽洛这才开始明白。

他说的是一种退化了的美语,意思可能是天快黑了。丽洛很高兴。美语应该是源自英语的……或者英语源自美语？虽然丽洛没有专门研究过人类历史，可她知道自己使用的"太阳系语"是源自英语和俄语的。这样看来，丽洛应该能够学会跟他交流。

她决定跟着男孩走，看他愿不愿意留她寄宿，然后分点东西给她吃。男孩转头发现丽洛跟在身后时，并没有表示反对。丽洛必须不停地提醒自己：这个有可能是危险人物啊。要是他带她回部落，而部落成员都和他差不多，那就尤其危险了。可实际上，她完全没有提防陌生人的本能。"他可能会对自己施暴"的念头太过陌生，她很快就忘记得一干二净了。

他们来到一片茂密的灌木丛前，下面竟隐藏着一条混凝土阶梯，他带领丽洛沿着阶梯走进了一个隐蔽的洞穴。这个洞穴很大，而且地面很平整。刚开始丽洛还以为这是一个屋顶完好的地下室，可当男孩点燃火堆后她才看清楚：这是一座短程高速列车站，其设计跟月球上的列车站大同小异。

丽洛不知道他是一个怎样的人，因为她对野蛮人的生活和习俗几乎全无了解。不过，她倒是记得有些故事提到过古代女性的社会地位与男性相差很大——当然了，后来性别转换成了家常便饭，就彻底解决了这个问题。丽洛又想：他会不会想和她上床呢？突然，她意识到这个人有可能觉得这样做是他的权利，顿时心头一震。哼，有种你就来吧，看我不打你个措手不及！

可这男孩看起来对丽洛敬畏有加。他经常有意无意地看一眼丽洛小腿上的绒毛；每当丽洛站起来时，他都会抬头仰望，还急促地喘着气。不过，丽洛很快发现男孩其实一直在忍受着伤痛的折磨。她去察看他手臂上的伤口，男孩并没有阻止。丽洛用微笑鼓励他，他也报以同样的笑容。伤口看起来并不是很严重——只是扎了四个挺深的洞，还划了几条参差不齐的口子。

丽洛再次提醒自己：在月球，这种伤口根本不足为虑，只要止了痛就好，什么后果也没有。可是在这里，也许要过好几天才能痊愈吧。

男孩的名字叫马克尔，他是在五天后去世的。

他手臂的伤口一直没愈合。他用水、叶子以及一些糊状物来敷，却每天都在恶化，后来都开始发臭了。

丽洛这才明白自己疏忽大意了，忍不住暗骂自己怎么那么蠢！正如她不熟悉野兽的捕食本能，所以差一点被咬死；同样的，她完全没有给伤口消毒的概念，所以只能眼睁睁看着马克尔受苦。月球社会从一开始就是一个无菌环境，因此在月球做手术根本用不上橡胶手套、口罩和烧开过的水——用干净的水去洗伤口或许能救他一命。

马克尔一直精力充沛，也不管伤口感染得越来越严重，每天依旧外出捕猎。丽洛一直陪着他，希望从他身上多学点东西，可惜时间已经不多了。不过最后她还是掌握了一些基本的求生技能。她学会时刻保持警惕：这里与月球社会有着天渊之别，只要一有机会，这个世界就会置她于死地！丽洛还学会了辨别哪些浆果和水果没有毒，哪些植物的根茎可以挖出来吃。

到了最后一天，马克尔发着高烧，再也起不来了。丽洛依然陪伴在他身边，为他抹去眉梢的汗珠，在他口渴时喂他喝水。她还脱掉马克尔的衣服，帮他洗澡。她发现自己对他的第一印象是正确的：马克尔确实还没成年，却也不是小孩子了——他是一个十来岁的少年。

半夜时分，丽洛发现马克尔已经变得冰冷。她无法确认他是什么时候咽气的。

丽洛把他的脑袋抱在怀里，一前一后地摇晃着身体，忍不住低声哭了起来——这毕竟是她第一次亲历生离死别。丽洛不停地劝慰自己，马克尔不是她害死的。可惜这句话连她自己也不相信。

No. 11

The Ophiuchi Hotline

那你的克隆人呢?她也算"屁也不是"吗?

旧地球历 571 年
华夏

金色。一切都是金黄色。

我突然有了意识，发现自己漂浮在昏暗的光线里，眼前只有一片金黄，其余什么感觉也没有。箱子里的液体开始往外排，我就继续悬浮在干燥的空气里。

突然，我感觉被电了一下，很痛。紧接着我就发现了疼痛的源头：我身上竟然插着十六个针头。我的四肢开始抽搐，可心脏还没开始跳动。然后，我的膝盖撞上了什么东西——这感觉很熟悉。

随着第二次电击，我的心开始跳动起来，我终于活过来了！也是时候了，我宁愿死也不想受第三次电击。我吸了一口气，却被呛着了，猛烈地咳嗽起来，不小心一头撞在箱盖上。我连忙伸手去摸，发现已经肿了一块。再看看冰冷的双手，上面已沾满了鲜血。有血流进了我的左眼，把金色染成了粉红。

突然，箱子的顶盖弹开了，橡胶密封圈同时发出一阵湿嗒嗒的嘶嘶声。我发现腰间缠着一根带子，于是手忙脚乱地去解，可整个手掌就像是吹胀了的橡皮手套。我两只脚表面的皮肤都皱巴巴的，于是我坐下给自己来了个足底按摩。渐渐地，随着所有感官的恢复，我感到很难受，觉得越来越恶心，恨不得把自己的舌头咬断吐出来。

我的十个指尖和两个脚跟都干巴巴的，看起来很苍老。我擦掉脸上的鲜血，眯起双眼环顾四周……

"你谁呀？"

这个房间很小，三个人在里面显得有些拥挤。幸好这是无重力环境，大家都不需要坐下来，就连丽洛也不例外。她还是很虚弱，在重力场里的话，恐怕连手臂也抬不起来。她浮在空中，双手捂着一管热汤取暖。刚才她喝得太急，被狠狠烫了一下，现在只敢一点一点地吮吸。

"你说到这里我又不明白了。"丽洛很疲惫地说道。她现在头痛欲裂,说话也含混不清,什么都不想干,一心只想蒙头大睡,"你刚才说今年是哪一年?"

华夏叹了一口气。丽洛本来就对他的话将信将疑,而他现在这种态度就更令她生厌了。这故事本来就难以置信,更何况这家伙竟然说那个克隆的丽洛爱上了他?

然而参数的耐心是无穷无尽的。她答道:"今年是571年,正值摩羯月。你是在568年的人马月被逮捕的,在一年后处决。华夏说被处决的是你的克隆人。原版的丽洛多活了一段时间,然后就被杀死了。而另一个克隆人——她的身体显然是早就准备好的,否则时间不吻合……"

"这是特威德的惯常伎俩。"华夏补充道。

"对。可这第二个克隆人和原版丽洛一样,都在逃跑时遭到杀害。第三个克隆丽洛被送去木星,在那里遇上了华夏,然后——"

"行了,行了,我记得你说过这段。"丽洛回应道。其实她是不想听别人再描述自己是如何被杀死的。至于克隆丽洛在木卫八的遭遇,丽洛听了还是觉得一头雾水,不过这些事情完全可以在日后慢慢理顺。

"可是现在,为什么……感觉我应该一早就被唤醒了吧?发生什么事情了?"

参数没有立刻回答,她似乎察觉到这个故事使丽洛深受困扰。

"要不你先休息一下,我们回头再继续好吗?"

丽洛抬起头看着她。参数-冬夏至看起来简直是一个卡通形象,如同小孩子用绿色橡皮泥捏出来的一个人像。参数全身上下只露出一张嘴——那是因为冬夏至刻意往后退让,好让它的伴侣能够对别人说话。这个卡通形象长着纤细的腰和大大的屁股,但却没有脖子,只有很大一团东西附着在参数的脑袋和肩膀上——这团东西正是冬夏至身体的一部分。丽洛并没有取笑她们,因为她和大部分人不一样。她对共生体怀着敬畏之心，因为她觉得这种生命形式代表着一种绝对的对称。

"不用，继续说吧，我听完再休息也不迟。不过还是谢谢你。"

"好吧。你现在是在一个克隆的躯体里，这一点你已经知道了，而且你应该早就料到了。不过，这具躯体并不是你七年前储存在这个保命舱里的那一副。那个克隆体已经死了。"

"什么？怎么会死？"

"你真的想继续吗？我知道你心里已经很不舒服了。"

丽洛现在最想做的事情就是睡觉，可她已经下定决心，非要刨根问底不可。不管现状多么可怕，她也必须问个水落石出。

"我们也不知道怎么回事，真的。我们到达这里时，它已经死了。当初你说过这是有可能发生的，不过你并没有交代在这种情况下我们应该怎么办。我们翻查了跟你讨论的内容，结论就是我们答应过要唤醒你。微妙的地方在于怎么定义这个承诺。最终我们决定，我们有义务克隆一个新的丽洛，然后把她唤醒。不过我们对你的仪器并不熟悉，所以唤醒过程进行得不太顺利，我恐怕……"

"噢，别担心，考虑到你是新手上路，已经算是做得很好了。这么说来，我是这里的第二个克隆丽洛了？我们来算一下，他们在月球上培育了三个克隆人，再加上原版的我，这就是……"

"不好意思。"参数说道，"我们在培育新克隆体前，先详细研究了一番。不过事实证明我们需要在实践中成长，因为第二个克隆体最后没成功，就在我们尝试唤醒的时候死掉了。所以你是这里的第三个克隆人了。华夏也有帮忙，他是在三个月前来到这里的。"

"不过到了现在，"华夏补充道，"肯定有一个新的克隆丽洛正在前往木卫八的路上了。"

丽洛蹲在计算机终端前。她醒来已经五天了，感觉身体状况好了很多。这几天来她一直都在很小心地进行康复锻炼，全身肌肉已经强化了不少。不过她知道自己距离完全康复还有一段很长的距离。

这个小舱显得越来越拥挤了。共生体参数-冬夏至倒没有占据太多空间，她们不会为了走动而走动，完全可以一天到晚静静地待在一个角落里。问题出在华夏身上。

事实就是，丽洛并不喜欢华夏——而最奇怪的是，她竟然因此体会到一种满足感。华夏告诉丽洛，特威德会采取怎样的措施去确保手下绝对忠诚，丽洛听得胆战心惊。华夏又告诉她，上一版丽洛的行为具有极高的可预知性，丽洛听了当然很是不爽。而最让她恶心的是这人竟然说上一版丽洛喜欢他，甚至可能还爱上了他。呸！现在这个丽洛可没喜欢你！

"关于这件事情，我们再多谈谈可以吗？"华夏低声说道，"你现在这种态度解决不了任何问题呀。"

"依我看来，根本就没有问题需要解决。"她一心扑在计算机前面，借口查找前两个克隆人在保命舱里成长时出了什么差错。其实她心里怒火中烧，看着屏幕上一串串数字在眼前飞过，丽洛根本就无法集中精力。她之所以面向电脑，纯粹是为了背对着那个人。

"你真的很不情愿。"他听起来和丽洛一样疲惫。在这一刻，丽洛不禁起了恻隐之心，因为她意识到华夏其实也挺不容易的。他还思念着上一个克隆丽洛，因为在她死前，两人还在热恋当中。可这个丽洛把一切都改变了。

"我当然不情愿了，可是你没有给我别的选择，因为……"

"因为你可以抓住这个机会，回去救那些对你来说很重要的人……不过我现在收回这句话。我想说的是，要是你愿意去结识他们的话，相信他们会成为你生命中很重要的一部分。"

"废话！你这句话，用在一半人类身上都行！想想你求我做的是一件怎样的事情？那帮人对我来说屁也不是！没错，我这样说或许很冷血，不过事实就是这样。"

"那你的克隆人呢？她也算'屁也不是'吗？她现在应该已经到达木卫八了。"

"没错。"她愤怒地压低了声音，"你总要哪壶不开提哪壶是吧？她又不是我！我对她和对其他人一样，都没有任何责任和义务。没错，我觉得她挺不幸的，可老实告诉你吧，一想到和她见面，我就浑身起鸡皮疙瘩。"说完，她转身面对着屏幕，又叹了一口气。算了，她想，就再和他多唠叨一遍，如果他还要继续这样喋喋不休的话，我就一脚把他从气密舱里踹出去！

"我也承认，驾驶整个木卫八离开这个见鬼的太阳系，这个想法是挺吸引人的。虽然很极端，甚至可以说疯狂，却能一下子解决我所有的难题——前提是这个方案切实可行，而你提供的信息并不能说服我它是可行的。这就好比一个胜算渺茫的赌局，你明知我这条命是当初丽洛煞费苦心好不容易才保留下来的，竟然还要求我拿命去冒险赌一把！你自己说，我讲得对不对？"

华夏沉默不语。每次丽洛说到这里，他都不敢直视她。丽洛知道，这意味着华夏心底其实也是认同的。

"我担心的不是黑洞驱动法是否可行，因为我知道这做法以前有过成功的案例。我顾虑的是木卫八上面的安保措施，你描述的那个……那个……那个瓦法什么的，那个披着人皮的恶魔——还不止一个——"丽洛无法说下去，她深吸一口气，努力镇定自己的情绪。华夏向她描述过木卫八的境况，那里发生的事情让她无比反感。

"你先告诉我，我们怎样才能瞒着瓦法去设置黑洞驱动器。有了方案我再考虑。"

"另一位丽洛……"华夏的声音越来越小,"呃,她说用激光步枪。要是我们在室内趁他们关闭真空服时发起攻击……"

"我没开过激光枪,你呢?"

"我也没有。"华夏很沮丧地承认。然后他抬头看着她,眼神仿佛在说:你已经不是我认识的那个丽洛了。呵呵,在这些日子里,她一直努力让华夏接受的正是这个事实。两人默然相对,气氛很尴尬。过了几分钟,华夏站起来,独自走了出去。

"我开过。"参数突然说道。

"真的?"丽洛很奇怪为什么参数会突然来这么一句,须知她向来惜字如金,无缘无故是不会开口的,"你枪法好吗?"

"百发百中。"冬夏至答道。冬夏至每次使用参数的声带说话时,都会用很低沉的嗓音。刚开始丽洛老是被吓一跳,现在总算习惯了,"我从来不会打偏,因为我的反应和运算能力远超人类。"

"我知道。可是即使这样也没区别,你有把握在被敌人发现之前把他们全部射死吗?"

"没有。"

"我就知道。面对现实吧,现在明摆着敌众我寡。而且我敢打赌,那里每个凶徒的枪法都不比你差;而我们这一方呢,华夏和我都是根本没什么用。"

"对。"共生体也不说话了。可是丽洛怀疑这两个家伙正在私下里热烈讨论,等她们商量好了,估计会有下文。

果不其然,参数突然说道:"有可能会成功。"

"是吗?你们之前不是说过我们闯回去开打必败无疑吗?"

"我们没有这样说过。我们说的是,这场仗用激光步枪是打不赢的。现在我们想到了另一个方法。当然了,我们俩是不会去的,对于共生体来说，星际空间并不是很有吸引力，因为那里的阳光少得可怜。"

"当然了。"丽洛叹了口气，用指尖搓着头发。这时，她的手臂一阵酸痛，不禁哆嗦了一下。丽洛还是很虚弱，肌肉依然不时抽筋，"这个……我得承认，除了飞向星际空间之外，再也没有别的出路能让我动心了。过去我隐约动过一个念头，就是……配对，然后在土星环定居。我建立这个保命舱空间站的时候，就有这个打算。当然了，那时也就是想想而已，我并没有真的这样做……可现在，我已经活在一个克隆的身体里面……我……"

"你害怕了。"参数帮她把话说完，"我一点也不奇怪。"

"不好意思。"

参数哈哈一笑，"你不用担心伤害我的感情呀。事实上，大部分人类都害怕配对，我早就习惯了。"

"我本来确实有配对的打算……"

"但是你没有想清楚。别纠结了，配对共生不适合你。我的意思是，配对共生本来很适合你，可你心理上永远也接受不了。我很久以前就知道了。"

参数的话犹如醍醐灌顶，丽洛知道她说出了自己内心最深处的想法。当初丽洛进行非法的人类基因实验，也担心自己总有一天会被抓起来。于是她在土星环设立了保命舱，确保自己的生命得以延续。至于复活之后去哪里安身立命，她并没有仔细考虑清楚。当时她只有一个模糊的念想：与共生体配对，从此在土星环过上幸福快乐的生活。土星环毕竟是一片法外之地，过去如此，将来也会如此。

除了土星环之外，她还能去哪里呢？八大星球是不可能的！任何一个海关一旦测出她的基因图谱，就会马上把她抓起来。最终她都会落得与原版丽洛一个下场：毁灭。

丽洛是一名逃犯,而环木星轨道上就有一个逃犯的世界,上面的人们都与她同病相怜。

"你刚才说有可能会成功。"她小心翼翼地说道。参数全身上下只露出一张嘴,这时候,这张嘴咧开一笑。

"丽洛啊,你就像一台挖土机,只盯着脚下的那块地,一门心思去挖挖挖。你明明对单兵作战一窍不通,却老想着溜进基地跟敌人近身肉搏。把你的脑袋从洞里伸出来吧!我们现在商量的是移动整个世界,要把它推出太阳系,所以你思考的格局必须要大!"

No.12

The Ophiuchi Hotline

不过这只是暂时的,恐惧终会来临。

旧地球历 571 年
丽洛·亚历珊德拉·卡吕普索

星线股份有限公司

顶级机密；A^{+++}

题目：蛇夫座热线传送信息（570年8月14日，12时49分44.3秒）

内容翻译如下（概率加权）：

一段时间（推测为四百地球年）以来，大量信息发送给你们人类。新的订阅者（43%）获得一段（无法翻译）去适应调整。你们的时限已经到期（终止？）（延长？）。请缴付（欠款？）（余额？），否则本服务将终止（45%）。你们的账户（22%）将会被转托（45%）给一个（无法翻译）。你们必须在未来（一段时间，推测为十地球年）内以（无法翻译）的方式进行支付（30%）。还在挣扎求存的（新？）（旧？）生命体可以赊欠（58%）。严厉惩罚，严厉惩罚，严厉惩罚（97%）。

结束。

此段信息重复了三十次。

比特总数：约 2.3×10^8

金色。

记忆中有金黄色，就连预感里也是金黄色。

还有一轮蓝色的太阳，太阳下面是一片树林。

当她醒来时，首先映入眼帘的还是同一张脸，依然笑意盎然，丽洛也报以轻轻一笑。她心里暗自高兴：记忆备份终于完成了。

"等等，先别起来。"玛丽说道，听起来语气很轻松，"我得先给你断线，还要把切口都缝合起来。"

丽洛突然觉得哪里不对劲儿。再仔细一看，她终于发现是背景变了——玛丽这张脸后面的景物变了。

准确来说，是树上的叶子变了。手术前它们是绿色的，现在树枝都秃了。

他们依然拽着丽洛去训练，所以她有大把时间思考自己的处境。很难想象现在已经是571年，距离玛丽在林中空地给她做记忆备份已经整整两年了。

特威德又一次给她看了那些对话，依然把她吓得心惊胆战。他在同一个地方见证她复活了三次，三次！她听说原版的自己越狱不久就试图逃跑，很快就被杀死——特威德把尸体的照片给她看了。她也知道第一个克隆人（"丽洛二号"）是被怎样处决的。她还知道"丽洛三号"害死了玛丽，最终还是逃不过被抓住和杀死的结局。至于"丽洛四号"，没人知道她的下落。这位克隆人居然坚持了一年，可见她在几位丽洛当中肯定最聪明——当然也可能是被治得最服服帖帖的。

丽洛知道自己其实是"丽洛五号"。土星环不是还有一个保命舱吗？那位"丽洛六号"有没有在蠢蠢欲动呢？

这一回她定会加倍小心。

他们派她上了一艘前往土卫六的飞船，同行的还有一个女瓦法和一个名叫伊菲斯的男人。

离开月球三天后，飞船收到特威德发来的信息。伊菲斯和瓦法背着丽洛把信息解了密，然后躲在舰桥那里商量。丽洛隐约听到两人越说越生气，而声音最响的竟然是伊菲斯。他们提到什么航行时间表、反应物料、错过什么飞船……两人吵完之后走出来，谁胜谁负一目了然。只见伊菲斯气得七窍生烟，丽洛自然是避之则吉；而瓦法则是一如既往的镇定沉稳，只是眼神里隐约多了一丝冰冷。

看来他们要改道去火星了。

瓦法有话要对丽洛说,她的表达方式也非常直接:她抓着丽洛的脚踝在地上拖行,就像拉着一个充气娃娃。

"我们要去火星待一段时间,一直等到有高 g 飞船去冥王星为止。"瓦法把丽洛拖进睡舱,然后将舱门反锁了。

"真好玩儿!"

"对。"上一秒瓦法还显得很放松,好像在想事情,下一秒她就爆发了。片刻之后,丽洛发现自己被绑在沙发上,脸颊火辣辣的,嘴里还有鲜血的滋味。瓦法的脸就凑在她眼前。

"对。"瓦法又说了一次,"是好玩儿。"可她看起来一点也没兴趣,反而显得有些心不在焉。丽洛知道瓦法并不是特别聪明的人,平常也是一根筋,鲜遇到需要思考的疑难问题。现在她明显遇上了难题,正在想一个满意的解决方案。突然,丽洛觉得有一件冰凉的硬物顶住了咽喉,于是努力咽了一下口水。

"老板说出现了紧急情况。"瓦法继续说道,"我必须去调查,他要你也一起去。我知道为什么,那里有个问题需要处理,我不是特别在行。所以最后是你去处理,我负责监视你。"

"听我说。"丽洛小声说道,"你肯定能搞定的。把我锁在飞船上就好了,反正我也没法折腾,你就可以……"

瓦法只在她脖子上轻轻施加了一点压力,她就突然没法呼吸了。

"不行!老板叫我们怎么做,我们就怎么做。我的职责是确保你不能逃跑。我们要去找另一个人帮忙,而且我还得监视那个人。现在你给我听好了,我仔细研究过老板给你做的性格侧写,所以你的思维方式我都知道得一清二楚。"

"我相信你……"

突然,她揪住丽洛两侧的两条绑带,用一只膝盖顶住丽洛的胸口,然后双手往后扯，膝盖向前压。

"我不会对老板说三道四，"她说着，膝盖又稍稍加力，"可我觉得他太迷信那些侧写了。依我看，你越害怕我，我就越容易控制你。"

"瓦法，我已经很害怕你了！我是说真的，我不知道什么时候……"可瓦法一摆脑袋，丽洛马上就闭嘴了。只见瓦法竟然皱起了眉头，这是她第一次看见瓦法皱眉头，看来问题还挺严重的。

"我想啊，除非我不关闭你的痛觉神经中枢，直接把你胳膊和腿给卸下来，你才会真正怕我。关键是我能保住你的小命，再把四肢都装回去，只是这个过程的痛苦程度就远超出你的想象。我要是用这个办法，能让你老实听话吗？"

丽洛心里极度诧异，因为她突然意识到瓦法的态度很诚恳，她确实想征求丽洛的意见。

"不，不，我……瓦法，我不知道……请你别用这个办法。要是你这样做的话，我……我觉得我会恨你多过怕你。"除此之外，丽洛实在不知道该怎么回答了。瓦法缓缓地点了点头，丽洛心头的大石顿时落地。

"我也想过，干脆现在就把你杀了。至于老板那边，我也许可以骗他。可是……不行，我觉得不能对他说谎。这样的话，就只能威胁你了。要是你尝试逃跑，我有把握追上你。万一你真的溜掉了，我就什么都不做，把所有的时间和精力都用来抓你。一旦抓回来，我一定要慢慢把你折磨够本才杀掉。这就是我对你的威胁。"

"我明白。"

瓦法继续苦思冥想，用手揉着锃亮的头皮，压在丽洛胸口的膝盖也松开了。丽洛的呼吸总算顺畅了一点。最后，瓦法解开绑带，让她站起来，然后又一把抓住丽洛的脑袋——这次并没有太用力——迫使丽洛直视着她。

"我要你以自己的荣誉发誓,我们到达冥王星后,你绝不会逃跑。"

"要是我不肯发誓呢?你就马上杀了我,然后告诉特威德我又试图逃跑?"

瓦法脸上露出惊讶的神情,还带着一丝不快,"不会。只要你不逃跑,无论发生什么事情,我都不会再伤害你了。我现在不是用恐吓的手段来逼你发誓,因为我知道在威胁之下做出的承诺是没有约束力的。"听她的语气,仿佛是在陈述宇宙间的一个自然规律。

"好吧。我发誓,到了冥王星之后,我绝不会逃跑。"

接下来,两人用自己的鲜血正式立誓。丽洛其实很郁闷:为什么非这样做不可呢?不先关闭痛觉神经就割破手掌,这算是她这辈子做过的最勇敢的事情了。

后来丽洛才意识到,她们这样做实在是太幼稚了。当她的生命和自由岌岌可危时,难道她真会坚守这个誓言,留在瓦法身边不走吗?丽洛自以为不大可能——当然也并不愿意承认——可这个问题确实使她深受困扰。

后来,在睡舱昏暗的灯光里,在伊菲斯的鼻鼾声中,瓦法翻身看着丽洛。

"我要跟你谈谈。"丽洛担心瓦法又要找她上床——她和伊菲斯上床还挺愉快的,可瓦法总让她胆战心惊。两人一起离开睡舱,进入了那间斗大的重力健身室。

"你应该先看一下这个。"瓦法递给她一张传真纸,上面密密麻麻地印满了大段大段的密码。瓦法把翻译写在下面,内容固然乱七八糟,字迹更是歪歪扭扭,就像地震仪画出来的图表。丽洛留意到星线公司的名字,上面还写着顶级机密、三甲级阅读材料。

"我不知道老板是从哪里得到这些数据的。"瓦法主动说道,"他当然有他的信息源。"

丽洛先通读了一遍，然后又仔细看了一次。她很熟悉热线传输数据解码过程中使用的概率加权系统。通常来说，热线的信号在穿越十七光年之后，已经变得杂乱无章，可是也不应该有三十次重复。对关键词语不确定，表明计算机在解码时缺乏上下文背景，所以不能生成精准的翻译。

丽洛并不感到意外。她知道大部分人都以为热线传输过来的信息只是另外一套编码，一旦破译出来，得出的结果就是一段语法通顺、结构严谨的太阳系语文字。

然而，热线传过来的数据是根据外星人的思维方式生成的。只要那些数据是和科学有关的，而且是用数学术语表达的话，翻译出来的内容还算靠谱。不过即使这样，信息中还是存在着大量"灰色地带"——有些内容看起来明明是有用的数据，可人类的计算机无论如何都破译不了。不过，丽洛对这些灰色地带却相当有研究，只可惜她的研究成果最后连累她进了监狱。

有少量信息传过来后，计算机断定其内容不是科学术语，而是正常的语句。这些翻译出来的文字通篇夹杂着不确定。语言学家对此一点也不感到诧异。语言自身就包含着文化预设、不调和性，以及大量自相矛盾的地方。如果有足够数量的语言数据，计算机就能逐步趋近每个单词的真正含义。可蛇夫座方面一个劲儿地把海量的工程技术数据传过来，对其他方面的内容——包括他们自己——基本上都不提及。而那些寥寥可数的文字信息可能是广告，可能是宗教福音传道，也可能在人类文化中根本找不到类似的内容。

丽洛又细读了一次——这是第三遍了。

"怎么会突然说起账户呢？终止订阅……还要缴付？他们到底想要什么？我们有什么可以给他们呢？"

"也许是他们给我们的东西：信息。"瓦法耸肩道。

"可是我们……这是什么意思呢？"

"估计就是字面意思嘛。我们用了他们四百年的通信服务，人家现在来收电话费了。"

"可是……这简直荒谬……"

"怎么荒谬了？我们凭什么认为这个热线服务会无限期地持续下去，完全不用我们回报呢？我们凭什么认定他们是非营利组织呢？"

这时候，丽洛终于平静下来。她仔细想了想，然后才开口回答。

"好吧，我明白你的意思了。可我们能给他们什么呢？又怎么给呢？我猜可以学他们那样，制造一台巨型的激光发射器——并不是说我们肯定有足够的科技水平去完成这个项目，我只是打个比方——可我们应该发送什么内容呢？从热线获得的每一种科学技术都比我们领先至少两三千年。他们向我们要信息，感觉就像现代人向原始人请教怎样修理核聚变发动机。他们想从我们这里学到什么东西呢？"

瓦法一脸苦相，把那几页纸拿回手里，"我是希望听听你的看法。我自己什么也想不出来，所以才担心。不过我真正担心的是，什么叫作'严厉惩罚'？"

"就是中断服务吧？除此之外，我想不出别的手段了。他们可是在十七光年之外，能拿我们怎么样呢？"

"我不知道。"

两人继续苦思冥想，随后瓦法忽然抬头说道："人人都说星际航行是不可能的；最乐观的也说这样做所花时间太长，不值得。他们提出来的一个重要原因就是蛇夫座热线：要是他们能进行星际航行，早就来太阳系了，对吧？怎么可能只是宅在家里发信息呢？"接着瓦法摇了摇头，"可是现在我想，我们一直以来都猜错了。他们不来太阳系，不是因为没技术，而是有别的原因。所以我始终觉得，他们发这封催债信,绝对不是随便说说,肯定是有后招的。"

丽洛还想继续讨论下去,可瓦法已经魂不守舍,没法沟通了。看来这恶女人真的害怕了。丽洛却一点也不怕——不过这只是暂时的,恐惧终会来临。

No. 13

The Ophiuchi Hotline

冥王星人都是孔雀,恨不得把自己的社会地位都纹在皮肤上。

旧地球历 571 年
丽洛·亚历珊德拉·卡吕普索

《星线》

作者：星线股份有限公司业务主机公共关系主程序

二级阅读材料

当初谁能猜到蛇夫座的外星人竟然会错过目标呢？确实没人能想到。

很久很久以来，人们就开始瞭望亿万星辰，希望能捞到什么好东西。多年前，在旧天文学时代的1960年，人们就开展了"奥兹玛计划"，想要搜寻地外文明，却什么也听不到。后来，我们换了大耳朵，把监听范围扩展到半人马座、豺狼座、大熊座、小犬座，以及波江座40。结果只有一片死寂。我们把这些星座都听了个遍，却什么也听不见。这到底是怎么回事呢？

然后我们开始向外扩张，一直超越了冥王星，最后把监听设备安置在从地球到冥王星两倍距离那么远的地方。猜猜怎么着？这回我们听到声音了！

不过，准确来说并不是真的声音，你明白吗？就是那些天书似的计算机数据。在很长一段时间里，没人能读懂这些东西——你应该亲眼见识见识，只需按一下打印键，印出来的东西可真是又多又密，一铺开就无边无际了。那些数据到底是什么意思？呵呵，就连计算机也弄不明白。不过有几件事情是肯定的：蛇夫座70有人；他们抱着一台巨型激光发射器，想找人聊天；他们的准度很烂，就像尿尿没对准尿壶，洒了一地！

等等！也许他们瞄准的目标根本就不是我们？于是人们扭头往后看，发现猎户座的胳肢窝下面也没别的什么呀，只有几颗星星罢了。没错，他们就是对着我们人类唠叨！可他们怎么会没对准呢？他们能制造那么强的激光发射器，竟然会瞄不准？这可能吗？

不可能！于是有人说："嘿，也许他们是想等我们准备好了才开始对话。比如说……我们必须有足够的聪明才智，先想办法飞出去。"听起来挺有道理，对吧？确实，他们已经唠叨四百年了，可我们依然落后他们十万八千里。谁想听个仔细的话，就非得去冥王星外面不可。

还有人说："我们为什么不自己建个大型激光发射器，主动回答他们呢？"你是在说笑吧？自己建……谁出钱呀？

就算是在经济状况好的时候，去冥王星的旅行者也只带了少量行李。那里的进口关税在整个太阳系里是最重的，而航运公司对超重行李的罚款数额又特别高，所以大家都宁愿把行李留在家里，到了冥王星再买换洗衣服。通常来说，值得带去冥王星的东西只有一种：信息。可即使是这样，随身携带的信息也是压缩得越紧凑才能越划算的。

更何况冥王星现在陷入了经济萧条！当地政府跟水星打贸易战，一打就是两年，现在眼看就要一败涂地了。这场贸易战造成了非常严重的后果。瓦法用太阳系内通用的信用卡在火星上取了少量现金，不过即便如此，他们还是被航运公司收了一大笔超重罚款。

丽洛和瓦法乘坐5g快线到达了冥王星的佛罗里达航空港。她们在加速舱里飘浮了八天八夜，下飞船时仍然觉得头晕脚软，狼狈不堪。丽洛不停地咳些恶心的东西出来，鼻子下面还挂着两条延绵不绝的大鼻涕。她实在忍不住舔了一下，顿时肠子就悔青了。

丽洛必须喝点东西才能把那鼻涕的恶心味道冲淡。她找到一台自动饮料售卖机，把瓦法给她的一张火星钞票塞了进去。

"没零钱。"售货机说道，"这样吧，如果你把钱存进来，我们就可以进行交易。"机器又解释说，它同时也是佛罗里达行星银行的授权分行。交易结束后，机器亮起一盏灯，上面写着"利息账户"。几秒后，灯熄灭了，机器吐出一罐饮料，顺带还有几枚冥王星硬币。瓦法建议她把硬币扔进循环垃圾桶里，因为它们根本就不值钱。

冥王星的通货膨胀正在不断恶化，钱币一印出来就马上贬值，不立刻花掉就会变成废纸。每个星期一发行的一元新马克相当于上星期发行的一千元旧马克。如果你手上的钞票寿命超过一星期，那它们甚至买不到等重的纸，干脆拿去做燃料好了。

两人待在佛罗里达航空港休息室的康复间里等了很久。终于，医务员确认高重力飞行的效果已经消退，她们可以离开了。休息室外几步之遥的地方就有一排卖衣服的商铺，旅客们赤身裸体地走出来，正好进去购物。丽洛也想去逛一逛。

"别在这里买。"瓦法建议道，"会被宰。"

"去别处有什么区别呢？"丽洛问道，"反正我们有的是钱，对吧？"然后她走进了"冥府时装店"。

她在店里享受了泡泡浴，然后冲洗干净，抹上护肤油，又让店员给她按摩，这才部分消除了高重力航班旅客必患的肌肉抽筋症状。最后，她终于觉得自己从一根腌黄瓜变回了人形，于是请店员给她更衣。

丽洛挑了一件在腰间、袖口和脖领处有扣子的红色衬衫穿上。这件衣服在设计上乏善可陈——只有两条蓬松的泡泡袖还算有点意思——而其他地方都更偏实用性，不仅有许多口袋，还带了一只内置计时器。店员想给丽洛小腿的绒毛染上颜色，但被她严词拒绝了。丽洛又买了一顶帽子和一双拖鞋——她脚后跟的皮肤皱得像话梅干似的，走路非得穿鞋不可。店员还不死心，继续向她推销各种乱七八糟的东西：脸漆、全息迷雾衫、内置假阳具裤，甚至还有活貂皮大衣。丽洛不习惯别人逼她买东西，心里觉得很不爽，连忙拿了自己要的衣物，去柜台给了钱就走。瓦法什么也没买。

"你从来不穿衣服吗？"丽洛问她。

"我不喜欢穿衣服，打起架来碍手碍脚的。有时候，我会系皮带加枪套，但从不在公共场合这样做。"

瓦法一边走,眼睛一边四处瞟,神情很紧张。丽洛早就留意到,这女魔头很讨厌人多的地方。在月球尚且如此,来到这里就更加杯弓蛇影了。她走路速度很快,动作经常一惊一乍的,好像总在提防敌人的偷袭。

"我们去哪里?"

"我有个地址。也许得先找张地图。"

冥王星人总是喜欢把自己定位成边缘人士。可近三百年,人类不断来这里殖民,这种思维定式也随之逐渐消亡。时至今日,冥王星的城市化程度已经和其他七大星球不相上下了。而这里的城市景观甚至更为喧闹和艳俗,总是充斥着浮夸炫耀的风气。无论是商户广告还是个人装扮都无比恶俗,还不断抢占行人的眼球。作为来自月球的女性,丽洛和瓦法都感到不胜其烦。

城市基建有些边角旮旯的地方甚至还没完工。比如说,公用走廊的地毯本来是又软又厚,可有些地方没对接好,地毯还没铺到墙边就到头了,在一些角落甚至还粘着一团团浅褐色的树脂。自动滑道载着她们经过一片裸露的岩石,市政工人正在安装隔绝保温层和塑料饰面。岩石表面蒙着一层寒霜,仿佛把靠近丽洛身体那侧的热量都吸走了。

她们来到市中心,这里既是自动滑道网络的交汇点,也是列车交通网的集散处。一个个传送舱从这里出发,前往偏远的郊区、独立居民区和外围公社。两人走出自动滑道,四处张望。这里的中央公园是一个巨大的圆柱形空间,其顶部有两千米那么高。公园里有些名副其实的参天大树,枝叶好像已经触到穿顶了。公园外围有八条巨型拱廊,人们可以乘坐用透明吊索牵引的玻璃电梯上去。公园里的一切都在跃动着、闪烁着,仿佛是在争夺行人的注意力。

丽洛觉得自己不属于这个光怪陆离的异乡,一种无形的压力使她头晕目眩。丽洛是个土生土长的月球人,月球社会的保守传统在她心里根深蒂固。她的衣着注重便利，而不追求装饰美观；轻佻和浪费的社会风气也为她所不齿。这是地球的沦陷给世世代代月球人留下的烙印，也是月球社会有别于其他星球的地方。

在八大星球里，只有月球人是直接从地球移民过去的。外星入侵者攻占地球时，月球上的人口不过数千。为了在长期斗争时能自给自足，月球人开始往深处挖洞。仓促之间，月球社会根本就没准备好——须知按照原定计划，月球本来是在三十年后才能实现自治——可人类这个物种的生死存亡就取决于他们的成败了。

刚开始的五十年特别艰苦。月球社会一度需要减少人口，只能进行死亡抽签。抽中死签的人们，有的心甘情愿自杀，有的虽然奋起反抗，最后还是惨遭屠戮。活下来的人则付出了更多的努力和心血，目的是不让横死的同胞们白白牺牲。

艰苦的岁月在月球人身上留下了永不磨灭的印记。在政治和道德上，他们更趋向保守。七大星球早就转型，尝试以"磨难选择主义"的理念去治国；而月球政府依然抱残守缺，继续采用阴魂不散的代议民主制。性别转变手术从不曾在月球上盛行过；来自火星和水星的时尚服饰在月球的销量总是很低。七大星球的人们几乎忘记了谦虚低调的美德，穿着端庄反而显得不正常。唯独月球人出门喜欢穿传统的多口袋背心马甲，或者什么也不穿。他们的肩上总会挂着一只挎包——这种装扮仿佛成了月球人的制服，其他星球的人总是没完没了地拿这个取笑他们。

创意整容外科医生来月球经营的话，肯定会破产。让自己多长几条腿，脑袋扭转脸朝后，改变鼻子的形状，或者装一条猴子似的卷尾巴……这类整容手术，没几个月球人会欣赏。平均来说，他们每八年变一次性别，这个数据在整个太阳系里算是很低的了。保养手术与整形手术的数量比例是九比一。月球人也有想变脸的，不过大部分都把这个当成兴趣爱好，不用找医生，在家里自己动手就好了。

而冥王星则处于另一个极端，丽洛觉得这里可以用一个字形容：俗！她打心底对这里有种深深的厌恶。丽洛尝试通过理性分析来消除这种偏见，却怎么也做不到。冥王星人都是孔雀，恨不得把自己的社会地位都纹在皮肤上。

丽洛和瓦法在团团鬼烟和全息迷雾间穿行，仿佛置身于一个迷宫当中。这些烟雾其实都是立体广告，它们潜在顾客身旁，利用透视手法制造出令人叹为观止的视像效果。同时，它们的声频信号直接传入目标顾客的内耳，巧妙地避开了防噪声污染的法律法规。

两人加快脚步，离开主干道，走进一片螺旋形的公园绿地里。只见一棵大树的树干上有一个个突起，被雕刻成座椅供路人休憩。丽洛抬头一看，发现这棵树巨大无比，绕上一圈估计要五分钟。

这时，广告全息图像从四面八方蜂拥而至，丽洛突然觉得自己仿佛身处飓风之眼。幸好这些广告都在她身前一段距离停了下来，仿佛被一堵无形的墙挡住了。

欢迎光顾冥卫一渡轮公司。

购买情色多，既能用，又能嚯。

可以擦拭，也可搓，最后还能帮你做。

请信赖：性格银行。

换脚大酬宾！即日换取阿斯泰尔舞王之脚！

天生丽质，请用丽思。

公园里空荡荡的，冥王星人似乎并不欣赏这里的安宁与平静。丽洛和瓦法坐下来，看着公园外的人潮。

"今年好像又流行乳房了。"瓦法观察了一会儿，"几乎每个人身上都长了至少两个。噢，对了，那些叫什么？"

"电动睾丸。我看过这种产品的介绍。"

"挺好看的。"瓦法自言自语道，"有点像灯笼。"

"据说这东西能以最直接的方式告诉你的性伴侣，你没有生育能力。喂，你到底知不知道我们要去哪儿？我得找一个安静点的地方，然后再洗个澡。"

No. 14

The Ophiuchi Hotline

你只能效忠一个人,这个人就是老板。

旧地球历 571 年
瓦法

重力列车位于中央公园下面一层。丽洛要买两张票，可是在购票之前必须确认身份。虽然很紧张，她还是把手伸进了基因打印机的空槽里。毕竟之前在火星上还挺顺利的。

事实证明，特威德的魔爪确实是无远弗届。丽洛感到采样器在掌心刮了一下，机器嗡嗡嗡地响了一会儿，然后冥王星中央计算机反馈了这样一条信息：

祖薇安-342（ID-L-502-KC-98）于71年4月8日3时49分登上从佛罗里达开往古墓的列车。

安检是自动进行的，丽洛无惊无险地通过了。"祖薇安-342"这个名字并不在通缉黑名单上，系统也就不会继续追查下去。可万一冥王星的主机觉得有必要深究的话，它就会联络月球的系统查找当地的记录。而后者会在十二小时后答复，说祖薇安-342是宇宙工程教会的信徒，是月球的优秀公民，也是狂热的旅行爱好者。然而事实上，祖薇安-342早在十年前就已经移居土星环，估计已经与共生体配对，从此远离人类文明，也不会介意自己的身份被盗用。不过冥王星主机是不会知道这一切的。

这种鸡鸣狗盗的勾当，丽洛不知道特威德是怎么办成的。她只知道管理主机的那些技术人员基本算是凌驾于法律之上，因此这类犯罪手段是防不胜防的。这种事情过去有，将来也会继续发生。

车厢的内饰很豪华，座位都是沙发，墙壁上铺着厚厚的棕色天鹅绒，镀铬的灯具散发出柔和的光芒。丽洛坐在一张沙发里，绑好安全带；瓦法就坐在她旁边。列车慢慢驶进一条隧道，开始爬一个缓坡。接着隧道的气密锁打开了，让列车出闸，然后又在车厢后面关上。接下来，列车的速度渐渐加快。丽洛沿路数着，当列车驶出第十二个气密锁时，车窗外陡然出现了满天繁星。丽洛觉得有点冷，于是把腿盘起来，用手按摩着双脚。

车窗外面的寒气似乎一直钻进了丽洛的骨髓里，但这纯粹是心理作用。丽洛最讨厌寒冷，而冥王星偏偏是一个苦寒之地，哪怕在大白天也没有一丝温暖。

这时候，一个身材高大的男人沿着车厢过道走来，坐在瓦法座位的扶手上。他冲着瓦法咧嘴一笑，然后劝她付费加入某个"性福协会"。瓦法勃然变色，想一把推开这人，可手却穿过了他的身体。其实这广告只是打头阵的，很快，丽洛和瓦法就被一堆全息人像团团包围了。

突然，其中一人竟然碰到了瓦法。瓦法吓得整个人都蹦了起来。

"不好意思。"那人说道，"我能看出来，两位是从月球来的。"

"没错。"丽洛答道，"有那么明显吗？"

"你的鼻子，"他说道，"是尖的。"这人自己的鼻子是扁的，就像一个挨了重拳的职业拳手。他的眼睫毛有半米长，眨个眼睛就像是慢动作。"当然还有其他特征了，希望我这样说没有冒犯两位吧。我只是觉得，你们会对我的产品感兴趣。"

"你怎么亲自上阵呢？拿个全息人像代替不就行了？"瓦法说道。

"你卖的什么东西？难道全息人像做不来？"丽洛问道。

"全息人像消除器。"他回答。

这是一只小手镯，上面刻着个电话号码，无非是技术支持。这种产品就和计算机终端一样，只租不卖。顾客可以选择不同型号，租金当然也不一样。有些只能把全息人像广告拦在身前一臂长的距离，而大部分冥王星人觉得这就够了。毕竟广告还是需要看的，否则怎么知道现在流行什么呢？

丽洛和瓦法选择了最狠的"歼灭者"型号。那人听了，没有流露出半点惊讶。

列车驶进古墓车站时，车窗已经变得一片模糊。两人下车时，发现列车外壁都结了霜。半融的冰水沿着车身滴下来，直接流进下水道，并没有污染铺着地毯的月台。

"你能给我描述一下这人吗？"丽洛问道。

瓦法正在仔细观察月台四壁——这家伙好像一刻也不能放松下来。

"这人很古怪。他以前是老师，后来被教育联合会开除了，到现在还耿耿于怀。老板让他一个人在冥王星做事，也不是什么重要的工作。不过现在状况可能不一样了。"

"他有参与破译那段信息吗？"

"嗯，老板发给我的最新消息里提到了一些细节。他能偷到蛇夫座热线发过来的数据，然后直接传给老板。所以我们基本上是和星线董事会的大老板们一起看到这些数据的。"

"为什么多此一举呢？到目前为止，这种做法给你们带来了什么好处呢？"

瓦法耸了耸肩，"他就是要收集尽量多的情报。我们这是在打仗呀！"

是的，这是一场战争，对阵双方是地球解放党和外星入侵者。丽洛必须不停提醒自己，否则转头就忘。只是这场"仗"到现在连一枪也没开过。就算特威德想办法煽起人们的怒火，真的打了起来，丽洛也觉得人类的胜算几乎为零。

可对瓦法来说，这场仗简直就是她生命中最重要的事情，所以她时刻警惕着敌人。而现在，瓦法更显紧张焦躁，丽洛知道原因。瓦法虽然经常去土卫六，却总是在航空港附近活动，从来没有走远。她真正熟悉的地方只有一个：月球。所以，瓦法此刻经历的其实正在所谓的"文化冲击"。

丽洛对这种现象是很熟悉的。就比如说走廊过道，有人说不同星球的走廊都是一样的，这话大错特错。其实有很多细微的差异，人们都看在眼里，只是未必意识得到——天花板灯饰的形状不一样；墙角空气探测器刻度盘的读数看起来不顺眼；很多东西都显得无比陌生：饮水机、电话亭、洒水喷头、门边框、急救站、包装盒……甚至连空气的气味也不一样。冥王星的空气只经过七次清洁流程就拿出来再利用了，总带着一股浓重的人类气味。

他们来到目的地，按下门铃。很快，门框弹开了，于是两人跨过门槛，走进一片混乱当中。

这房间挺大，里面有七八个小孩。这帮家伙吱哇乱叫，还跑来跑去，没有一刻消停。原来他们在进行障碍赛跑，满屋子的桌椅就是障碍。丽洛和瓦法连忙避开，就站在墙边等着。在房间的另一端，一个男人正和一名孕妇说话。说着说着，他抬头看了过来。

"好啦，派对结束啦！"他大声喊道，"大家晚点再来。你，请帮忙把门打开好吗？"于是瓦法扶着房门，那男人开始把孩子们往门口赶。大伙儿嘻嘻哈哈地向他扑过去；他连忙抬起手，孩子们便只能乖乖往后退，却都在笑个不停——这人好像懂得专治小孩的魔法。很快，所有小孩都离开房间，拥进了走廊里。

"你只能晚点再过来了。"他对孕妇说道，然后牵起她的手，带她走到门前。丽洛盯着那女人裸露出来的大肚子，估计没几天就要生产了。

孕妇离开后，那男人看着她俩，耸了耸肩。

"她想请个无牌的黑市教师。"他告诉丽洛和瓦法，"之前出了点差错，估计她没跟选中的老师签署有效的合同。我经常遇到这种个案。"

"现在实行一胎政策，每人的机会只有一次，还以为她们会谨慎点呢。"丽洛说道。

"可不是吗？就算她不识字，也至少可以找人给她详细解释一下合同条款呀。我……"他看着丽洛，微笑着伸出手。

"我叫华夏。"

"丽洛。"她与他握了握手。然后华夏瞥了瓦法一眼。

"我认识你。"他说道，语气很平静。

"可我们从没见过面。"瓦法回答。

"那我见过的不是你的兄弟姐妹，就是你的克隆人了。反正我认识你。"他好像还想往下说，却及时止住了。"好吧，现在我应该招呼两位坐下，对吧？你们看哪儿舒服就坐哪儿吧。要喝点什么吗？"他说这话时看着丽洛。

"只要度数别太高就好。"丽洛说道，"我喝酒不挑剔。"

"我有合适的！"说完他走进了另一个房间。瓦法等了片刻，也站起来走了进去。过了一会儿，两人前后脚走出来，脸色都显得有点紧张。瓦法拿着一杯酒，华夏则拿着两杯。他把绿色的那杯递给了丽洛。

一杯下肚，丽洛感觉好多了。她瘫坐在椅子里，仔细端详着华夏。这人一脑袋棕色鬈发，大长腿，娃娃脸，相貌英俊却又不过火，正符合丽洛的口味。虽然她还没触碰过华夏，也没嗅过他的气味，却突然觉得他很吸引人。这种事情很少发生在丽洛身上。

"两位大驾光临，有何贵干呀？"华夏问道，"等等，让我猜猜……特威德怀孕了，也来请黑教？"

瓦法本来坐在一张面向门口的椅子里，此刻突然一下子坐直了。丽洛感受得到瓦法的神经越绷越紧——她突然意识到自己对这女人的情绪是多么敏感。从月球飞往火星的路上，丽洛跟她挤在小飞船的狭窄空间里。对于躲避这位女煞星,她早就轻车熟路了。

"我现在给你第一次警告。"瓦法说道,"我不想再听见有人拿老板开玩笑。"她说这话时,目光在华夏和丽洛两人脸上扫来扫去。丽洛无助地看着华夏,很想告诉他瓦法的第二次警告是怎样的。意想不到的是,华夏竟然领会了丽洛的意思。他向丽洛点了点头——动作很轻,几乎看不出来——然后坐回椅子里。

"好吧。我们言归正传,你们来找我是为了热线,对吧?还能有别的什么原因呢?老板肯定害怕了,我能体谅他。"

"你知道信息的内容?"瓦法再一次坐直,屁股都快要离开椅垫了,"如果你有权查看这些信息的话,怎么没人告诉我呢?"

"呵呵,我也不知道自己有没有权力。"华夏说道,"可这些信息到我手上的时候就已经是翻译好的了。我的线人是在翻译部门工作的,老板没告诉你吗?我拿不到原始数据。"

瓦法闻言,顿时放松了一点,"有,他确实说过。可是你不应该阅读这些数据,你的职责只是把它们发送给老板。"

华夏耸了耸肩,"我得先把这些数据加了密才能发送呀。而且我也是个正常人,也有好奇心的。再说了,又没人命令我把看过的东西忘掉。不过现在既然你说了,我会记住的。可我还是不明白你来这里干什么?难道老板觉得有什么任务你会比我做得更好?我在这里占尽天时地利人和,而你……呵呵,我知道你很能打。可是,他难道打算让你把发送热线的那帮家伙海扁一顿,逼他们放宽期限吗?"

丽洛坐在椅子上,紧张地动了一下,可瓦法竟然不以为忤。

"不是的。我们的任务其实很简单。你说老板害怕了,这话不全对;不过我们可以说,他确实有所担忧。因为这段信息看起来很重要,甚至会有潜在危险。"

丽洛忍不住笑了起来,"你这样说也有道理,这段信息至少能把人吓一跳。"

"依我看,"华夏严肃地说道,"我们这回是收到了一张电话账单。"

"可我们从来没有订购呀。"瓦法指出。

"你这样说是避重就轻。"华夏说道,"没错,我们从来没有主动向他们索取这项服务,可我们来者不拒,可劲儿地用了好几个世纪呀!而且据我所知,从来没有人尝试过给他们发点什么东西算作报答。"

"成本太……"

"成本多少其实不相干。自从我看过那段信息后,就一直在想这件事。最让我觉得不可思议的,是迄今为止还没人预见到有朝一日人家会来催债。我们一直把热线看作一个自然资源,就像真空吧。我们也有揣测过蛇夫座那里是什么情形,可他们从来没有主动说起他们的事情,所以我们也就宁愿把热线当作一个……一个星际慈善项目了。"

"其实,这更像一个文化交流活动?"丽洛提议道。

"也许吧。不过,如果真是文化交流的话,我们从来没有回馈,他们肯定觉得被占便宜了。"

"可我们有什么是他们想要的呢?"丽洛问道,"他们比我们先进那么多。"

"这我就不知道了。你听我说,他们也许也在问自己同样的问题。很明显,他们所做的就是把所有信息都发过来。我们利用了其中某些新发明,尤其是生物工程学方面的技术。可大多数信息我们还搞不懂。也许那些是艺术哲学、八卦,甚至是九十亿个蛇夫座人的征婚广告?可我觉得热线真的不是文化交流。我认为正如这段信息暗示的,这其实是一次商业投机。他们期望我们拿多少就回报多少,而且必须是等价的,收一份货就给一分钱。不过我也想知道他们说的'严厉惩罚'到底是什么。"

瓦法听着华夏的分析,眉头一直紧锁着。不过现在话题回到了她的老本行，瓦法的眉目顿时舒展开了。

"刚才跑题了。"她说，"我们本来在讨论这次任务，为什么丽洛和我要来找你。其实很简单。老板遇上这么棘手的事情，他当然想了解更多信息。根据目前接收到的数据，我们不可能知道怎样才能满足对方的要求。他必须找到这个问题的答案，却又不可能直接去问蛇夫座的人。既然是这样，我们就只能从原始信息中寻找答案了。"

"有道理。"丽洛说道。她留意到瓦法正在看着自己，目光里流露出感激之情。其实瓦法对这些事情不太理解，她纯粹是对老板的决策有信心，所以才无条件服从。

"我的意思是，"丽洛继续道，"这些信息是他们主动发过来的，肯定已经把我们需要知道的都包括在内了，不会有所保留，所以问了也白问。再说了，就算他们真的回答，那些答案也会在三十四年后才传回来。"

"没错！而且你也留意到，那段信息里有很多单词的翻译都标注着一个概率。"

"很正常，热线的数据都这样。"华夏补充道。

"我明白。只是我们现在手头上只有你拿回来的这段翻译过的信息，可我们需要最原始的数据。老板希望拿到手，然后进行独立分析。"

华夏皱起眉头，"这应该很困难……不，简直是不可能。"

"请解释一下为什么不可能。"

"这个，我……好吧，是这样的，我的线人在星线公司的翻译部工作，她……你知道星线是怎么获得这些信息的吗？"华夏抬头看着丽洛和瓦法，然后点了点头，继续说道，"星线在热线信号最强的区域设置了一座太空站。那里曾有过好几座太空站，可现在只剩下星线一家了，因为冥王星政府把独家特许权批给了他们。月球政府抗议过几次……可我估计在这件事情上，政治因素实在无足轻重。冥王星轨道外围的一切当然是由冥王星政府控制的。

"那个太空站的技术人员不敢用无线电广播把信息传回冥王星，主要是害怕被窃听。他们把热线传过来的所有数据都储存好，用高速火箭机器人运回冥王星，最后在一个戒备森严的地方把数据提出来。

"当年还有竞争对手的时候，星线公司就有几台特别快的火箭机器人。太空站的技术人员负责过滤热线发来的信息，一旦他们发现计算机的初步翻译中包含可能有价值的信息，就会把这些数据放在一台极速火箭里，立刻送回冥王星。他们想用营销、专利等手段把对手一个个挤掉。而现在没了竞争对手，这些都不重要了。可他们依然保存着一台特运极速火箭，这次的信息就是用这台火箭运回来的。我的线人告诉我那些数据是怎样从火箭下载到公司里的，还说她没办法偷这些信息。我使出浑身解数逼迫她，最后好在还是成功偷回来了。不过她斩钉截铁地对我说，这次行动到此为止，她绝不会再打这批数据的主意了。这次传送的安保特别严密，原始数据根本就没有打印出来，而是直接存在星线的主机里的。如果你打算硬闯进去抢，呵呵，我只能祝你好运了。"

瓦法皱起眉头，"不，那个方案已经被否决了——老板派我们来冥王星之前就已经研究过这个方法。虽然他还没有完全放弃强抢的手段，可星线公司的安保系统实在太强大了。"

"在冥王星是第一流的。"华夏说道，"我不知道你们月球有没有这么厉害的系统。"

"让你的线人从内部帮我们偷出来，怎样？"

华夏思索了片刻，"这批数据，只有星线公司最高层的四五个人能接触到，而知情者甚至不超过二十个。我这线人没有最高权限的接入密码，所以不可能把原始数据偷出来。"

"你当初是用什么手段逼迫她的呢？"

"我……呃,她的小孩是我的学生,她和刚才那位孕妇一样,是主动找上门的。当时她怀孕了,却没钱聘请有牌照的老师,于是来找我,老板也批准了。另外还有一个因素,我觉得也挺重要的:为了得到这段信息,我给了她很多钱。当然了,都是特威德的钱。最后就是威胁……呃,我威胁说不再教她的小孩。"说到这里,华夏扭头避开她们的眼神。这家伙竟然敢违反"为人师表,至死方休"的誓言,丽洛不禁替他感到羞愧。

瓦法似乎并没有留意到另外两人的尴尬,"你为什么觉得这些招数现在就不灵了?"

"上次她偷这段信息出来,已经赚了一大笔钱,足够她偷偷聘请有牌照的老师了。没错,这种做法其实很常见,你别听教育联会胡说八道。"

"话虽如此,你还是应该找她商量一下。"

"好吧。"

紧接着,瓦法又皱起了眉头,"同时,我们必须假设你的判断是准确的,那就应该开始想别的方法了。"

丽洛瞥了华夏一眼,只见他和自己一样,都是一脸懵懂。

"什么别的方法?"丽洛问道,"你说原始数据只有一份,就储存在星线的主机里面。我们还有别的方法可以把这些信息偷出来吗?"

"没有。这个……老板已经四处打探过,确实找不到比华夏的线人更可靠的内鬼了。他们还会继续想办法通过星线公司主机的常规通信渠道反向入侵它的系统,可这条路估计也是行不通的。要获得原始数据,必须直达信息的源头!所以我们要买艘飞船,去热线的老巢。"

原来瓦法的意思是他们三人一起去!华夏很抓狂,和她争论了好几个小时,最后终于抛出了撒手锏:他发过誓,绝不会抛弃学生。

"这不可能！就算我不收新学生，也不能说走就走的。现在我班里年纪最小的学生也需要再上至少三年的课，他们需要我啊！"

"抛弃学生是你自己的问题，因为你本来就无权签订任何教育合约。"瓦法指出，"记住，你只能效忠一个人，这个人就是老板！"

"放屁！你不能逼我抛弃这些孩子，我也不会辜负他们的信任。一旦签了合约，我就必须执行到底！"

"这些合约，你无法完成了。"瓦法说得很郑重，而且神态顿时变得极其冷峻。丽洛隐隐觉得不安：华夏，你得小心了。

"我一定要完成合约！你怎么做也不能——"刹那间，瓦法一掌劈在华夏颈部一侧，随即转身蹲下面向丽洛。眼看丽洛一动也没动，瓦法这才逐渐放松下来。她缓缓坐下，陷入了沉思，完全不管晕倒在地的华夏。丽洛把华夏抱起来，步履蹒跚地走进他的卧室，把他放到床上。然后丽洛坐在华夏身旁，在黑暗里陪着他。

"丽洛，出来。"闻言她站了起来，回到大厅里。

"我估计这回非杀他不可了。"瓦法说道。

丽洛缓缓坐下来，"为什么？他也没干什么，对吧？"

"我担心的是他打算干什么。"说完，瓦法叹了一口气，抬起手揉着脖子。她的神情很坚定，可眉宇间流露出了一丝苦恼。看来她虽然觉得这事非做不可，可心里还是不好受的。

"只派我一个人来，这其实是决策错误。"她说道，"你们俩我都不信任，而我又不可能同时盯住你们两个人，所以你们当中有一个必须死。"

"为什么他不能留在冥王星呢？这么久以来，他都是一个人驻扎在这里的，对吧？"

"蛇夫座热线的这段信息，他知道得太多了，老板担心他会胡来。在冥王星这里，除了星线公司，就只有你和我知道这个秘密了。"

"可是他……难道他不像我？他不是死囚？"

"不是的，他只是一个开除了教职的老师罢了。在他最倒霉的时候，老板联络上他，答应给他一个新的身份继续做老师，前提是他为地球解放党干点活儿。按照原定计划，他应该在这里再等几年。可我们不知道他在偷偷开班收学生，这家伙已经待不住了。其实他不应该这样做的，根据我们……"说到这里，瓦法突然停住了。她抬头看着丽洛，眼神里流露出无助的神情。然后她又低下头，把脸埋在手里。

丽洛怀疑瓦法几乎说出了一些她不该说的事情。但显然，她很想把心里这番话说出来。

"要是你不把所有细节都告诉我，我怎么帮你做决定呢？"

"谁说我要你帮了？"

"没人说。可你说过会信任我的，我们不是已经一言为定了吗？"

"我知道。我也很想信任你。要是我不杀他的话，就必须要完全信任你。"

"可是你不确定是否能信任我。而且你私下和我约法三章，这事情也是不敢告诉老板的。你这样做其实已经越权了，对吧？"

"对的。"瓦法很狼狈。她一辈子听惯了指挥，这次自作主张，心里难免忐忑。

"无论如何，你最好还是先向老板请示一下。"丽洛建议道，"看他对华夏有什么看法。也许他觉得华夏还有利用价值呢。当然了，你也不需要提起我们之间的约定。"

瓦法想了很久，终于点了点头。丽洛松了口气：她们至少要等十二个小时才能收到特威德的答复。

华夏还没苏醒。丽洛端来一盆水，坐在床边。刚才华夏倒地时，脑袋撞了一个包。丽洛用海绵蘸水擦拭伤处。华夏呻吟了一声，睁开眼睛，片刻之后又合上了。丽洛把摆在床边的医疗监测器与他相连，结果显示没有脑震荡，他只是睡着了。

于是丽洛脱掉衣服上了床，躺在他身后，双手紧紧把他抱在怀里。

丽洛一动不动地躺了一个小时。她也很想睡着，心里却惦记着华夏，总想为他做点什么。

终于，丽洛决定唤醒华夏。她的双手从他胸口慢慢向下移动，到达他平坦而结实的小腹……华夏开始蠢蠢欲动。

"你的头还痛吗？"

他小心翼翼地摸了摸伤口，"应该不严重。可我的脸颊很痛。"

"小声点。"丽洛提醒他，"你懂搏击吗？"

华夏翻身平躺着，"嗯，刚才不是我的真实水平，我只是被她打了一个措手不及。不过……我确实不懂打架。就算不用突袭，她也能把我打趴下。你呢？"

"我也不能打。这样的话，你就非跟我们走不可了。老板给她下了死命令，绝不能将你一个人留在这里。所以你如果不肯走，就只剩一个选择了。"

"我知道。其实她一出现，我就知道了。"

"那你打算怎么办？噢，对了，你想我现在停下来吗？"

"不，别停，这样很好。"他转过身来看着丽洛，开始抚摸她的身躯，"这事情……反正我也不想继续说了，一说就难受。"

"可我们还得再多说一点，因为我需要知道你打算怎么做。我们剩下的时间不多了，只有不到一天。"

华夏听了，又翻回平躺的姿势。丽洛继续轻抚着他，然后他把手放在丽洛的手上。两人一动不动地躺着，过了很久很久。

"为什么？"华夏终于问道。

"如果你留下来，她就会杀了你，所以你肯定会想尽办法对付她。

我……我在想……嗨！我在想着应不应该搏一搏，我俩联手的话，或许能够——你别搞错了，我不是在提议什么方案，只是觉得我们应该讨论……"

"你竟然这么信任我？你甚至不了解我。要是我决定留下来，那么跟你联手也不赖。这样做我绝对没损失，甚至还多了一线生机。可是你为什么要凑这个热闹呢？"

"因为这也许是我最后的机会了。你听说过我的经历吗？"

华夏又转头看着她，"我没听说过，也不想知道，你以前做了什么我并不关心。我知道特威德克隆了很多罪犯，你就是其中一个。"他看到丽洛脸上露出惊讶的神情，"没错，我对那家伙的所作所为还是略知一二的。要是把这些事情抖出去，保证让他吃不了兜着走。他想把我灭口是很符合逻辑的。"说完，他叹了一口气，又转身离开丽洛，仰面躺着，十指交叉枕在脑后。

丽洛估计华夏不想继续讨论了。她发现自己一点也不介意，反正完事之后再聊不迟。此时此刻，她有点意乱情迷了——她喜欢华夏英俊的相貌，喜欢他身体的气味，也喜欢他双手的抚摸。丽洛爬到床尾，用手肘支撑上身，弯下腰来……

"他豢养了一批克隆罪犯。"华夏一边说，一边心不在焉地摸着丽洛的头，"他在某个地方有个秘密基地，里面关押了好几十个……那些可怜的家伙。他们好像是在密谋对付入侵者。"说着，华夏苦笑了两声，低头看着丽洛，"不过，你如果是地球解放者的话，就不会对那女人畏首畏尾了。当然，你对她肯定心存畏惧，但至少也会尊敬她吧？你明白我的意思吗？"

丽洛长长地吐了一口气，然后把脸颊枕在华夏的肚皮上。这家伙原来还想继续聊。

"我见识过她的能耐，不过也掌握了她的一些弱点。她现在很困惑，特威德派她独自执行这个任务，其实是失策了。"

"没有吧？"华夏说道，"他也派你来了呀。"

"什么意思？你还以为我是地球解放者？"

"不。我只是觉得，他既然派你一起来，肯定是有原因的。"

丽洛转头看着他，"我来这里纯粹是巧合。我们本来是在去土卫六的路上，然后他突然收到你发过去的这段信息……"

"错了，根本不是这样！我三个月前就把这段信息发给他了。不管他本来要派你和瓦法去哪里，这里其实才是你们真正的目的地。可能连那个飞行员也被蒙在了鼓里。特威德会算准时机把指令发给瓦法，好让你能及时改道去火星。"

"这机关也算得太尽了吧。如果他再迟一些，就来不及了。"丽洛认同了华夏的判断。

"并不会。这只是表明他本来就打算派你过来。在我们这个三人团队中，他只需要安插一个绝对忠诚的手下就够了。如果特威德担心瓦法管不住你，他肯定会暗中派人在太空港开始跟踪你。"

"我不明白，怎么听起来像在玩捉迷藏呢？他到底是希望我们来这给他办事，还是想让我们内讧呢？"

"事情哪有这么简单。"华夏叹了一口气，挽住丽洛的手臂，轻轻地把她拉到身旁。丽洛顺势挨过去，让他紧紧抱在怀里。"我跟这人打了十五年的交道，再过五年……呵呵，他答应给我一个新的身份。我其实已经开始怀疑他在骗人了，可人活着总得有个盼头吧？"

现在华夏终于不想再说下去了。他把丽洛抱得更紧，然后往下移，开始亲吻她的酥胸。可是现在轮到丽洛把华夏推开了，她抬起头盯着他，"我还是不明白你想说什么。"

"好吧，是这样的，瓦法是一名好士兵，却不是一位称职的将军，因为她有勇无谋。而你在这里正是要出谋划策，在可能出现的突发情况下做决策，毕竟有些事情是来不及向老板请示的。当然，需要你做的决策都不是生死攸关的，也绝不会跟地球解放党的伦理和原则相左——他信任瓦法在大是大非的问题上不会出差错。同时，他对你的判断非常准确。我对你的经历略知一二，也知道他对你有多了解。你是不会和我联手对付瓦法的——是的，绝对不会。"

"你怎么能这样说呢！"丽洛质问道。她心里既愤怒又羞愧，脸颊顿时变得滚烫。事实上，就在片刻之前，她已经打定了主意：在这个时刻进行反抗，肯定是徒劳的。等她们回到冥王星再做行动，才是最合适的时机——因为到时她对瓦法了解得更深，胜算自然也更大。

"首先，最好的逃跑时机还没到来，这一点你心知肚明。困住你的牢狱是无形的，你不可能通过敲打铁条去试探囚笼的边界。要获得自由，你只能采取日拱一卒的策略，一点点地寻找和积累，在时机成熟时将所有碎片聚集起来，拼成一个行之有效的逃跑方案。至于最后是否成功，我也说不准，只能让时间去证明了。瓦法很可能并不是单枪匹马的，她甚至不知道特威德另外派人监视你。虽然特威德没有告诉瓦法，可他预料你能猜到他这一招，所以不敢轻举妄动。"

丽洛突然意识到，自己的前辈"丽洛二号"当初面对这种诱惑时，肯定觉得机不可失，于是就上当了。丽洛想起自己在路上也曾遇到过逃跑的良机，但正是怀疑有诈，所以没有行动——她宁愿在不大可能的情况下另找机会。

丽洛虽然明知华夏没说错，可还是很生气。

"要是我突然把什么常识、理性都抛诸脑后呢？要是我骂一句'特威德你去死吧，老娘这回豁出去了'，然后和你一起打倒瓦法呢？他怎么知道我不会突然做出一个非理性的决策呢？除非这其实也是一次考验，蛇夫座热线并没有发来什么最后通牒。"

"最后通牒倒是千真万确的，可你能考虑到这个可能性，我很欣慰。不过你知道吗？你太轻信我了，其实这样做对你没好处。"她轻抚着华夏的后背，让眼睛缓缓合上。一种麻痒的感觉从滚烫的耳垂一直蔓延到脚趾，暖意笼罩着她，高速航行导致的最后一点肌肉酸痛也在温暖中逐渐消散。突然，丽洛再次睁开眼睛，低头看着华夏。

"你还没有回答我的问题。"

"他也不能确切知道。如果你现在突然发难的话，这反而是你最好的机会。你要是决定做一件完全不符合逻辑的事情，特威德是彻底束手无策的。他预计不到你会这样做。"

"那他怎么会冒这个险呢？"

华夏长叹一声，"因为他也很了解我。如果我不愿意的话，你就没办法和我联手对付瓦法。而我确实不愿意动手，因为我打算跟瓦法走。我选择苟且偷生，抛弃我的学生，再次抛弃我所剩无几的自尊。现在，我已经把真实想法都说出来了，把我最见不得人的耻辱也袒露在你面前，你能不能行行好，赶快闭上嘴张开腿吧！"

华夏说这话时似笑非笑，语调轻快；可是他进入丽洛时却无比狂野，仿佛一心要在汹涌的激情中彻底释放自己。丽洛也听之任之，让华夏带领节奏——至少第一回合由他主导吧。意想不到的是，丽洛对华夏的反应相当积极。一方面是因为她也有生理需要，毕竟已经很长时间没有解决了；另一方面是她觉得华夏很可怜：承认自己为了苟活而不择手段，这并不是什么愉快的事情。此外还有一个重要因素：丽洛心里萌生出一种朦胧的感觉——假以时日，这种感觉也许能把简简单单的床上娱乐活动升华成一种与之大同小异却又大相径庭的行为：做"爱"。

No. 15

The Ophiuchi Hotline

我的看法是,无论你多有钱,也不可能完全不把钱当回事儿。

旧地球历 571 年
丽洛・亚历珊德拉・卡吕普索

《就业咨询》，读者反应记录簿，由 E-Z 教育周边集团策划。

读者：我不认字。

就业指导：没关系。从现在开始，我就用说话的方式来回答你的提问。屏幕上的单词你就直接忽略好了，行吗？

读者：嗯，好吧。我怎么……我是想问，我怎样才能成为黑洞猎人呢？

就业指导：黑洞猎人！在我们这里，有些职业特别受读者们的青睐，黑洞猎人就是其中一个。这职业听起来很浪漫是吧？你给自己打工，拥有自己的飞船，还可以赚大钱。你想追踪黑洞，是因为被这些好处吸引吗？

读者：是……我想应该是吧。

就业指导：不过我们总是劝年轻人不要去追踪黑洞，因为这个行业有很多问题。比如说，你觉得那些飞船多少钱一艘？

读者：我猜很贵吧？

就业指导：哟！原来你也明白呀！你必须筹到足够的钱去买飞船，这还只是初始投资。给飞船配置长途航行所需的设备，这也要花一大笔钱。而且，这个职业还很危险。这项工作具体做什么呢？要是你不太了解，我就给你说明一下：你只是开着飞船四处游荡，一直到驱动器吃不消为止。你整天坐在椅子上，盯着质量探测器。你可能花十五年才能找到一个黑洞，也可能一辈子都找不到——根据统计，有四分之三的黑洞猎人空手而归。最后你停下来反省，终于决定原路返回。你的处女航同时也是你的最后一次，因为等你回家时，已经变成了一个穷光蛋——前提是你能保住这条小命回来。

读者：这话什么意思？

就业指导：意思就是这工作高危呀！就算你够运气，真的发

现一个黑洞,你就必须立刻减速,然后在足够长的时间内保持低速,搜索它的具体方位以及前进方向。有时候,你一不小心就整艘飞船撞上去了。就算你这一步顺利完成了,还得先回冥王星取电磁拖船,然后再开过去捕捉。可冥王星上有些人会四处走动,暗中观察,然后跟踪你回到黑洞那儿再对你下手。那时,你可能是在距离太阳半光年的地方,难道还能打电话报警吗?你只能跟他们硬打了。

读者:呵呵,我懂打架,一点也不比别人差。可我想知道,干这行到底需不需要认字?

就业指导:我觉得不需要,否则你还要计算机干吗?

老板对华夏的裁决已经下来了,话说得很直白,也很到位。瓦法把那段信息解码后直接拿给我看,她这样做莫非是想在我面前装无辜?希望确实是这样吧。如果她真的这么在意我的看法——无论她自己是否意识到这一点——那么我的处境就大为改善了。对老板来说,华夏已经没有利用价值了。不杀他就意味着要把他一个人留在冥王星,这显然不可行,因为华夏知道得太多了。

我估计瓦法一看到老板的信息就立刻打定了主意,这人脑子就是一根筋。当我告诉她华夏愿意跟我们一起走的时候,她一下子蒙了,脑子里拼命换挡,好不容易才转过弯来。

"可是他要你答应一个条件。"丽洛一时冲动,说道。

"跟我谈条件对他没好处。什么条件?"

"他也知道自己没有谈判的本钱。"丽洛急中生智,说道,"可是过去特威德一直重用华夏;将来我们回来后,老板还是会继续重用他——前提是你现在没有把他逼成我们的敌人。"

"继续说。"

"他手头上有……三个私教合同。"这些合同当然没有法律效力,因为华夏没有教师牌照。可是对于他来说,它们同样具有约束力,因为他做出了承诺。"你也知道,一旦华夏毁约,这些小孩和妈妈就很狼狈了。这里师资本来就短缺,她们怎么能找到新的老师接手呢?可能等到小孩长大也没找到呢!现在冥王星上每个老师都排满了班,小孩还没出生就得先预约。"

"跟我有什么关系?"

"跟你当然没关系。可是特威德财大气粗,完全可以去黑市请别的私教,问题是他们都很贵。"

瓦法思量了一番,"我向老板请示一下。"

第二天就传来了特威德的指示:他答应出钱帮那几个受影响的母亲请别的私教。这回轮到瓦法感到诧异了,她之所以请示老板,主要是为了满足丽洛的要求——现在她开始在一些小事情上听从丽洛的意见了。

这个好消息也完全出乎华夏的意料。他欣喜若狂,却拼命掩饰,不在瓦法面前流露出来。丽洛看在眼里,心里也暗自愉快。她突然意识到,自逃狱以来,这是唯一一件她主动做的事情。即使如此,丽洛还是忍不住揣测,特威德是不是早就料到她会这样做呢?否则他怎么会答应得这么爽快呢?钱对于他来说,真是那么不重要吗?丽洛说这样做能安抚华夏,好让他回来之后继续死心塌地为老板卖命——这番说辞,特威德相信吗?也许他担心家长们一怒之下会去告发华夏——一旦政府开始调查,特威德很可能会引火烧身——所以必须用钱来封住她们的嘴?丽洛总是猜不透特威德的动机,这次也不例外。

她们现在的任务就是找一艘飞船。瓦法完全不知道该怎么做,丽洛也毫无头绪，却装出一副很懂行的样子。她知道自己肯定比瓦法做得好。

丽洛用华夏的电话查找信息，很快就掌握了二手飞船市场的行情。市面上总有二手飞船出售，卖家正是那些破产的黑洞猎人——他们需要变卖飞船还债。不过，这是一个卖方市场，售价总是很高。丽洛找了十几个代理商咨询，然后让瓦法把价钱上报给特威德。当中最振奋人心的消息是：如果他们愿意出三倍于市价的价钱，就有可能在四到五个月之内提货。

"怎么那么贵？"瓦法问道。

"原因很复杂。"丽洛回答，"现在二手飞船供不应求，买家必须先登记排队。法庭将某个破产猎人的资产分配给一名代理商，后者能够从交易中获得一笔佣金。猎人只要一回到冥王星，飞船就会马上被变卖，而卖方几乎可以漫天开价。等候名单很长，也许需要等上三四年，你想插队的话，就必须贿赂代理商。要是你愿意出飞船市价三倍的钱去收买代理商，就能挤到队伍的前列。"

"这不犯法吗？"

"不犯法，奇怪吧？大家都把这些事情摆在台面上公开商量。反正等候名单是代理商制定的，他卖给谁法庭也管不着，所以最后代理商总能赚大钱。这是好买卖吧？"

"要是我们直接向黑洞猎人买呢？"

"不行。成功的黑洞猎人是绝不会卖飞船的，我们出多少钱也没用。而那些失败的猎人处于破产管理状态，飞船不再属于他们了，法庭总是把飞船交给代理商去出售。我都说了，这门生意很好做呀。"

"能买新的飞船吗？"

"新飞船需要等待更长时间，价钱更贵，贿赂也更大。"

瓦法一脸苦相，商业确实不是她的专长，"我会向老板请示。"

"也许你还可以提一下，"丽洛若有所思地说道，"这艘飞船我们只需要用一次，就这样买下来好像并不划算。对了，你懂得怎样驾驶飞船吗？"

"我以为是由计算机自动驾驶的。"

"没错。可黑洞猎人要去很远的地方，他们当中很多人都是有去无回，因为路上万一出了什么故障——比如说计算机系统出错——他们根本不懂怎么修。许多人以为捕猎黑洞就像从月球飞向火星那么简单，可是他们都搞错了。总的来说，大概有一半猎人死在外面。所以你需要找一名驾驶员，反正我对飞船维修是一窍不通，华夏就更不用说了。我只能做一点和计算机有关的工作，前提是这些任务不会太复杂。至于核聚变驱动器嘛，我一点也不懂。我们得找一个行家。"

瓦法叹了一口气，"你有什么建议呢？"

"我也不知道这个方案是否可行，不过可以尝试一下。我们可以找黑洞猎人包租他的船，要是租金有售价的十分之一，我估计也相当有吸引力了。当然了，如果老板完全不把钱当回事的话，那就另当别论了。我也不知道老板的金库到底有多深。"

我的看法是，无论你多有钱，也不可能完全不把钱当回事儿。如果你真有这种想法，只能说明你不是真的有钱，就算有也会很快败光。特威德虽然富可敌国，却也对我的方案很感兴趣。这也难怪，我给他的一些报价足够维持一座小型城市一整年了。

其实我一点也不关心特威德多有钱，我关心的是，买飞船可以通过电话成交，可租飞船就不一样了：只有出去才能找到合适的黑洞猎人。代理商都不愿承办租赁业务，因为从来没人会租这么大型的远程飞船，对吧？

瓦法当然没有能力处理这件事情，指望她一个人出去联系就更加不可能了。这就意味着我能名正言顺地外出，四处走动，摸清自己的真实处境。如果我发现一个绝好的机会，说不定……

两个星期过去了，她们一点进展也没有。日复一日，她们四处奔波，晚上回到住处，在稀稀落落的惨蓝灯光里躺倒就睡。

特威德开始不耐烦了。瓦法说老板提出了最后期限，再给她们两星期，如果还租不到的话，就按原计划直接买一艘。到那时，她们已经蹉跎了整整一个月，老板宁愿大出血也不想浪费更多时间。

可丽洛听了这消息并不开心。她不介意损失点时间，可如果最后买飞船的话，她们依然面临一个问题：要雇一名驾驶员。冥王星倒是有很多宇宙飞船驾驶员，不过丽洛估计她们很难请到合适的人；出于同样的原因，租飞船也很难：因为瓦法把人都吓跑了。

从人类学的角度看，黑洞猎人绝对算是一个怪异的族群。在许多方面，他们与普通人的差异之大，几乎能与配对共生体相比了。他们把自己关在一艘与世隔绝的单座飞船里，每出去一趟少则二十年，多则五十年。能对自己这么狠心，他们的性情自然很特别。大部分飞船的生活空间只有大约五十立方米，有的飞船甚至更小。一趟旅程的终点有可能距离太阳半光年之遥，这帮家伙能在这么长的时间里忍受寂寞，他们的构造跟普通人绝对不一样。

"他们当中大部分人在远行前就不喜欢跟别人相处。"华夏说道，"当他们回来时，已经超过二十年没见过别人了，可大多数猎人都言之凿凿地说自己不会惦记或者牵挂谁。"

又是徒劳无功的一天，他们走遍了佛罗里达航空港的大小妓院，最后一无所获地回到华夏的住处。今晚，华夏听从丽洛的建议，把室内温度调低一点，好让三人舒舒服服地围坐在壁炉（其实是电暖器）前。他们在身上抹了一种致幻的兴奋软膏，又吸入了一些肌肉放松粉末，然后全身上下涂满了亮色精油：丽洛是薰衣草色，华夏是珍珠色，瓦法则是深红色。

丽洛感觉很舒服,有种十公里长跑后呼吸渐渐恢复顺畅的那种平静感,却没有经历长跑时的疲惫和痛苦。她希望把瓦法哄得开开心心的,然后才提出自己的方案。现在看来,这条妙计奏效了。丽洛估计瓦法从没被人爱上过,所以她和许多人一样,都未曾体会过爱的美好。

"嗯……我真不明白那些人。"瓦法说道。

"那是因为你从没遇见过谁会像你这么讨厌与别人交往吧。"丽洛说道。她希望瓦法听了这句话并不会引以为忤,因为瓦法从不假装喜欢和人打交道。

"也许你说得对。"瓦法答道。看样子她想微笑,却不懂得怎样控制嘴唇做出这个表情。丽洛用一只手肘撑起上身,面对着这个闪着微弱亮光的幽灵。就这样一抬头,丽洛觉得脑袋特别沉重。毕竟这一天下来,她摄入了太多物质——喝的、抽的、吸的……感觉已经不堪重负了。在这个光头女人的后背上,似乎有无数红色小火舌窜动着。丽洛用手指紧紧按住她的背部,指尖陷进肌肤里,跟随"火苗"四处游走。瓦法四肢百骸无比舒畅,整个身体弓起来,发出一阵心满意足的呻吟。

"那些黑洞猎人是很敏感的。"丽洛说道,"对吧?"

"是很敏感。"华夏喃喃地说。为了让自己清醒点,他甩了甩脑袋。顿时有点点"火花"从他的头发里飞散出来。丽洛看得心旷神怡。

"我觉得他们其实对你是有反应的。"丽洛对瓦法说道。

"什么反应呢?"瓦法抬起头。乍看之下,她跟她的宠物大蟒蛇竟然有点相似。

"我也不太确定,可那帮家伙好像有心灵感应似的。他们二十年没见过人了,现在回到人间,难免特别敏感,就像惊弓之鸟似的。"

"很有洞察力。"华夏补充道,"我是说那些猎人,不是说你。"

"多谢捧场。他们好像对危险人物有种特殊的感知力，所以一见到你，那种感觉就上来了。"

瓦法沉思了片刻，脑袋缓缓向后仰倒，"也许你说得对。"丽洛用两只手一起按摩瓦法的颈部和双肩。

"我也觉得自己说得对。你本来就是一个杀手，咱们都心知肚明，没有必要遮遮掩掩。"

"完全没有必要。"

"不过我觉得你还有别的能耐，只是还没有机会发挥罢了。无论如何，那些猎人未必知道你真的杀过人，可是他们能够感受到你气场的威胁。"

"我觉得你说得对。"

"那我们现在就面临最后一个问题：怎么办？我们怎样才能租一艘飞船，帮老板省一大笔钱呢？"丽洛本来可以继续说下去，不过她突然意识到，在这个节骨眼上该住嘴了。让瓦法自己想出这个对策，效果反而更好。

华夏朝丽洛笑了笑，又赶快转过脸去，不让瓦法看见。房间陷入一片寂静……半小时后，瓦法终于翻身侧卧着，把脑袋枕在手臂上。她开口说话了，听声音好像快睡着了。

"那你只能自己出去了。"

No. 16

The Ophiuchi Hotline

我已经尽力了,你他妈怎么就不能把我当个人看待呢?

旧地球历 571 年
丽洛·亚历珊德拉·卡吕普索

丽洛再次来到圣彼得大赌场。和上次一样，这里又是一片火海！火苗舔着了墙壁挂毯的下沿，飞快地往上蹿。橡木面板被烧得起了泡泡，发出噼噼啪啪的响声。摆满了长凳的大堂中央已经变成了人间炼狱，旋转的烈焰像龙卷风似的直冲穹顶。破碎的桌椅堆成一圈，正在熊熊燃烧；被围在中间的正是米开朗琪罗的圣殇雕像，洁白的大理石已经蒙上了一层烟尘。丽洛走上圣坛，在小吃柜台要了一份三明治和一杯饮料。她在花旗骰赌桌旁站了一晚，腿脚都酸痛了。圣彼得赌场其实挺闷的，不过现在接近打烊时间，耶稣很快就会出场了。

于是她回到西斯廷礼拜坑，从人群中挤过去，走到摆放赌桌的区域。突然，一面墙壁轰然倒塌。本来一直缭绕在大堂顶部的烟雾逐渐散去，露出了米开朗琪罗的穹顶画——当然，到了这个点，这著名的穹顶画已经残破不堪了。每张赌桌上方都悬着一盏水晶大吊灯，每盏吊灯固定在穹顶的钻孔也出现了一道道裂缝。在消失的那堵墙外，狂怒的维苏威火山正喷射着硫黄与烈焰。丽洛想，某些人为了追求戏剧性，连历史地理常识也不顾了。

"二十元买十五。"丽洛说着，在一个男人的左侧坐下来——她整晚都在观察这家伙。他赌骰子损失惨重，绝望之下转投轮盘，希望能转转运。身穿黑白修女服的荷官猛地一转轮盘，小球跌跌撞撞地掉进了八号槽。丽洛眼睁睁地看着荷官把自己的筹码耙走了，一同牺牲的还有这位仁兄的赌注。

"不好意思，"丽洛左侧有人说道，"想来一炮吗？"丽洛瞥了他一眼，只见这人目光迷离，嘴里呼出阵阵甜香的气味——那是一种名为"松哥"的强力春药。这人明显吸了不止一种毒品，丽洛不知道自己在他眼中变成了一副什么模样。然后她低头一看，忍不住哈哈大笑：这人的下体被改造得面目全非，都是潮流惹的祸吧。

"滚！"她嘲笑道，"那玩意儿对我有什么用？"

"没关系呀。"那人说得含含糊糊，都快靠在她身上了，"我有个转换头。"他挥舞着一根叫不出名字的粉红色物体——那东西软软的，好像在呼吸似的。丽洛用力一推，那家伙踉跄着撞在一个看门保镖的身上。

"哈！你是我的福星啊！"坐在丽洛另一侧的那位仁兄大声嚷道，荷官正把一叠筹码往他的方向推过去。

"我干什么了？"丽洛问道。

"你撞我胳膊肘了！我刚才想投二十六，被你碰了一下，落在了二十八。我想着，管他呢，二十八就二十八！反正我已经霉到家了，对吧？"

要是刚才那位进击的矮子还在眼前的话，丽洛一定会扑上去狠狠地亲他一口，以表谢意。须知丽洛整个晚上想尽办法跟那位黑洞猎人搭讪，可他输红了眼，压根儿就不理她。

"你打算见好就收吗？"丽洛问道。

"好？我这样算'好'吗？我也不知道……你是我的福星，你怎么看？"

"我看我们没有别的选择，因为耶稣马上要出场了。"

话音刚落，耶稣就来了。只见一个满身鲜血、头戴荆冠、一脸胡须的裸体男子驾驶着一台货币兑换机，从圣彼得悠悠驶来。接下来他的任务应该是重建圣殿。

"我的孩子们，圣彼得圣殿会在地狱烈火里燃烧一小时！"

他高声宣布道："你们不用离开，只需要在我们清理博彩区域的时候暂时回避一下就好了。楼上的女教皇图书馆有酒水点心。好了，各位请慢走，稍后回来时务必带上钱包。"他扳下墙壁上的一个开关，现场的布置一下子都变了：有一半赌客突然不见了，一同消失的还有大半个教堂；现场只剩下低矮的白色天花板和镶在上面的灯泡。紧接着，一群清洁机器人从过道拥来。有些客人走避不及，脚被它们撞了，那些机器人却反而发出愤怒的哔哔声。

"怎么样？"丽洛问道，"你还没输够呀？"

他哈哈笑道："看来我真该歇一会儿了。你是我的福星，你让我怎样就怎样。"

"那好，咱们去泡个澡吧。说起来，你在这赌场玩多久了？"

丽洛其实很清楚，这人在这里已经连续赌了整整三十七个小时。在这段时间里，瓦法、华夏和她轮班监视目标。每逢轮到瓦法时，她总是躲在人群中，以免暴露身份。丽洛还知道这人的名字叫昆斯，不过她当然还是装作不知道。昆斯就是一位黑洞猎人，为什么丽洛会对他感兴趣呢？因为这位仁兄跟别的猎人有点不一样。

自从瓦法给了她一定程度的自由后，丽洛埋头苦干了六天。瓦法并不信任丽洛和华夏，但她觉得华夏更不可靠，两害取其轻，所以选择允许丽洛外出单独行动。这是一个艰难的决定，直到现在瓦法也还是忧心忡忡。

就算没了瓦法捣乱，这项工作也是很困难的。到目前为止，昆斯是她们能找到的最佳人选了。主要的问题是，拥有飞船的猎人们都没兴趣出租自己的宝贝。有句话丽洛已经听了无数次：我们黑洞猎人是去捕猎黑洞的，要租飞船自己找载客的司机去——他们说后半句时总是一脸的不屑。

冥王星上正在从业的黑洞猎人其实并不多，他们都在苦等自己的飞船检修出厂，然后再次踏上征途。这些人当然不愿意在蛇夫座热线的事情上耽搁了。

在搜索过程中，瓦法发现一位黑洞猎人跟其他人有点不一样，这人就是昆斯。昆斯一共飞了三趟，每趟都历时三十年。这人特别幸运，第一次出去就找到了黑洞，回来后赚了一大笔。正是因为这桶金，他才能跑第二次和第三次，只可惜后面两趟他都一无所获。通常来说，一名猎人空手回来后，破产法庭就会没收他的财产。不过昆斯还剩一点钱，所以飞船依然是他的，只是那点钱已经不够他第四趟出去寻宝了。他到处拉赞助，却四处碰壁——投资者都很迷信，谁愿意资助一个连续失败了两次的猎人呢？所以，在过去的一年里，他都在赌桌前流连，希望能赚够钱再次启航。

圣彼得大赌场位于佛罗里达航空港底下第十八层娱乐区。丽洛和昆斯乘电梯回到广场，很快就找到一家公共浴场。两人脱了衣服，一起跳进浴池里。丽洛仰浮在水面上，听昆斯唠唠叨叨地抱怨自己怎么不走运。她不时附和两句，表示同情，然后逐渐开始说自己的事情。丽洛发现他比其他猎人更容易打开话匣子，估计是因为他在人间已经待了整整一年吧。

泡完澡，他们又去蒸桑拿。两人全程都不说话，只是在高温里默默忍受着煎熬。从桑拿间走出来，他们立刻跳进一池冰水中。冰水之后的环节比较悠闲，两人泡在一个浅水池里，身前身后缭绕着蒸腾的雾气。丽洛坐在昆斯身旁给他擦背，说着说着终于聊到了正题：租他的飞船出去跑一趟。

"没有目的地？"昆斯说道，"你这样四处乱逛是为了什么呢？"在他看来，丽洛是一位"有钱的月球游客"。早在丽洛坐到他身边豪掷千金时，他就注意到丽洛有几沓厚厚的月球货币。

"不为什么，就是好玩，而且我可以发朋友圈吹嘘我跑了多远呀！冥王星人人都来过了，一点也不稀罕。"

"你想跑多远呢？"

"嗯……我也不知道，我可以在路上再决定嘛。"她坐在水池边上，昆斯给她的腿脚抹泡泡，"可是看你好像不感兴趣。"

不过昆斯没有答话，丽洛便决定暂时不再追问了。

两人穿过一个小型的热带植物园，让花洒喷雾和流水瀑布洗净身上的泡沫。昆斯一直不说话，看起来心事重重。他们在一座小木桥上停下来，倚着栏杆站定了。一座瀑布后面隐约现出两个闪着亮光的人影，看起来是一对情侣。丽洛双手环抱在昆斯的腰间，轻轻抚摸着他，可昆斯毫无反应。然后两人继续往前走，穿过一条喷着暖风和香粉的长廊。丽洛从售货机里买了一把梳子，坐在一片软垫上，梳理着小腿上的绒毛。

"这样跑一趟，你愿意给多少钱？"

"噢，我还真没想过。你觉得应该收多少呢？"丽洛估计昆斯是不会直接回答的，于是主动提示他，"我猜嘛——嗯，当然得包括你的成本了。你这样跑一趟需要花多少钱，然后另加一笔报酬。"

他们走到烘烤灯下，躺在一条长桌上。桌上还有其他澡客并排躺着，就像一片片棕色和粉色的腌肉晾在烧烤架上。十分钟后，两人翻身趴着烤后背。

"你还没说你到底想去哪里。"

"要不⋯⋯去热线那里，怎么样？"丽洛看出昆斯的脑子正在飞快转动，应该是在估算成本和时间。她知道昆斯飞船的体积和加速度，所以已经准确算出了他的成本，"我真的很想亲身去那里，亲耳听一下热线的广播。你想想，在几千光年之外，有人在对我说话呢！"

"是十七光年。"昆斯心不在焉地纠正她，"而且你不能真的听见⋯⋯"说到这里，他好像突然改变主意了，"呃，对，相信你会很喜欢的。"他总结道。

两人又进行了一次"冲洗、吹干、上粉"，然后跳过按摩的步骤，穿上衣服，回到了广场。看样子昆斯正在做思想斗争，还没决定好。丽洛也不催他，让他自己想去。她带着昆斯走进一间休闲室，找了个灯光昏暗的小隔间坐下，点了两杯饮料。丽洛低头瞥了一眼袖口上闪着亮光的数字，顿时紧张起来：她已经晚点了。丽洛知道，在她单独行动的头两天里，瓦法一直在暗中盯梢。按照规矩，她应该准时去跟瓦法会面。相信不用多久，瓦法就会忍不住四处搜人了。丽洛不知道一旦被瓦法发现，接下来会发生什么事情。她开始担心这疯女人突然出现在这里，把她辛苦经营的这笔交易给毁了。于是丽洛决定再推昆斯一把。

"这样吧，我会负责你的成本，另外再加上……嗯……"她报了一个数字，是昆斯给飞船加强配置和添加燃料所需费用的一半。昆斯似乎心动了，下意识地还了一个价，而这个价钱只是丽洛可支配金额的一半。

"一言为定。"丽洛马上说道，然后伸出一只手。昆斯和她握手成交，丽洛顿时觉得心头的大石落地。她现在谈妥了交易，就算迟到，瓦法也不能怪她了。

"等我在月球的银行办妥了手续，马上就把钱转给你。等你的飞船准备好了，就打电话给我。"说完，她屏住呼吸，过了片刻，才继续往下说。这招必须奏效，必须的！"噢，对了，还有一件事情，你可以计算一下体重啊、重量啊什么的，因为我的老公和老婆也会一起来。"

"你们三个人？"

这不是一个问题，而是"这笔交易泡汤了"的另一个说法。

"你到底去哪里了？"

看见丽洛时，瓦法虽然怒气冲冲，心中却也如释重负，只是她把后者隐藏了起来。她在中央公园的边上等了半小时，心里七上八下：还要等多久才能判定丽洛已经逃跑了呢？现在瓦法一把抓住丽洛，拖着她往公园深处走去，丽洛的手腕几乎被她掰断了。公园里有许多参天大树，两人乘坐柳条缆车到达其中一棵的三百米高台。丽洛想着进树里的酒吧喝一杯也不错，可瓦法揪着她往反方向走去，走上一根宽阔扁平的树枝，很快就陷入了枝叶藤蔓的重围中。

"我有不祥的预感。"丽洛低头往下看，说道。

"你的预感是对的。说，你为什么迟到？要是不给我个好理由，就把你扔下去！我告诉过你，我决不能容忍……"

"闭嘴！你给我闭嘴！你爱把我扔下去就尽管扔，我可再也不想听你这样没完没了地威胁了！我已经尽力了，你他妈怎么就不能把我当个人看待呢？"说完，丽洛就这样等着。随后，瓦法缓缓松开了丽洛的手，看样子好像使出了吃奶的力气。

"谢谢。我们已经一言为定了——我是说你和我之前的约定！你可以信任我，也可以不信任我。可如果你不信任我的话，还跟我谈什么约定呢？"

"我也不知道该信任你到什么程度。我的本能告诉我，你这人信不过。"

丽洛耸了耸肩，"你的本能是对的，但时机错了。我就算要和你作对，也不会是现在。因为我已经决定了，要和你一起去热线。"

"这是不是意味着……"

"等等！我还没说完！"丽洛一边说一边喘着粗气。她突然意识到自己其实是在挑衅对方。要动粗的话，她当然不是瓦法的对手，所以她只能找架吵了。丽洛突然有点头重脚轻的感觉：想不到自己竟敢对瓦法出言不逊，而且还没被她一掌劈死！

"你快把我逼疯了，知道吗？我俩本来就不是最佳拍档，却总是黏在一起，难分难解。老实说，当初我答应你的时候，也不知道自己会不会真的信守承诺。可是现在我已经看清了，去蛇夫座热线其实有百利而无一害——前提是你也得说到做到呀！"

看样子，瓦法的内心正在经受着煎熬。丽洛估计，她们当初歃血为盟，这个仪式对瓦法来说，其实是极其重要的。丽洛和她一同起誓，现在她却不信任丽洛——瓦法一定觉得很难堪。

"我怎么信任你？你自己说，我怎么才能信任你？如果我是你的话，肯定什么都不想，一心只想逃跑。"

"刚开始的时候，确实是这样，我并没有放下逃跑的念头，可是现在我不会逃。原因有两个，我这就告诉你，希望能消除你的疑虑。要不然，你干脆现在就把我推下去好了。第一，我几乎能肯定，除了你之外，特威德在冥王星这里还安插了别的心腹，时刻跟踪着我们。我不清楚到底有多少个，也许是一个，也许是两个，也可能是好几个。就算他没有另外派人，也会假设我认定他有这样做，而他的所有部署也会建立在这个假设的基础上。这两个可能性的概率差不多，我觉得前者稍大一点。这就意味着，无论他有没有另外派人，要是我逃跑的话，成功的概率不会超过百分之五十——这还没把你考虑进来。如果我真的逃跑，你一定会想尽办法把我抓回来，到时候就够我受了。"

"第二个原因呢？"

"第二个原因嘛，估计你未必会相信，所以我建议你还是仔细想想第一个。不过我还是说出来，算是立此存照吧。我其实很担心，觉得热线最后那段信息不对劲，很不对劲，最好有人去详细查探一下。现在这责任既然已经摆在面前了，那我就义不容辞了。所以我真的想去一趟，亲自看看到底是怎么回事。"

瓦法垂下眼睛，用手摸着光溜溜的脑顶。过了一会儿，她点了点头，然后盘腿坐在树枝上。

"好吧。我……很对不起，我说过会信任你，却做不到。不过从现在开始，我会真心相信你的。可你别忘了，我们之前谈好的条件依然成立，如果你敢欺骗我，我一定会到处追杀你！不管花多少时间，我也非干掉你不可!"

"没问题,我别无他求。"丽洛坐在她身旁,双手搁在脑后,狠狠地伸了一个懒腰。

"你跟那个黑洞猎人谈妥了吗?"瓦法问道。

"黄了,他不肯。"

"什么?"

"他不愿意啊!你问我为什么迟到?因为我差一点就把他说服了,我们已经在商量具体条件了。"

"那问题出在哪儿呢?"

"问题出在你身上啊!呃,其实不是针对你本人,这事华夏也有份。那猎人只愿带一名乘客,多一个也不肯。可我们不可能只派一个人上飞船——这原因就不用说了吧——所以这笔交易终归是谈不拢的。"

"可他为什么不肯呢?我查过这家伙的资料,他的飞船航行这段距离,载四个人绝对没问题呀。"

丽洛叹气道:"这我也知道。可你得试着去了解这些人的心态,他们很讨厌和别人相处。对昆斯来说,带我一个已经是极大的折磨了,带三个人上飞船简直生不如死,他当时吓得几乎话也说不出来了。"

"我还是不明白。"

丽洛试着再解释了一遍——其实她自己也不见得明白,"你试着站在他的角度看,他一辈子大部分时间都在那艘飞船上度过,飞船就像是他身体的一部分。他也知道自己在冥王星待了这么久,心智都慢慢开始失常了。对他来说,与别人共享自己的飞船是一件很恶心的事情。其恶心程度就有点像……"她很无奈地挥舞着双手,"……我也说不清,就像跟别人共用一把牙刷吧,你自己想一个恶心的比喻好了。反正他死活不愿意,我们出多少钱也没门儿。"

"这么说，我们还是在原地踏步啊？"

丽洛抿紧嘴唇，缓缓地摇了摇头，脸上露出了一丝微笑。

"错——很凑巧的是，我们确实有了进展。我出钱请他做我们的专家顾问，酬金足够让他回赌场豪赌一把了。我让他解答了最重要的那个问题：我们在冥王星到底能不能找到人做这件事情，而且比我们自己买飞船更节省时间？还是说，这个任务根本就没希望完成？每个猎人都会像你这样反应吗？"

"嗯，继续往下说，他怎么回答呢？"

"他向我推荐了一个人，不过并没有打包票，你明白吧？可是如果真有人愿意做的话，就非她莫属了。即使按照黑洞猎人的标准，她也是一个不折不扣的疯子。下一班飞船在两小时后出发，我打算上天找她去。"

"为什么你刚开始的时候不说……嗨，算了，我是不能去的，对吧？"

"对，三个人一起上去肯定会把她吓坏的，我们应该智取。"

"上去的人也非你莫属咯？"

丽洛转头盯着对方，看她是不是想开个玩笑。如果是真的，这可是破天荒第一次啊！不过瓦法依旧面无表情。

"她叫什么名字？"

"标枪。"

No. 17

The Ophiuchi Hotline

当她把手臂垂下来搁在身侧时,整个人就像一把折叠刀。

旧地球历 571 年
丽洛·亚历珊德拉·卡吕普索

标枪的飞船叫"反重力号",飞船上只有她一个人。"反重力号"飘浮在冥王星航空港——这里才是名副其实的太空港口。佛罗里达航空港只是冥王星上的一片宽阔平原,可以让降落的宇宙飞船停靠在上面;而这个太空港则是一片位于冥王星轨道上的巨大区域,丽洛必须坐一艘小飞船才能上去。从雷达显示屏上看,这个太空港相当拥挤,密密麻麻地布满了成百上千座工厂、电站、反射器和农场——冥王星上几乎所有的重工业和农业设施都集中到了这里。丽洛心里很庆幸:这艘小飞船是由航空控制计算机操纵的,不用她自己开。

丽洛的座驾与"反重力号"的气密锁成功对接。于是她翻过小飞船的支杆,朝对面爬去。想不到这艘飞船这么大,丽洛不禁暗暗称奇。迎面看过去,"反重力号"显得有点古怪。跟任何一艘黑洞狩猎飞船一样,这艘飞船主体的绝大部分都用来安置驱动器和燃料箱,而它的独特之处不仅仅在于体积特别庞大,还在于那个生活舱……该不会是用黄铜做的吧?

在丽洛的印象里,深空飞船的生活舱都是胡乱拼凑着安装在船身上的;可是不知为什么,"反重力号"的生活舱就是与众不同。它如同一个金色的奶嘴,从巨型圆柱燃料箱的末端突出来。它的轮廓线条很流畅,就像一颗胖乎乎的子弹;弹头圆圆的,在末端稍稍变窄。四只短粗的尾翼等距地在生活舱基座外壁围成一圈,把生活舱固定在燃料箱上。舱头镶着许多玻璃,一侧还有一排圆形的舷窗。

乍看之下,气密舱平平无奇,然后丽洛留意到一个黄铜做的巨型气压刻度盘,刻度盘上的指针正在飞快转动,就像涡轮扇叶似的。她伸手拉开气密舱的内舱门,同时扯开了自己头盔的密封条。

丽洛进到一个小房间里,坐下来观察四周。这个房间有三个气密舱那么大,两堵面对面的墙上铺着奢华的紫色长毛地毯,其他四面墙则镶着红木面板。两面铺了地毯的墙上各自摆放着一张深色的真皮座椅，都是用螺栓固定住的，椅旁还各有一张雕工精美的乌木小桌。两张桌上摆放着蒂芙尼台灯、水晶烟灰盅以及各种各样的杂志。丽洛看了看那些杂志的日期，发现最新的一本也有两百年历史了。

除了通往气密锁的那扇舱门，这个房间就没别的出口了。舱门对面的墙壁上有个大圆孔，足够丽洛把脑袋伸进去——丽洛当然不会干这样的蠢事。她坐在一张真皮座椅上——这样一来，那面墙就暂时成了她脚下的地板——抬头盯着倒垂在天花板上的另一张皮椅，这场景的视觉效果很古怪，丽洛并不十分欣赏。

丽洛留意到对面墙上有片方形的玻璃板，刚开始没认出是什么——原来那是一块使用电子枪进行扫描的旧式黑白电视屏幕。丽洛敢肯定，这种古董只能在博物馆里找到，所以这个显像管肯定是标枪自己做的。突然，屏幕亮了，上面出现一张真人大小的人脸。看样子她大概三十来岁，按时尚潮流来讲，年纪已经偏大了——丽洛很少见到有人把自己的相貌保持在二十五岁以上——可她的五官还是很迷人。屏幕只显示了她的脑袋，丽洛看不见她的全身，心里隐隐有点失望。

"你想租一艘飞船。"标枪说道，"我必须承认，你这个要求还挺新鲜的。在这么多黑洞猎人里面，大概只有我一个有可能对你这笔买卖感兴趣。不过我还没答应你，因为目前我的兴趣还不够大。来，详细讲一下，开一个让我无法拒绝的条件吧。"

丽洛原本准备了长篇大论跟她磨嘴皮子——所有打过交道的黑洞猎人都是这种磨叽的风格——哪知标枪这么直截了当，反而打乱了丽洛的阵脚。

"呃……我能问你一个问题吗？你让我上来，我还以为是打算跟我面对面商量呢。可现在看来，我连你的飞船也进不了。"

"我们现在这样就是面对面商量咯。"标枪说道，"我懒得安装视像传送设备,所以你必须进入这个房间我才能亲眼看见你。好了,闲话少说,你打算去哪里?先给你提个醒,你最好给我实话实说,别东拉西扯的。告诉我,你到底想干什么。"

"好吧好吧。我……其实是我、我老婆,还有……我从头说一遍好了。"丽洛突然发现自己浑身不自在,连冷汗也冒出来了。她感觉标枪已经对自己有所了解,而且她明显打算刨根问底,不挖出真相誓不罢休。也许是因为昆斯给她打过电话通风报信了。

"我和另外两人想去热线那里。"

"去热线哪里?等等,你不会是说在……在蛇夫座 70 源头的信号发射器吧?那段路程可不短。不过我怀疑你是想去热线信号强度在太阳系范围内达到最大值的那个区域。"

"正是。你能载我们去吗?"

"当然了。你为什么要去那里呢?"

"我不能告诉你。真不好意思,我实在是不能说。"

"没关系,谁都有权保留自己的一点小秘密,你也不例外。"说到这里,标枪一副沉思的模样。丽洛看了,不禁暗自担心,因为她隐隐感觉到自己这回碰上的对手不但老奸巨猾,而且年纪可能已经很大了。虽然丽洛没办法百分之百确认对方的岁数,可每当她碰上超过三百岁的超级人瑞,心里总是有一种难以名状的古怪感觉——这时她又体会到这种感觉了。

"你们几个是从哪里来的?同行的两人叫什么名字?"

"我们来自月球。另外两人叫瓦法和华夏。您今年高寿?"丽洛一不小心脱口而出。

"你也不管我介不介意就问?"标枪微微一笑,"我这么老,都可以上你族谱做你祖宗了。我是旧地球历公元 1979 年出生的,当时我的名字叫玛丽·丽萨·贝利。我是第一个踏足火星的女性,这是我在历史书上留下的唯一脚注，不过估计你也未必感兴趣。"

丽洛不知道这人是不是在吹牛。她也遇见过胡说八道装老的家伙，所以听了基本上也不会当真。据她所知，出生在地球的那批人都已经死光了。毕竟地球沦陷已经是五个半世纪前的事情了，当时的生物科学才刚起步。可是……

"这么说来，您就是……"

"当今世上最长寿的人。你别四处说，我可不想再被当成人类历史的活化石在新闻里巡回播放了。对了，我已经决定载你们几位一程。你们什么时候能准备好出发？"

"你已经……呃……我想想，你这么爽快，我都反应不过来了。"丽洛做梦也想不到自己会用这样的话去恭维一位黑洞猎人。

"好吧，那你就好好想想，姑娘。我们要去的那个地方，你不需要预先打疫苗，也不用带护照。我批准你们每人带三十公斤的行李。你们什么时候能打包好？"

"明天行吗？难道你不需要……"

"好，那么我们在标准时间八千四百秒后点火出发，请准备好登机牌。一路上你们自己煮食，自己打扫。我现在就下线，得马上改一下生活舱的结构，好让你们几位能在飞船里自由走动。比如要拆几堵墙，诸如此类的吧。你们负责带香槟，好吗？"

紧接着屏幕就变黑了。

"我也不知道她为什么这么轻易就答应了。"丽洛说道，"别再纠结于此了好吗？也许将来她会直接告诉我们吧。"三人乘坐一艘小飞船，缓缓靠近"反重力号"的巨大船身。他们这次坐的小飞船比较宽敞，有地方放头盔和宇航服，他们每人都带了一只小行李箱。

在过去这一整天里，丽洛反复咀嚼着跟标枪的那番对话。她告诉瓦法,对于这件事情,她一点也不担心,还说标枪这人不能用常理揣度,她答应让三人上飞船,可能没有别的原因,纯粹是她乐意这样做。

不过私底下,丽洛还是忧虑的。有几个念头在她脑海里闪过,只是她还来不及细想,这些念头就消失不见了。目前最大的问题当然是标枪为什么一下子就答应了?丽洛想得越多,就越觉得决定性因素是她提起她们来自月球,以及说到了瓦法的名字。当丽洛说出答案的时候,标枪虽然面如平湖,可她心中已经响起了惊雷。

另外,丽洛还提到了热线。标枪想知道目的地具体是在热线哪里,为什么呢?她还问丽洛是不是想去蛇夫座70,这肯定是出于某种古怪的幽默感吧。人类进入星际空间最远不超过半光年,而蛇夫座70距离太阳系有整整十七光年。不过,标枪在提到蛇夫座70之前,稍稍停顿了一下,对吧?

和丽洛上次来访相比,生活舱的前厅已经做了很大改动。气密舱门对面的墙已经拆了,座椅也不再固定在墙上。厅里堆满了乱七八糟的古旧家具,把路都堵住了,他们甚至不知道怎样才能走到房间对面。

这时,标枪出现在那堆杂物的另一头。这本来是三人第一次见到对方的真面目,可视线却被横七竖八的杂物挡住了。

"各位好。"标枪大声说着,从家具的缝隙间盯着她们,"你们得先帮我把这些东西搬到你们的小飞船上扔掉,然后再慢慢回来安顿。一下子多了你们三个人,不扔掉些东西我的飞船都不能加速了。"话音刚落,众人眼前一花,标枪已经来到了他们身旁。

"我的老天啊!你别这样做!"看来瓦法真被吓了一跳,丽洛自己也觉得有点头晕目眩。标枪竟然能在瞬间穿过这个看起来完全无法穿越的迷宫,简直不可思议。

丽洛盯着标枪,却看见一根两米高的圆柱体。这根圆柱体的两端各有一只手掌,中间稍稍鼓起。柱身上有四个可活动的关节,分别是她的膝盖、髋部、肩膀和手肘；她的脑袋就在柱身的"肩膀"那一段上，而且长得稍稍有点歪。她一头棕色短发，显得颇为干练，身上套着一块圆筒状的蓝布，只露出一只手臂和一条腿。

这是标枪把手臂伸直过头时的模样。当她把手臂垂下来搁在身侧时，整个人就像一把折叠刀。

常年生活在宇宙空间的太空族中，用手术切除两肢很是常见，不过他们通常会切掉两条腿，可标枪截掉的是右臂和左腿。而且，她对自己身体的改造远不止截肢那么简单！她把胸腔、右肩和左髋都重新设计过，用塑料结构取代了骨头；她又把左肾、右肺以及许多肠子都切除了；她还把左手肘和右膝盖改装成了球窝关节[1]。

结果就是她剩余的躯体好似蛇一般柔软灵活，绝对能轻松穿过一个直径二十厘米的孔洞。

"别做什么？"标枪一脸无辜地问道。

"别做……刚才那种事呀！我最讨厌别人一下子扑到我跟前。"

"我会记住的。现在各位可以动手帮忙了吧？"

大伙儿一起把所有杂物都运到小飞船上。丽洛等人本来可以行动得更快，可他们的注意力都让标枪的一举一动吸引了，效率因此下降了不少。搬运时，标枪先用一只手抓住气密锁舱门侧面的把手，再把腿伸直了，用那一端的手抓起一件家具拉过来。然后她整个人像鳗鱼似的弯起来，牵着家具穿过舱口。

"跟我来。"完事后，标枪说道。于是他们跟她走出前厅的另一个门。在零重力环境下，三人的动作都很笨重。前方是一条长廊，其中两面墙铺了地毯，另外两面镶着橡木面板，面板上还安装了黄铜扶栏，既有装饰效果，又很实用。

---

1. 最灵活的关节，骨头可以旋转，可以朝各个方向转动。

"维生设备都在这里。"标枪指着四面墙说,"生活区在前面。"说完她就开始向前走。所谓"走",其实是两只手交替攀着扶手栏杆前进。只见她用一只手抓住栏杆为支点,整个身体向前荡,在空中划出一道弧线;等脚踝末端的那只手抓住了前方的栏杆,身体就继续向前荡。如此这般三个起落,她就像箭一般飞到了走廊中点。然后她摆出一个腿前头后的姿势,回眸看了三人一眼,脸上露出灿烂的笑容。眨眼间,标枪已经来到长廊尽头,她的一条单腿也积蓄了足够大的动量,一蹬腿,整个人就消失在了拐角。

"现代科技再这样发展下去,又会玩出什么新花样呢?"华夏说道。

"你别急着批评。"丽洛说道,"看起来她改装得很成功。你知道吗?她让我几乎觉得……自己有点过时了。"

"呵呵,等她回到重力环境就够受了。"

"我估计她根本就不回地面……永远也不回去了。"

他们好不容易走到长廊的另一端,标枪已经等候多时了。她带领众人穿过两道带锁的舱门,一边走一边详细讲解飞船空气净化的常规程序,并且要求大家一丝不苟地遵从。然后他们就来到了生活区。

"不好意思,地方窄了点。"标枪说着,打开了两道舱门,里面分别有间小小的舱房。"这里可不是'玛丽皇后号'邮轮。因为原来的空间不够,我只能把珍藏多年的邮票都清空了。所以你们有两个人必须同住一间房,除非有人愿意去太阳房睡沙发。现在快进去放下行李,然后跟我继续往前走。"

丽洛一进去就惊呆了:这两个房间虽小,却和飞船其他地方一样,地上和天花板都铺着地毯,墙壁也镶着实木面板,而且家具装饰极尽奢华。本来按照经济法则,深空飞船根本一个客房也不应该有,可标枪竟然说不好意思只有两个客房……丽洛不知道她是真心觉得抱歉还是在装低调。

他们继续向前走，经过了两道面对面的舱门。门后一个是工作间，另一个是医疗室。丽洛分别往里面瞥了一眼。

太阳房是整个生活区中面积最大的地方。标枪带领他们进去，然后自己继续往前走。

"我去去就回。"她说道，"你们随便坐，别客气。咖啡机在这边，酒瓶在那边墙上。"说完，她"嗖"的一下朝船头方向飞去——只见尽头的舱壁上有个小圆孔。

"疯了疯了！"华夏喃喃地说，"这里绝对疯掉了！"

丽洛认同华夏的看法。她上过各种各样的飞船，却从没见过像"反重力号"这么奇葩的。

"你说这算是什么风格？"丽洛问道，"维多利亚早期特色？还是后尼莫船长时代？"可华夏答不出来，而标枪已经不见踪影了。

太阳房大约十米长，四米宽。这里跟飞船其他区域不太一样：别处的地板、天花板和墙壁并没有严格的区分，而太阳房的地板则是很明确的。丽洛觉得这种设计根本不合理。

从经济学的角度看，在无重力环境下，各种日常作业的成本都大大降低了，所以并不需要在具体某个空间里严格限定哪里是地板，哪里是屋顶。再者，太阳房的地板与飞船的推力轴是平行的，所以在飞船加速推进的过程中，整个房间就会翻转九十度角，地板绝对不是"往下"的方向——连瓦法也看出不妥了。

"这个……你想想，在她的整个航程里，加速推进只占很小一部分……"可是，无论怎么解释也还是不合理。

太阳房的天花板是弧形的，与飞船的圆柱形外壳一致。天花板有一根装饰华美的木质大房梁，贯穿整个太阳房。房间两侧各镶六块巨大的弧形玻璃面板，从墙壁向上延伸，最后汇聚在顶部的房梁那里。为什么标枪把这个房间称作太阳房？其原因自然是不言而喻了。

太阳房里堆满了植物、藤蔓以及鲜花。房间的一端摆着一个有双层键盘的管风琴，另一头则放置着缓缓转动的环形水族箱。丽洛把脸凑近这个转动的水世界，里面的一群小神仙鱼都朝她张开了嘴。除去两端，太阳房中间区域的主题依然是两个字：奢华。精雕细琢的实木家具，铺了天鹅绒软垫的座椅和沙发，墙脚和家具的镶边都是精美的黄铜，每个边角都刻着美轮美奂的花纹……细节太多，丽洛已经目不暇接了。

丽洛把脑袋伸进标枪刚刚出去的那个小洞里，不禁吃了一惊。虽然她早已料到小洞那头是飞船的控制中心，不过里面的摆设还是让她大感意外。和其他飞船不同的是，这里的设备都镶了黄铜，而且没有数字显示屏，不过有好几件看起来像是手动操纵杆的物体。在狭窄的驾驶座旁有根长杆，顶端镶着一个水晶球把手，旁边有一个很直白的标志：开 / 停。可真正让丽洛吃惊的是，控制室里竟然空无一人！这里已经是飞船的最前端，再往外就是茫茫太空了……丽洛百思不得其解。

丽洛刚把脑袋缩回来，正好看见标枪从后面走廊的入口飞了进来——原来控制中心里面另有出口。

"你这艘飞船简直是惊世骇俗啊！"华夏赞美道。

"真的吗？谢谢夸奖。我也挺喜欢的——我当然喜欢了，要不怎能在这里住了将近三百年呢？外面生活区的设计，我是从一本旧杂志的封面偷来的。这本杂志出版时，地球还没沦陷，人类也没进入太空时代。"

"简直疯了。"瓦法冷冷地说道。

"真的吗？我可不认同。很明显，当初那位设计者对太空飞船一窍不通，他一心只想提高杂志销量，所以只顾性感而不管逻辑。可我偏偏爱这口。"

"不过这种设计造成的额外重量会带来副作用。"丽洛觉得很迷惑,说道,"要是外形与功能不一致,岂不是会降低效率?"

"你竟然跟我谈外形和功能?真好玩。你说的基本没错,可你的灵魂深处难道一点诗意也没有吗?自从第一个月球殖民地建立以来,我就跟那些冥顽不灵的工程师们吵得不可开交。我们人类好像变异成了一个'工程师物种'。没错,我们有能力建造一条铁路。可建好一条铁路之后,下一步该干什么呢?我们下一步就应该建造一条漂亮的铁路呀!可是这么简单的道理,我们人类好像永远也理解不了。本来到了今天,科技已经很发达了,为了追求美观,这么一丁点儿效率,我们完全牺牲得起。可现在那些深空飞船一艘赛一艘的丑,长得好像一个衣帽架正在操一棵圣诞树。"

"你说什么?"

"噢,就是上床。不好意思,那个字是古语。不过话又说回来,我用的那个比喻里面,样样都是古语。其实,"反重力号"并非你想象得那么效率低下。我一个人开这艘飞船去深空,其实它的体积比我的基本需要大了整整五倍。所以当初我狠心买下这艘飞船,这本身就是一个很奢侈的决定。接下来无论我在内饰上花多少钱,也只是船价的零头罢了。其实那些豪华家具饰物都是假货,比如在表面贴一层薄薄的金属片。有些家具看起来很厚重,其实是错觉。那些所谓实木,只有表面一层薄木片,里面是人们常用的标准构造泡沫。那台双层键盘管风琴很拉风是吧?其实它同时也是飞船计算机和数据库系统的输入设备。主机设备当然是隐藏起来了。还有那台水族箱,它其实是飞船循环系统的一部分。鱼在人在,鱼亡人亡,明白吧?你们过段时间就能看出来,我这套系统其实是很高效的。"

丽洛依然心存怀疑。可昆斯说起标枪时,简直是敬畏交加。据说标枪是有史以来最成功的黑洞猎人!

"如果各位都已经准备好，我就应该开始倒数了。不过还要先处理几件事情。我搜查过你们的行李，还看了给你们拍的 X 光片……"

"你什么？"说话的是瓦法，她的脸一下子涨得通红。

标枪上下打量着她。"哼，你有这样的反应，我一点也不奇怪。"她冷冷地说，"你在行李中夹带了几块水晶和一些零部件，再加上泡泡糖和一点唾液，你就能组装出两把激光手枪了。为了确保这次旅行的和平与安全，我已经把它们扔了。"

瓦法本来站在前舱那一端，这时双脚一蹬舱壁，腾空飞起，穿过整个太阳房，直向标枪扑去。她伸出手臂，嘴巴张开，发出凄厉的尖叫声。快接近目标时，瓦法在空中扭动身躯，挥起拳头，对准标枪砸下去。而标枪看起来那么瘦小，那么弱不禁风……丽洛不忍心看下去。

然而这场殴斗还没开始就结束了。标枪突然扭身，往一个完全不可能的角度弯折下去，一只手稳稳撑在地板上。瓦法一击不中，整个人从标枪上方掠过。标枪转身一撞，同时一掌劈在对方脖子上。瓦法砸在管风琴的管子上，顿时不省人事，全身松垮垮地飘在空中。

标枪再瞥了她一眼，然后转头看着丽洛。

"你腹部安装了一件设备，我必须知道那是干什么用的。"标枪说道，"另外，你的骨盆左侧也装了一个东西。"

"我也不知道它们是什么东西。"丽洛答道，"不过我一直怀疑自己体内装了什么设备。"

标枪点了点头，"你不知道，嗯？好吧。其中一个看起来只是普通的自动追踪器。至于另一个，我本以为是炸弹，但后来觉得不是，更像是一个装了麻醉药的安瓿。这两件设备应该是配套使用的，对吧？"

"我觉得有道理。"丽洛气得两个脸颊都变得滚烫。

"好吧。"标枪似乎也不想在这个话题上纠缠下去了，"你想把它们取出来的话就去自动手术台做吧,别客气。然后我会把它们扔到飞船外,除非你想留下来用在别处。"说完,她的视线缓缓转移到昏迷于半空中的瓦法身上,然后朝丽洛微微一笑。

"六百秒后开始加速。你们赶快回房间吧。"

No. 18

The Ophiuchi Hotline

单程一百二十个月,双程二十年。

旧地球历571年
标枪

华夏和我决定住同一间房，于是把瓦法抬进另一个舱室。我们用安全带把她固定在床铺上，刚弄好，飞船内部的结构就开始变化了。瓦法的床从地板移到了靠近船尾方向的舱壁上，而太阳房水族箱里的水都排空了。

　　在加速推进过程中，飞船内部保持1G的重力加速度，我在冥王星上已经习惯了这种重力环境。现在我们的脚底变成了一面墙壁，不过好在洗手盆等卫浴设备自动翻转过来了。房里的灯具也会跟随我们的移动改变照射角度，所以灯光从来不会直射进我们眼里。

　　房间外，走廊变成了一条垂直的竖井。不过也没关系，加速推进只需二十四小时，我忍一下就熬过去了。

　　丽洛和华夏大部分时间都待在小房间里，而标枪也没露面。其间丽洛只去过太阳房一次。门外"走廊"墙壁的表面长出了一把长梯，丽洛沿着梯子往上爬了八米才来到太阳房——可惜这里已经不再是一个好去处了。管风琴本来安装在大厅另一端，如今却悬在房顶，就在丽洛头上十米处晃荡着。这里还有一架梯子，丽洛爬到尽头，再一次把脑袋伸进控制中心的小圆孔里张望，可标枪依然不在里面。丽洛这才意识到，她们很可能要在飞船停止加速推进后才能见到标枪了。这飞船上肯定有个由狭窄管道构成的交通网络，其他人钻不进去，只有标枪能在里面来去自如。

　　华夏和丽洛能隔着过道看见瓦法。后者并没有主动过来找他们，只是一个人来回踱步打发时间。丽洛很担心：瓦法陷入了如此窘迫的困境，心里有多埋怨丽洛呢？她会怀疑丽洛私下与标枪勾结，达成了某种交易。这人本来就不易相处，现在就更难了。

　　百无聊赖之下，丽洛和华夏只能去睡觉。在昏暗的灯光下，两人度过了一个夜晚。眨眼间，飞船进入加速推进状态已经二十小时了，标枪这才终于露面。当然了，她是出现在电视屏幕里，而这次的屏幕是安装在小舱房的天花板上。

"你们肯定要恨上我了。"标枪说道,"可是,孩子们,你们现在必须做出抉择。是时候把手里的牌都摆到桌面上,把你们真正的动机说出来了。对了,也许你们都很好奇,想知道我为什么愿意带你们出来跑一趟。"

"我们确实有点好奇。你打算把答案告诉我们吗?"丽洛往过道对面瞄了一眼,只见瓦法正靠在门边,探出脑袋,伸长了耳朵在听。

"好吧,哈哈,我就按照我对自己的了解尽量回答你吧。首先,我为什么愿意带你们出来?估计主要是因为我任性。通常来说,我是不会做这种事情的,所以这次我才非做不可!等你活到我这把年纪就会知道,人必须经常自省,必须尝试新鲜事物。有时候,仅仅为了尝新而尝新,这个理由就足够了。否则你就要生锈咯。"

"这些大道理,你是怎么知道的呢?"华夏问道。

"我并不确切知道。可到目前为止,我这一套还是行之有效的,如果贸贸然改变策略,我就是大笨蛋了,对吧?第二,其实不管你们有没有来找我,我也是愿意去热线的,为什么呢?因为在过去几个月里,我对热线的兴趣增加了很多。"

这时,丽洛看见瓦法一下子蹦到竖井的梯子上,随即跳进了这个房间。她站在两人身旁,仰头看着屏幕。

"你为什么感兴趣?"瓦法问道。

"和你们的原因一样。其实,无论是谁听说了这事情都会感兴趣的,对吧?"

"你怎么会听说这件事呢?这是绝密消息,只有少数几个人……"

标枪扬起一条眉毛,"呵呵,我还想问你们是怎么知道的呢!不过你们不说,我也能猜到。至于我怎么听说的?就是通过惯常的渠道呗。无论什么时候,热线数据的传输线路上总会有几名黑洞猎人在游荡。他们百无聊赖，就会收听其中的内容。而且我们猎人之间会交流，虽然有时候一番话可能要过好几年才说完，不过我们有的是时间，也不着急。星线公司董事局还没收到热线的数据，我们猎人社区就已经知道得一清二楚了。最新的这段信息，我们已经谈论了好几个月。大家都很关注，所以我决定亲自去查探一番。"

"你也想去查一下翻译得是否准确？"

"不，不。"标枪哈哈一笑，"翻译是绝对准确的，一点疑问也没有，他们就是在威胁人类……你们听着，我知道你们去那里只有一个目的，就是想截取那段信息的原始代码。呵呵，那些代码现在就储存在我的计算机里。我们已经全方位多角度地检查过那段信息了。现在我们最感兴趣的是，所谓的'严厉惩罚'到底是什么。我被……嗯，正式地讲，我是被大伙儿选出来去那里看个究竟的。要是他们真的有实力'惩罚'人类，那我们这帮黑洞猎人就需要投靠这个新客户了。"

这句话让丽洛大吃一惊，而瓦法则更是义愤填膺。

"你们就打算做墙头草？你这是去查风向的？！"

"差不多吧。"

"你们的新客户是谁？"瓦法哼了一声，"蛇夫座热线的人？还是入侵者？"

"价高者得。"

"我鄙视你！我唾弃你们这帮混蛋！竟然背叛自己的种族！"

"呸！我还鄙视你们呢，地球解放者！"

丽洛连忙插话："你觉得这段信息还会有下文是吧？比如说，具体是什么惩罚措施？"

"有可能。不过我去热线不是为了这个。"

"那我就不明白了。你这样跑一趟到底有什么好处呢？"

标枪又笑了起来，"这就是我一开始跟你们说的'抉择'了。我们谈好的交易是,我把你们送到热线传输线路上的某一点。不过这条线路很长,你们想去的应该是距离源头最近的一点,不过你们并没有明确地说清楚,对吧?我现在提出的方案是,我们把目的地设在传输线路上距离太阳半光年的那个点。我有理由相信我们感兴趣的东西就在这个区域。"

"为什么呢?"

"因为我们能够跟蛇夫座热线的人面对面地交流。"

瓦法听了,脸上露出迷惑的神情。华夏则咧嘴一笑,仿佛听明白了一个圈内人才懂的笑话。可当丽洛看向他时,他只是耸了耸肩,表示他其实根本不明白。丽洛一直仰头看屏幕,脖子都酸痛了。于是,她学着华夏那样,仰面躺在地板上,双手枕在脑后,耐心地等待标枪说下去。

"你们可能会好奇,我怎么知道他们就在那里呢?"看着三人都没有主动开口问,标枪显得有点扫兴。

"你这样说,倒也中肯。"华夏答道,看样子有点扬扬得意。

"好吧,是这样的:我们猎人观察热线的角度跟星线公司大不相同。星线那帮家伙在热线信号最强的区域设了个空间站,然后就坐在里面守株待兔。他们这个策略倒也没错,只是这样做严重限制了他们的视野,他们毕竟是在一个静止的点上进行监听。更何况,即使是在信号最强的区域,那些信息也还是非常混乱的。

"而我们猎人就不一样了。我们从多个方向穿越热线,而且这些穿越点距离太阳远近不一,有些位于星线监听站与蛇夫座70之间,有些位于监听站之外。每当我们穿越热线时,就会进行监听。我们的计算机会把信号出现和信号消失的时刻都记录下来。

"在大约一百年前,我们开始留意到一些现象,但是又过了许多年,我们才确切知道那是怎么一回事:一方面是因为以我们的速度,要得到一个准确可靠的时间校正值是很困难的；另一方面是因为数据量太大，对它们全部进行交叉验证需要耗费大量时间。不过到现在为止，我们终于得出一个比较确定的结论了。

"一个激光信号其实是一个圆锥。这个圆锥很狭窄，它的发射端是一个点，然后在前进过程中逐渐发散。在观察过程中，我们开始留意到视差位移。在圆锥的某个边缘测量，那个信号来自蛇夫座70的某一侧；可当你到了圆锥的另一边，那个信号源的位置就会发生改变。我们开始通过绘图连线去界定这个圆锥的外表面。此外，我们还找到别的证据支持我们的假设：在传输线路的各点上，圆锥截面直径以及信号强度衰减率都不是恒定的。这一切都表明了一件事：这条热线的源头根本不是蛇夫座70，而是某个位于蛇夫座70的方向上、距离太阳半光年的区域。我们一直以来都搞错了，这并非意外，而是对方有意误导，好让我们以为他们位于那么远的地方。这样一来，我们面临的潜在可能性就多了很多，当中不少还挺有意思的。"

"我需要用无线电向老板请示。"瓦法的语气就像一位败军之将。

"我就料到你会这样说。等我查一下资料库，看看有没有特威德大老板的电话号码……"

瓦法低头狠狠瞪着丽洛和华夏。丽洛正要开口辩解，却被标枪打断了。

"他们什么也没有告诉我。你还没上船我就已经查了你的手机通话记录，发现你打了很多电话去月球。我本来就确信你是地球解放者——几分钟前你说的话也证实了我的看法——现在，你巴不得有人告诉你怎么做，就不需要动脑筋了。综合上述因素看来，除了特威德大老板，你还会打给谁呢？"

"这跟你没关系！"瓦法吼道，"快给我接通！你这飞船租给了我们，所以……"

"所以你还敢这样跟船长说话？我怕你会忘记，这就给你提个醒，这艘飞船完全是在我的掌控之下！你甚至连舰桥也去不了——就算你的尖脑袋能塞进洞里，可你的肩膀也进不去呀！我想去哪里，这艘飞船就飞哪里！如果你希望房间的氧含量保持不变的话，最好管住自己的嘴巴！"

这时，丽洛已经站起来了。她用手狠狠戳了瓦法的肋骨一下，瓦法竟然没有发作，可见这位女杀手在过去一个月里真的学精了。

"不过我们确实需要跟老板汇报。"华夏出来圆场道，他的话倒是合情合理，"你这个新方案的开销增幅太大，我们哪有那么多钱，只有特威德能授权呀。"

"你说得对，但也不全对。"标枪的语气很平静，"你们也明白，跟之前相比，你们目前的处境已经完全不一样了。我知道她为什么要跟着你们，"标枪做了个鬼脸，"因为她对特威德忠心耿耿。至于你们两位，如果我的直觉还准确的话，你们并不是特威德的死忠。所以我猜，你们一定是有把柄落在他手上了。呵呵，现在我正式宣布，你俩的苦日子终于到头了。我绝不会容忍奴隶制，也不会听命于一个六十亿公里外的人。你！你打电话给特威德，不用向他请示什么，只需要把这番话复述给他。你给我听仔细了，我可没耐心再说一遍。

"'"反重力号"正在飞往热线信号发射站。'在这里，你可以把我刚才的解释加进去。他是聪明人，应该一听就明白。'这趟行程的花费是我们之前商讨价格的四百倍。就在此时，一艘自动燃料补给飞船正从冥王星的弹射头里飞出来，很快就能加速到9G。你也知道，这种飞船是不可回收的，所以我们的花费才会大幅增长。那艘飞船会在大约两千万秒后与我们会合。没有它的话，我们的燃料只够去那个信号发射站，却不够我们回程了。

"'你，特威德，如果希望参与这次行动，就立刻给我在洛弗尔陨石坑银行的账户汇一笔钱。至于具体金额,我的客户经理已经和你沟通过了。如果你不愿意付款,将不会在本次行动中获益。本飞船会按照原定计划继续前进,而本次行动将会由洛弗尔陨石坑黑洞猎人联盟进行赞助。你的代理人,瓦法,将会从气密舱离开本飞船,我建议她步行回月球。签名。永远服从您的贱仆某某某,等等等等。'"

"你不能这样做!"瓦法颈上青筋暴现,双拳握紧,手掌都被指甲抠出血来。华夏一脸的幸灾乐祸,丽洛心中不禁狂喜,可是她知道自己还没真正获得自由,现在还不是开心的时候。她很小心地碰了碰瓦法的肩膀,动作很轻——要是这凶女人突然发作,她就死定了。

"你听我说,瓦法。"丽洛低声道,"你必须为老板着想,必须做对老板最有利的事,对吧?哎,你放开我!别捏呀!"捏住丽洛手臂的铁爪松了一下。华夏连忙扑过来,把脑袋凑在两人的脸旁。

"她说得对。"华夏说道,"你得控制脾气,仔细想清楚。没错,标枪确实出其不意地将了老板一军,可这笔交易其实挺划算的。要是你吞不下这口气,她就会把你干掉。这样一来,老板就不能去蛇夫座热线,也就找不到他想……"

"她杀不了我!这畸形怪胎,又瘦又小……"

"你仔细想想自己到底在说什么,瓦法。这是她的飞船,你连她的舱房也进不了。你手上没有武器,也不知道她到底有什么手段对付你。别忘了,她赤手空拳就能把你打晕。你现在唯有忍气吞声认栽。记住,这样做是为了老板特威德!"

瓦法很痛苦,不过她还是慢慢地松开了丽洛的手臂。她的双肩耷拉着,缓缓坐倒在地,把脸埋在掌心里。丽洛仰头看了一眼屏幕,那张脸依然毫无表情。她走出房间,来到竖井里,然后沿着长梯爬进了太阳房。这时候,地板上有一块屏幕突然亮了,就在她的脚边。丽洛低头一看,正是标枪的脸。

"我想谢谢你。"丽洛说道。她知道热泪已经从自己眼里涌出来,却也懒得伸手擦掉。

"别客气。这状况是非解决不可的。"

"好像也不见得,至少现在还没解决。我想找你说的就是这件事情,我……我突然想起来,其实你等钱到手之后,完全可以把我们三个人都扔到太空里。"

标枪耸了耸肩,"从你的角度看,确实存在这样的风险。不过我不会这样做。如果能额外赚点钱,我倒不介意使诈——黑洞猎人天性吝啬,而且都不是正人君子。可既然我们已经谈好了一笔交易,我就绝不会半途毁约。我跟你签了合同要带你去那里,就一定说到做到。"

"为什么呢?"

标枪脸上露出一点尴尬的神情,"这个嘛,我们这次很可能会遇到一些外星人。我对人类这个种族似乎还留有那么一丝忠诚,所以我一个人去好像不太妥当。我觉得,如果可能的话,应该尽量找几个有代表性的队友。"

丽洛笑了起来,"一个黑洞猎人、一名杀手、一位被开除的老师,还有一个死囚。"

"噢,原来都是高人呀!哪天你得把你们的故事详细告诉我,我们在路上还有很多时间呢。"

丽洛竟一下子说不出话来。其实她真的很想找人倾诉,却苦于没有合适的机会跟华夏谈……也许标枪才是更好的倾吐对象。

"瓦法怎么办?"她问道。

"我也不知道。要是她乖乖的,我就带她一起去;万一她像疯狗似的乱咬人,危害我们的安全,那么我就算一脚把她踹出去,这也不算违反跟特威德的协定。"

"问题就在于此。我挺担心的,因为这人对抽象概念的理解力很差。我可以试着向她解释说，老板希望你做的，就是老老实实待着，不要挑起事端；要是你敢惹事，标枪就会杀了你，你就害老板落得个人财两空的下场。嗨！我为什么要救她一条小命呢？这人好几次威胁要杀了我，而且她确实已经杀了两个克隆的我了。"

"你想害死她的话，"标枪说道，"只要袖手旁观就可以了。她一旦忍不住招惹了我，那就万事大吉了，是吧？"

"应该是吧。"丽洛叹了一口气，"我也不知道为什么，也许是我不想看到人命伤亡，或者是我害怕她临死前会抓我陪葬……不管怎么说，万一起冲突，局面很可能就一发不可收拾了。我其实有个想法，我觉得，一旦特威德直接给瓦法下了一个明确的命令，她是绝不会违反的。所以我希望能在你列出的条件中增加一项：他必须严令禁止瓦法伤害你、我或者华夏。她原来的任务是监视我和华夏，现在这个任务正式结束。特威德必须向瓦法强调，她是他在这艘飞船上唯一的全权代表，所以她必须审时度势，随机应变。她必须活下来才能回去向他汇报，为了活下来，她必须学会与我们和平共处。"

"没问题。这招管用吗？"

"肯定管用，只有老板的命令能使瓦法心安理得地接受现状。特威德会接受的，他当然很不爽，不过也没别的选择了，对吧？"

"英雄所见略同。"标枪得意扬扬地说道。

丽洛笑了。她终于敢放任自己相信，这次她终于重获自由了。虽然还是困在这艘飞船里，不过她已经自由了。

"对了，我们这样跑一趟要多久呢？"她问道。

"从这里过去需要三亿秒。"

"拜托您换成标准地球月好吗？"

"单程一百二十个月，双程二十年。"

No. 19

The Ophiuchi Hotline

不，我还没完蛋，这只是一个小挫折罢了。

旧地球历 571 年
特威德

我们本来可以更快到达木卫八的。华夏偷来的那艘拖船马力惊人，拽着量子黑洞飞来飞去也毫不费力，现在只是拉我设在土星环的实验基地，当然是绰绰有余。

可我们这次行动的关键在于，要在合适的时机从合适的角度飞抵木卫八，所以我们受到很多因素的约束，比如我们出发时木星与土星的相对位置，木卫八的公转速度与自转速度等等。

我们靠近木卫八时，拖船点燃主驱动器，拉着我的保命舱提速。我从没给这块石头命名，可这时华夏正式把它命名为"复仇星"。

他们悬浮在距离木卫八五十公里之外一个相对静止的位置。用肉眼观察的话，木卫八只是一块不规则的灰色；可丽洛在屏幕上观察放大的图像，可以看出这个天体上的许多细节。它的表面很暗淡，而且凹凸不平；它的地平线上渐渐出现一个杯状物，正射出一道刺眼的蓝光。

丽洛又回想起与参数-冬夏至道别的情景。她很希望她俩能一起来，可惜这是不可能的。如果丽洛和华夏的行动成功的话，他们就要立刻开始逃亡，尽快离开太阳系，根本没时间找地方放下那对共生体。不过丽洛真的很想她俩可以来亲眼见证她们的计划实施成功。

可前提是这计划成功的话……丽洛紧张地咽了一下口水，暗暗提醒自己不要过分乐观。

"还有十秒。"丽洛喊道。她的大脑接上了拖船计算机，通过"复仇星"上的摄像头监控着石块的前进。她感觉多枚推进火箭正在接连不断地进行微型喷射——那是因为导航程序不断地对"复仇星"的航向进行微调。这时，目标以让人眼花的速度扑面而来，丽洛只能通过计算机的线路去感受这种高速。紧接着，她眼前闪过一道银光，摄像头就被猛烈的撞击摧毁了。

"命中目标。"丽洛平静地说道,然后把计算机接线从镶在头骨的接口里拔了出来。

"复仇星"击中了那个用来固定黑洞的碗形清零力场!在电光火石的一瞬间,整个石块化作一团熔岩、炽热的气体以及等离子体,四处飞溅。

与此同时,黑洞开始吞噬这些物质。重力梯度使黑洞附近的物质迅速坍塌,将其拖进那个无底深渊,并在压缩过程中释放出巨大能量。黑洞附近的物质被摧毁后,外围的物质前赴后继地继续涌入,同时却被发生在外沿的核聚变反应所产生的巨大压力往外推……终于,撞击点发生了一次猛烈的爆炸。在冲力的推动下,"复仇星"残骸百分之九十的物质都向外逃逸,摆脱了木卫八与黑洞的叠加引力场。剩余的百分之十则开始了新一轮的坍塌。

在撞击和爆炸中,半球形的清零力场没有发生丝毫改变。这个力场坚固无比,能够抵御任何人为冲击;偌大的"复仇星"撞进来,竟然对它没有产生任何影响。

可丽洛细看之下,发现电磁场发生器还是受到了巨大的压力。在参数-冬夏至计算出来的等式当中,存在着一个不确定因素——那正是电磁场发生器。它们本来就承受着黑洞的巨大质量,而撞击又会造成突如其来的加速,两者叠加在一起,它们能顶住吗?如果电磁场发生器失效,黑洞就会开始下坠,迅速摧毁下方的清零力场生成器。一旦力场没了,这个黑洞就如摧枯拉朽般穿透木卫八,她和华夏就只能绕到卫星的另一头去捕捉黑洞了。

"我没看到力场有移动,你呢?"丽洛问道。

"我也是,看来它顶住了。"

接下来还有一系列的爆炸,基本上是每隔几秒就发生一次。渐渐的，剩下的熔融态物质也被黑洞吸走了许多，终于达到了一个稳定的状态。这时，力场里出现了一颗白色炽热圆球，直径只有一米，却比太阳表面更耀眼。

"这东西能让天文学家们迷惑一阵子了。"丽洛说道，然后打开了无线电，"你们下面的人能听见吗？瓦法？瓦法？你在收听吗？"

过了好一会儿也没有应答。丽洛不停地重复着，最后发报机里终于传出一个男声：

"谁在呼叫？"

"这是丽洛，我起死回生了，华夏也和我在一起。我们带了你们的拖船回来，还附送了一件礼物。你们在几分钟前应该已经感受到这件礼物的分量了吧？有人受伤吗？"

"我不知道。"瓦法说道，语气很不耐烦。

丽洛明白，他其实一点也不关心囚犯们的死活，不禁打了个冷战——这是她第一次和这人打交道。

"我很好奇，你这样做到底想达到什么目的？你肯定知道，不管你怎么折腾，也杀不死我们。顶天了就是把我们当中几个埋起来——你也确实做到了——可是我们有真空服保护，一点事儿也没有。我们可以慢慢挖一条隧道爬出来，我们也正在挖呢。"瓦法颐指气使惯了，听声音还是那么傲慢，可丽洛感觉他的语气里带着一丝犹疑。

"这家伙当然知道你没那么笨。"华夏心满意足地说道，"正因为他对你了解很深，所以才那么紧张。"

"希望是这样吧。"丽洛低声回答华夏，然后又对着麦克风说道，"我们的目的是把木卫八推离轨道。这个任务已经完成，无论你干什么也不能改变了。我跟你说，这绝对是一个壮观的奇迹！几分钟内，全太阳系的人都会想，这里到底发生了什么事情……你觉得这意味着什么呢？"

对方沉默了。

"你先别急着去请示大老板,有些事情你必须告诉他。根据我们的推断,这事情其实很简单:每个人都会想,这里到底发生了什么事情呢?可他们会以为是入侵者在搞什么鬼,这里毕竟是木星的地盘嘛。所以他们绝不敢派人来调查。你可以去问特威德,看他是否同意我们的判断。"

瓦法依然不回答,于是丽洛继续往下说。

"我们需要指出的是,我们手上有台超大功率的无线电发报机。我敢肯定特威德一直为了这件事寝食难安,整天担心华夏跑哪儿去了,而且还不知道他会干什么。所以你的老板肯定已经准备好后路,一旦东窗事发,他能在短时间内消失。好吧,这也很正常。可问题是,就算他动作再快,逃跑还是需要时间的。现在我们想问他一个问题:他愿意出怎样的价钱买多少时间?"

"请你解释一下。"

"正有此意。首先,我需要你回答一个问题:扣除从这里到月球的九十六分钟信号延迟,你通过无线电联络特威德,向他请示并且得到回应,最快需要多少时间?你别犹豫,马上回答我!"华夏跟丽洛强调过这种催逼手段的重要性。根据华夏的判断,瓦法并不聪明,也不擅长撒谎,所以她绝不能给他时间多想。此外,丽洛二人还有一个有利因素:瓦法有一种思维定式,需要及时向特威德请求指示,简直是刻不容缓。

"这个,我……"

"快说!这关系到特威德的生死存亡!你别说一个模棱两可的答案,让我怀疑就不好了。"

"我是用一条激光信道和他联络的,我们的通话数据都经过加密和编码,通过卫星传到月球,所以别人无法追踪信息来源。因为经过卫星中继，今天的延迟时间是九十七分钟。老板随身带着一枚提示器，每次总能在三分钟内上线。"

"很好，那我们开始谈条件吧。华夏和我关注的是你们看管的那帮人。我们也知道，如果你们接到命令要干掉他们的话，是绝对不会手下留情的。而且我们断定特威德一定会命令你们杀人灭口。"

丽洛觉得难以置信，却又不得不承认，华夏对特威德和瓦法的了解确实比她多。

"我们要你告诉你的老板，这个决定大错特错。因为我们会向全太阳系广播，把木卫八基地的事情全抖出去。这样一来，要是政府抓住他，就一定会判他永久死刑。

"对他来说，最重要的一件事情是，我们什么时候开始广播。现在你给我听仔细了，如果他答应我们的条件，我们就会押后一个标准地球月才公布。当然了，把这地方公之于世，对我们也没好处。我们也不想别人知道这里发生的事情，因为我们——包括你们在内——在某种程度上都是法外之徒。八大星球的飞船一旦登陆木卫八，我们全部难逃一死。

"因此，我们一定要顾及你我双方共同的利益。我们需要时间逃跑，特威德也需要时间逃跑。不过，我们还需要你们保证不屠杀木卫八基地的人。"说到这里，丽洛深吸了一口气。

"我们开出的条件是：让特威德命令你——还有你的克隆兄弟姐妹们——立即放下武器，离开基地，在最近的基地入口外一公里的空地上集合。在离开之前，你们必须解开通往守卫禁区的屏障，让奈欧比和维杰亲自进去检查，确认你们真的都走光了。然后……"

"我刚刚接到消息，维杰失踪了。"男瓦法说道，"肯定是被埋起来了。不过奈欧比还在。"

"好吧。奈欧比会进入禁区检查，确认你们都离开了，然后她就会向我们报告。接下来，我们会降落在木卫八，将你们都关押起来。另外，我要特威德在奈欧比一行人的见证下亲口向你们下达另一条命令：无论是现在或者将来，你们都绝不能伤害木卫八的任何一个居民。

"作为回报，我们会饶了你和你的克隆兄弟姐妹们的性命，前提是你们严格遵守这个命令。至于特威德，我们会给他一个月时间准备逃亡。保证他在罪行败露后，能按计划离开月球，隐藏起来。"

"我们怎么知道你们会遵守约定，不杀我们？"瓦法说道，语气中第一次流露出忧虑的情绪。华夏拍了拍丽洛的肩膀，丽洛转头冲他咧嘴笑了笑。

"你们当然没办法确定，所以只能相信我们会遵守承诺。问题是，除此之外你们还能怎么办？你们敢伤害那些人一根毫毛，我们就绝不放过你们！我们只需要对外广播，八大星球随便派艘飞船过来，你们就必死无疑。你们要明白，迫不得已之下，我们是不惜弄个鱼死网破的。要是特威德不肯接受这些条件，这就意味着基地的人都会被你们杀光，所以我们也就不用顾忌了。可如果按照我们的要求去做，你们也能活下来。

"特威德的另一个选择也很简单，我就不多说了。从这一刻算起，他有一百一十五分钟的时间去答应我们的要求。如果我们没有及时收到奈欧比的回复，就会开始广播。"

"我们正在联络他！"瓦法说道，"可是我有一个问题：你说已经把木卫八撞得偏离了轨道，但我怎么知道你是不是在撒谎？我怎么能确认呢？"

"呃……看来确实没办法证明我不是在吓唬你们。不过这并不改变我们的现状，我们会在一百一十四分钟后开始广播。"

"好吧。"瓦法停顿了片刻，"刚才那一下震动特别强烈，我猜你没说谎。"

此刻的丽洛已经满头大汗了。她再次向后靠在椅背上，抬头看着华夏，很想得到他的认可。

　　"我做得怎样？"

　　"我觉得你做得很好。"华夏答道。他突然意识到，现在他们已经破釜沉舟，再无退路了。他的儿子还困在下面，生死全系于特威德的一念之间；他很想去救，却无能为力。"可……万一他不按我们说的去做，那该怎么办？我几乎有点想反悔了。这……这个责任实在太沉重。"

　　丽洛把手伸过去，搭在他的手上。她知道华夏有亲生骨肉在下面，当然比她更紧张。不过这招成败与否，对于丽洛来说也是极其重要的。丽洛已经逐渐接受了他的思维方式，双方的利害关系渐趋一致，她对他的反感也已经消失殆尽。从土星飞来的路上，两人亲近了许多。现在，丽洛迫不及待地想与华夏的儿子卡斯见面，据说他是她克隆姐姐的最好朋友呢。丽洛希望抓住这个机会，结识这位忘年交。

　　"特威德要是不按我们说的做，还能怎么办呢？"丽洛说道，"这问题，我们已经探讨过无数次了。"

　　"我也知道，只是害怕他还有别的花招。"

　　"你想想，当特威德收到瓦法的消息时，他只剩下两小时了。他必须在几分钟之内下决定，他的答案会在四十八分钟之后发回我们这里，然后再过四十八分钟，我们的广播才会抵达月球。别忘了，他是一个公众人物，同时也是暗杀目标，所以警方的计算机时时刻刻都知道他的具体位置。要是他不做任何声明就突然消失了，哪怕只有短短六十秒，政府肯定也会动员所有人力物力去找他的。"

　　"可他肯定已经准备了别的措施。他知道我逃亡在外，还有无线电发报机，随时可以把他曝光。"

　　"可他知道你不会这样做的。他甚至觉得自己高枕无忧，因为你敢揭发的话，就会害死你的儿子。"

华夏听了，开始全身颤抖，丽洛连忙伸手抚摸他的肩膀。拖船的控制舱太狭窄了，两人甚至不能转身面向对方。不过丽洛还是硬挤过去，亲了一下华夏的脸颊。

"特威德真的没有别的选择。"她说道，"要是他不按照我们说的去做，就只有两个小时去逃亡。到时政府会进行大规模搜索，他要钻到多深的地底才能躲开呢？我觉得他根本不可能逃掉。"

"可我们真能进行广播吗？"华夏的痛苦有增无减，接下来的两个小时里，每一秒都会是煎熬。

丽洛无言以对。从"复仇星"撞击黑洞力场的那一刻起，事态就已经脱离两人的控制了。如果他们两小时内没有收到奈欧比的消息，这就意味着下面已经发生了不可言说的人寰惨剧。

如果真到了那个地步，丽洛和华夏绝对会立刻进行广播！

在王城，特威德是一个街知巷闻的公众人物，他也特别享受这种明星般的待遇。他沿着克拉克大道蹒跚而行的身影，一直为选民们津津乐道。他经常会在人群中闲庭信步，给人们送上和蔼的微笑，还会亲切地拍拍每个人的后背。他其实哪儿也不去，纯粹是为了与大众亲密接触一下。

当然了，亲民的同时也需注意尺度。为了赢得选票，有时他需要和民众打成一片，可当他需要干正事时，就不能在人群中滞留过久。因此，特威德用帽子作为信号。要是他把帽子摘下来捧在手里，人们就可以随时随地凑上来聊天。可当他把帽子戴在头上时，人们就都明白了：他正在辛勤工作，为人民服务。

此刻，大老板特威德正沿着公共长廊向前走，就走在路的正中央。他把帽子牢牢地盖在头顶，嘴里叼着大雪茄。他臃肿的身躯有种势不可挡的气势,就像一头进击的河马,还吭哧吭哧地喷出一团团蓝色烟雾。

特威德快步向前,转过拐角时就像巨型拖船那般笨重。不久,他便来到了王城当中一个人迹罕至的地方。

那是一条废弃的长廊,尽头有扇不知通往哪里的门。特威德用掌纹开锁,走进一个小房间里,随即把门关上锁好。然后他按下一个按钮,小房间开始缓缓下沉。

特威德开始宽衣解带:灰黑色的大衣,宽松的裤子,硬皮鞋,白鞋罩……很快他便一丝不挂,面前的衣物堆积如山。没了鞋子,特威德矮了九厘米。即使这样,他依然算是一个身材魁梧的胖子。

紧接着,特威德开始用手揉自己的脸。他的脸本来就松垮垮的,现在越发往下坠,最后竟然从脸上掉了下来,落在他的手里。这两团东西暖暖的,不住地颤抖着,是一种介乎有机物和无机物之间的材料。特威德把它们随手往衣物堆里一扔,正好砸在那顶他每天都戴着、整整戴了五十年的大礼帽上。大礼帽一下子就塌了。

特威德站在地上,低头看着那堆衣物,全身上下开始颤抖起来。

"不。"他说道,"不,我还没完蛋,这只是一个小挫折罢了。"说完,他靠在身后的墙上,等待这软弱的一刻赶快过去。他把脸埋在手里,脸上许多塑料质地的细碎"皮肉"纷纷剥落。等特威德终于抬头,心中又重新充满了强烈的使命感,他脱胎换骨了!看样子,他年轻了起码三十岁,而且脸上也缺少了男性脸部轮廓特有的线条起伏等微妙细节。特威德终于现出了雌雄同体的真身——他的大肚子下面并没有男性生殖器官;他胸前的两个凸起既可以是女人的乳房,也可以是胖男人的脂肪。

特威德用尽全力站直了。只听见一阵湿嗒嗒的声响,二十五公斤的橡胶塑料皮肉从他的肚子、四肢和臀部滑落下来,他身上只剩两个乳房和扁平的小腹。他大腹便便了五十年，现在终于轻松了。

虽然此刻的特威德外表是女性，可如果仔细察看，他的下体并没有阴道口。他的体内也没有半点性激素，因为他要心无旁骛地专注于地球光复大业，不能被欲望分散了注意力。许多年前，特威德就毅然决定保持中性，而且从没后悔过；如今，正是这个决定救了他的命。通常来说，要换一个全新的身份，第一步就是做整容手术——变化越大越好，变性必不可少。当然了，光靠整容是不够的，不过这好歹算是迈出了很关键的第一步。特威德之所以能以这破纪录的时间完成这一次大变，全赖他未雨绸缪，很久以前就制定了计划。

"未雨绸缪……"特威德低声说道。他突然觉得浑身乏力，脚下一个踉跄，几乎摔倒在湿滑的地面上——刚才剥落的皮肉连同衣物一起溶化成灰色的糊状液体，顺着地漏流走了。

遥想当年，他憧憬着一个重获自由的地球，眼前出现一幅发光的画卷。他也知道，有些人以为他是一名机会主义者。近百年来，光复思潮在月球社会不断涌动，那些人以为他想趁机捞一笔。可其实，特威德确实是诚心诚意想要光复地球的。

为了这个事业，特威德甚至献出了自己的亲生儿子。他把独子悉心培养成了一名杀手，一名严格执行一切命令的优秀士兵。为了这个计划，他查阅了大量古籍，准备了整整一年。他借鉴了美国海军陆战队和苏联红军的训练方法，再辅以药物及行为疗法，结果就是，瓦法从来没有令特威德感到失望过。唯一可惜的是，瓦法和他的克隆兄弟姐妹们的性格都很死板无趣，这也是为什么特威德心头总有一丝挥之不去的感伤的原因。

特威德的失踪无疑是一件惊天大丑闻。哪怕算上丽洛给的一个月宽限期，但只要公众发现他消失了，各种各样的娄子就会纷纷捅出来。人们会开始寻找他，计算机搜索程序也会尝试对他进行定位。刚开始的时候，大家自然是担心他的安危；不过随着时间推移，人们不禁提出各种疑问，很多秘密也会随之曝光。瓦法军团当然是首当其冲了，接下来还会抖出许多见不得人的事情。目前，月球上还有两个瓦法，可是特威德已经无暇顾及他们了。

现在，他面临着一个几乎不可能完成的任务：把自己重塑成为一个拥有生存权的、具备完整数据记录的人。他再也不能做大老板特威德了，他必须在集成电路的漏洞中找到自己的生存空间。他为许多死囚犯提供过这种服务，前提是他们必须为他服务。因此，这个任务本身是能完成的——地球解放党有好几个党徒在政府计算机管理部门里身居要职——不过筹备过程需要花费时间。

"小挫折罢了！"特威德又说了一次。

我真的非这样仓促逃亡不可吗？他皱起眉头，再次盘算起全局中的每一个因素。虽然他已经发了命令给瓦法，答应丽洛的条件，可是如果现在撤销还来得及。随着时间一分一秒地流逝，反悔的机会窗口越来越小了。一想到这里，特威德这张崭新的脸孔就扭曲起来。他一拳狠狠地砸在墙壁上——又是丽洛！

在内心深处，特威德一直隐隐知道，他做的事情风险实在太大，总有一天会有人成功逃脱。就在几个月前，从冥王星来了一通电话，丽洛竟敢通过瓦法向特威德发号施令。当时特威德愤愤不平，却又无计可施，只能答应。现在，他遭受的最后一次重击，竟然还是来自丽洛！到底是哪一个丽洛呢？那个名叫华夏的老师骑劫拖船之后，把驾驶员扔在了木卫八附近。那家伙后来报告说，拖船里只有华夏一人，而丽洛已经被吸进黑洞，或者跌落在木星上……她怎么可能还魂作祟呢？

突然，特威德想起来了：丽洛在土星环上设立了一个基地。对了，肯定就是那个克隆人！另一个毕竟已经死掉了，特威德心里顿时涌出一股恶毒的满足感。她[1]手里拿着一台通信设备，能够通过中继站向瓦法下达杀人灭口的命令。她的大拇指就摆放在按钮上。

两小时。要是她下达格杀令，逃亡时间就只剩下两小时了。在两小时后，丽洛就会曝光一切，全太阳系的警察系统都会对特威德进行大搜捕。这个逃亡计划能在两小时内顺利展开吗？特威德其实还有几个不为人所知的绝招，单说刚才的快速变性大法就是一个迷魂阵，能使追兵晕头转向，给她争取至少三到四个小时的宝贵时间。

不过，这个估算是建立在没人开始追踪的前提下。如果她现在给瓦法下格杀令，那么大追捕就会在两小时后开始，到时候警察就会如蛆附骨般跟在她身后。特威德用大拇指的指甲绕着通信器上的发送按钮转起圈来。

不！为了抢占先机，她还需要几天额外的时间。在四天之后——要是运气好的话，只需要两天——她就能脱胎换骨，重新做人。她的新身份将是一个七十岁的年轻人，她的人生经历都会毫无破绽地记录在政府的数据库中。大老板特威德已经死了，而这个女人——特威德的新化身——很渴望为他报仇雪恨。可是，这样做的代价太大了，她必须从长计议。其实，只需要两三年光景，特威德就可以卷土重来了——只不过会以另外一个人的身份出现。她并不需要从零开始，地球解放党会在这段时间里继续蓬勃发展，到时她将会重新坐上第一把交椅。

通信器跌落在地上。电梯门打开了，这个赤身裸体的女人跨出门外，沿着废弃的长廊快步走远。前路漫漫，任重道远！

在座人数超出了食堂能够容纳的最大值，甚至已经开始出现安全

---

1. 此时特威德已完成性别转换。

隐患了。不过，这让丽洛觉得很难以置信，因为这里看起来一点也不拥挤。

木卫八基地里没有大会堂，瓦法也向来不鼓励十人以上聚集在一起。在基地的废弃区域里倒有许多空间，但他们还没时间去重建。大伙儿尝试着在其中一间废弃房间开会，可每个人都必须激活清零力场真空服，导致看不见彼此的面部表情，最后不了了之。

后来，他们选中了食堂作为会场，结果还是带来了很多不便。这是一个不断旋转的圆柱体，人们必须均匀地分布在内，于是大伙儿围着内圆周坐了一圈。结果发言者就站在众人的头顶上方，大家必须仰起脑袋来看，弄得脖子酸痛。

"可你们答应给我两星期呀！"维杰说道，"我已经尽力了。要是你们能再给我四天，哪怕三天也好，我……"

"维杰，我们都明白你一片苦心，想给大伙儿做个十全十美的驱动器出来。"华夏说道，"可是你刚才也说了，目前这个驱动器能运作……"

"可我只能保证它运作几个月，然后我就不得不……"

"你先听我说……"

"现在我的发言时间还没完呢，对吧？"

丽洛本就瘫坐在椅子里，这时候更是缩成一团。她最烦开会了。为什么华夏不干脆让他闭嘴，然后直接指定一个点火启航的期限呢？不过她又暗自承认，这就是为什么她永远也不能成为像华夏这么好的领袖的原因。丽洛其实是有自知之明的，当她发现有人提名自己做首领的时候，便连忙宣布退出竞选。到目前为止，华夏在领导岗位上做得相当不错。他能够虚心听取各位专业顾问的建议，采取必要的措施确保整个群体能存活下来。而且他处事公允，每个人都心服口服。如果这还不算是英明领袖，丽洛实在想不出怎样才算是了。

可她做梦也想不到，要让这八十人的小团体就某事达成共识，竟然比当初击败特威德更困难。

不管维杰怎么否认，驱动器肯定已经准备好了。在机器设备领域，维杰是一个完美主义者。他在木卫八另一头捣腾出来的那团东西肯定能运行，只不过它严重违反了维杰的审美标准而已。这个驱动器绝对能运行足够长的时间，帮助他们彻底摆脱八大星球的追踪。正如华夏再次指出，逃跑才是当务之急。

"特威德这么老谋深算，他肯定预计着，既然我们能给他宽限一个月，就必然能再多宽限一个月，甚至有可能无限期地拖下去——因为把他曝光对我们没有任何好处。我知道在座有少数几位很想马上就把他的事情捅出去，可我要再次提醒各位，我们现在还没有脱离危险。你们那么痛恨他，就应该很清楚这人睚眦必报。虽然我们和他谈妥了条件，可他对我们恨之入骨，只要有那么一丁点机会害我们，他肯定会毫不犹豫地去做。这就是为什么我们从一开始就计划好，必须在十天后启航。我知道这个任务很艰巨……"人们七嘴八舌地大声赞同，"可现在眼看就要成功了。再过几个小时，我们就能加速。这个进程一旦启动，我们成功逃出生天的概率就会比原来增加不止一个数量级了。"

丽洛紧张地打量着眼前这帮人，脑子又开起了小差。她还没时间去结识这里的大部分人，可是他们跟已经去世的那位克隆丽洛很有交情，所以想当然地以为能跟现在的丽洛再续前缘——丽洛快被他们的热情逼疯了。在地板圆周弧线的六十度角处，她的视线碰上了卡斯，丽洛脸上露出了一丝微笑。到目前为止，只有少数几个人没有跟她自来熟，卡斯就是其中一个——看来他愿意从零开始重建两人之间的友谊。她的克隆姐姐选择与这小伙子深交，还是很有眼光的。

她前方围坐着一小撮人，正是瓦法们。他们一共有八个，虽然不像大伙儿原来担心的那么多,却也让每个人都觉得如芒在背。本来他们有九个人,可其中一个让刚刚获得自由的囚徒们活活打死了——这个暴民私刑事件正是他们这个小团体面临的第一次危机。当时,其他八个瓦法都吓坏了,抱团躲在一个房间里,叫嚣着要跟众人同归于尽。华夏小心翼翼地跟他们周旋,好说歹说才劝他们出来。这些瓦法倒也信守承诺,没动其他人一根毫毛。长远来说,他们在这个团体中过得怎样,这还有待观察。毕竟其他人对八个瓦法积怨已久,要化解并不容易。在大家心里,这八个人已经成了二等公民,而瓦法们似乎并不介意,只要别人不去滋扰他们就可以了。不过丽洛很清楚,这八人始终是个隐患。

"现在我们请生态委员会做报告。"华夏说道,"克丽丝塔,你能说一下吗?"

丽洛熟悉的人只有几个,克丽丝塔就是其中之一。众人为了让木卫八早日起飞,都不停加班连轴转。"复仇星"撞击木卫八时,水培农场也遭到了破坏。丽洛与克丽丝塔联手,夜以继日地抢修植物园。克丽丝塔是科学家,而不是死囚犯;特威德当初在监狱找不到合适的人选,就把她绑架来了。克丽丝塔干活很卖力,丽洛挺喜欢这人的。不过她心里还是有点顾虑:克丽丝塔对人类基因改造很感兴趣——而丽洛恰恰就是因为这个锒铛入狱的。

"我也希望能够拍胸口保证些什么。"克丽丝塔说道,"可特威德刻意让我们处于一种依赖每月外来供给的状态。我估计他心里很清楚这样做是为了什么。我们的食材在二次循环的过程中会流失某些微量元素,丽洛和我正在研发一个三级生态循环系统,希望恢复这些元素。不过这只是权宜之计,如果我们在几年内不能通过采矿的方式获得更多的微量元素,就会有麻烦。"

"可这个新系统的前景如何呢?"华夏问道。

"这个……我虽然不敢百分之一百拍胸口保证，可是……"

"我们能研发出来！"丽洛大声叫道，"不能也得能，所以一定能！克丽丝塔，快坐下来！"

剩下的报告基本上大同小异。几个受破坏的区域虽然还没完全修复，可都进展不断。每个人都想要更多时间，不过最终都承认，强行启航的话亦无不可。

华夏听完了所有人的汇报，然后一拍桌子。

"既然各位选我做首领，授权我制定黑洞驱动器点火的时间，那么现在我就要使用这个权力了。我决定，我们在十八小时后出发。"

No. 20

The Ophiuchi Hotline

灯光拼出了四个大字:欢迎光临。

旧地球历 581 年
蛇夫座热线·太空站

一段延续了十年的漫长旅途，我该怎么总结呢？如果简单用"沉闷"或者"一无是处"来概括，未免过于轻描淡写，甚至不符合事实。

有一点可以肯定，我们上路还不到一个月，标枪就后悔了。她带上我们，本来是为了好玩，算是打破坚守多年的陈规旧律，尝试一下新鲜事物。不过，如果那些老规矩不适合她的话，标枪也不可能坚持那么久。一个月后，我们基本上就没怎么见过她了。她的活动空间我们都去不了，而每次我们去太阳房，她都会先行回避。

瓦法是第一个退出的。她对休眠有心理障碍，所以并不愿一觉睡十年，可是用她的话说："如果再这么无聊下去，我就要杀人了！"

华夏和我分分合合了好几次。在每次复合的间隙，我们基本上连话也说不了几句。我记得有一次，我们甚至为了轮到谁去喂鱼而吵得不可开交。我们的关系变成这样，既不是他的错，也不是我的错。要是换一个环境，也许我们能够发展出一段长久稳定的关系，可这里只有我们两人，不管是爱、是恨还是愤怒，我们的一切情绪都只能灌注到对方身上。我承认，我俩闹得这么僵，有一部分原因是源于我的固执：我不想因为别无选择而爱上他，我需要更充足的理由来说服自己。华夏觉得我不可理喻，也许他是对的吧。不过我就是这么想的，有什么办法呢？

我每隔一段时间就会忍不住与他复合，主要是为了满足我的生理需求。一直以来，我都觉得手并不是一个让人满意的性伴侣。正因为如此，我就算再生情人的气，也不会记恨太久。后来我甚至觉得自己开始对华夏有点依赖了。至于标枪，她并不是一个好的选择。我和她上过一次床——说起来，这家伙竟然能上床，确实出乎我的意料，因为我以为她是无性的。虽然她的躯体没有胯部，标枪却用一个巧夺天工的办法，在身上装了一个货真价实的女性生殖器。可问题是，这东西虽然能用，实际效果却不尽如人意。而且标枪上床时太冷漠，太以自我为中心，完全没有顾及我的感受。

到头来我只是比华夏多撑了两个星期。最后标枪给我注射药物，让我进入八年的休眠期，那时她脸上终于露出了如释重负的神情。

她们已经减速三个星期了。

标枪的判断是正确的，这里确实有异物。飞船的雷达屏幕上出现了一个物体，其体积跟一颗大型的小行星相仿。只是他们现在还不能直视这个物体，因为飞船驱动器发出的亮光严重干扰了望远镜的成像。标枪很谨慎，她故意把船头对准了那个物体一百公里以外的方向，以免对方以为飞船的驱动器是某种武器。

华夏、丽洛和瓦法已经苏醒四个星期了，可标枪一直没露面。为了从漫长的休眠中恢复过来，三人每天坚持锻炼；只有标枪一直躲在自己的舱房里，她们只能通过音频线路跟她对话。丽洛估计，标枪看三人越来越不顺眼、心里愈发不爽了。

可当她再次出现时，硬是在房间的舱壁上切开了一扇门，然后才走出来。这次她变回一个长着四肢的正常人，所以不能再像以前那样从那个狭窄的入口进出了。这种大手术是不可能自己独立完成的，丽洛估计她的房间里有机器人助手。

标枪看起来有点难为情，估计是因为自己这副尊容吧。回到1g重力环境里的她，一举一动都特别笨拙，老是忘记自己多了一条左腿和一条右臂。丽洛本想取笑一下，可看她这么狼狈，就不忍心说什么了。丽洛估计她肯定重新连接了体内多个神经网络，现在如同突然戴上了一副颠倒眼前景象的眼镜，所以非要适应一段时间不可。

刚开始，丽洛不明白标枪为什么要把自己变回人形。就往常而言，如果她维持单臂单腿的长条形，虽然在飞船加速推进期间，加大的重力会使她行动不便，不过加速通常不会超过一个月。所以在过去，标枪都不会变身，硬是撑过这段时间。在往后的十年里，她就能在无重力环境下来去自如了，付出这点代价也是值得的。

可随着日子一天天过去，飞船距离蛇夫座热线的基地越来越近，标枪变身的原因也愈发明显了。她们无法预知在目的地会发现什么，那里也许是无重力环境，也许有几个 G 的重力。标枪觉得最好的策略就是未雨绸缪。

蛇夫座热线的太空站是圆环状的，看起来就像一块厚实的深色甜甜圈。它的外沿直径有七十公里长，正在缓缓转动着。

"这东西好像一只轮胎。"华夏说道。他站在标枪瘦削的肩膀后，盯着望远镜的屏幕，"它的形状扁扁的，看到了吗？"

"这种设计是为了让内部的平地面积最大化。"标枪指出，"底部是平面，顶部是圆拱。"她一边说，一边拨弄着控制台上的几个开关，"它内部的重力有 0.75G，在这种旋转速度下，算是很大了。而且我们对它的密度都估计错了，这东西的密度只是水的两倍，一点也不大，里面的金属含量非常低。"

"你觉得这是什么做的？"瓦法问道，可没人理她。

这个大轮子内侧的边沿矗立着一座巨塔，塔尖直指圆环中心。这座塔的基座很大，越往上越细，塔尖已变成有如针尖麦芒一般。塔尖与圆环中轴连接的地方是一个类似停机坪的区域。标枪又埋头演算起来。

"在塔基对面的圆环里肯定有些压舱物。"标枪郑重地说道，"否则这座巨塔的重量会打破圆环的平衡，它就不能继续旋转了。"

"我们要去的地方就在那里，对吧？"华夏问道，"就是位于塔尖的停机坪？"

"我实在想不出还有别的什么地方可去。"标枪回答，"因为其他区域的旋转速度实在太快，你们赶快系好安全带，我要表演特技飞行了。"

"我们不是应该先和对方联络吗?"丽洛问道,"估计他们已经监听我们好几个世纪了,所以肯定知道我们用哪个频段。"

"你说得对,不过我们应该说什么呢?"标枪反问道。这是丽洛认识她以来,第一次看见她脸上流露出犹豫不决的神情。众人面面相觑,谁都不愿先开口。标枪转动屏幕上的几个刻度盘,拉近镜头,对准了圆环中心的停机坪。他们都留意到停机坪的侧面有点微弱的亮光。于是标枪朝着那点亮光对焦。

大伙儿一下陷入了沉默,久久说不出话来。原来那里其实有很多亮点,看起来像是霓虹灯,而且灯光拼出了四个大字:欢迎光临。

"我们已经等候多时了。"无线电突然传出一个声音,"只要你们往里再开五百米,我们就能抛一根缆线给你们。二十分钟后见,如何?"

No.21

The Ophiuchi Hotline

不过事实证明，我们的决策是正确的。

旧地球历 581 年
丽洛·亚历珊德拉·卡吕普索

我应该怎么总结在木卫八上面的生活呢？

刚开始的一段时间，我们追踪了一些新闻媒体的报道，它们把我们称作"逃亡的卫星"。恐慌如狂潮般席卷整个太阳系，从水星到冥王星，无一幸免。人们把木卫八的逃逸看作大灾难的前兆，而入侵者正是这场惊天大变故背后的主谋。有人甚至号召太阳系全人类都武装起来，准备迎接这一场迫在眉睫的战争。

当然了，这场所谓的"战争"根本就没有爆发，人们那股打了鸡血的劲儿也就慢慢散掉了。又过了很久，我们听说有人推测，驱动木卫八的其实是人类科技，所以这是一伙法外之徒策划的罪案。不过没什么人赞同这个猜想，而且当时我们已经逃得很远了，速度又那么快，政府就算知道了也拿我们没办法。

在接下来的整整一年里，我们发疯似的干活。"复仇星"的撞击对大量隧道和房间造成了相当程度的损坏。水培农场的供暖系统因为电流过载而停止运作，所有植物都死了。在很长一段时间里，我们只能生活在黑暗中，依靠库存的食物支撑着。基地的氧气也不够，不能给所有走廊过道都保持气压——就算我们硬是往里面灌气，也会很快漏光的——所以我们主要依靠真空服，并且实施严格的供氧配给。

有一件事情是我和华夏始终没办法确认的："复仇星"的撞击到底有没有破坏木卫八基地的维生系统，导致我们获得控制权后无法生存下去。华夏说，维杰向他保证，这颗小行星的重要设施都完好无缺，我们完全可以实现自给自足。所以到最后，我们也没别的办法，只能拿木卫八所有人的性命赌一把了。

刚开始的时候，大伙儿被胜利冲昏了头脑，都说我们这一把赌对了！他们兴高采烈地推选华夏成为我们的第一任总统，甚至把我也奉若神明。可惜好景不长，才过了六个月，华夏就被赶下了台。我俩走在没有丁点儿空气的黑暗走廊里，每次遇到别人，都不敢直视他们的目光。

不过事实证明，我们的决策是正确的。在过去的许多年里，特威德不断地往木卫八输送各种各样的设备，其目的是在一定程度上减少基地对外界补给的依赖。他这个行动最危险的环节在于：他总要派飞船来木星。而飞船过来的次数越少，特威德就感到越安心。这些设备包括许多作坊式的小型机器，当中大部分还是手工操作的。年深月久，木卫八基地的各项生存基本需求一个接一个地被这些机器解决了。能源是现成的，而且取之不竭。此外，全赖这些无限量供应的能源，我们能够在木卫八上开采矿石、锻造金属。我们还能自己制造光管、集成电路、水泵气泵等产品。当初，他们用来建造木卫八基地的那些大型设备也都还在，现在就能用来清理基地内部的碎石瓦砾，开挖新的隧道。如果设备磨损了，我们也能制造出替换的新配件。

三年后，木卫八虽然算不上一个成熟的社区，可起码已经建立了一个有模有样的生态圈。供氧配给制度早就成为历史，而居住区面积甚至比十五年前基地刚建成时更大了。至于人口，我们比原来多了二十个小孩，还有四个快出生了。现在，我顶着首席水培专家以及转基因食物研发泰斗的头衔，深受众人的尊敬，终于可以昂首挺胸地走路了。每当我培育出一株新品种，产出更美味的食材，我的声望就会更上一层楼。

眨眼间五年过去了，大伙儿终于过上了安稳日子。我们甚至有间传统的学校——所谓传统，就是学生的数量超过了老师。我们历尽艰辛，到头来总算没有白费功夫。

只有一件事情出乎我们的意料：维持整个系统正常运作，竟然要花费大量的时间和精力。如果我们没有持续不断地对系统进行维护，根本就活不下来。其实在地球沦陷后，这已经成了人类社会的常态；只是维护工作是在幕后进行的，通常不为人所知。比如在月球上，只有百分之三的人口从事与环境工程直接相关的工作。可在木卫八，所有人都直接参与了。我们每个人都身兼两三个职务；除了本职工作之外，大部分人都干农活，每天工作十小时也是寻常。

这里的问题在于，虽然我们算是一个技术型社会，可我们的根基还有很多欠缺，不足以全面支持上层的高科技。比如说，我研究转基因植物时使用计算机分析研究对象的基因图谱；可到了耕作时，却只能用铲子和锄头。那些自动化的、有自我判断能力的机械设备——也就是能代替人类做体力劳动的机器——在月球社会得到广泛使用，可我们这里却非常稀缺。因为我们缺乏复杂精细的工业系统，没办法制造这些设备及其配件。比如说，这里最高端的计算机一旦损坏，我们就没有备件去替换了，因为造不出零配件。现在我们使用的是集成电路芯片、白炽灯、液氦降温超导体等相对比较落后、历史更悠久的老技术。虽然我们并没有真的退化到新石器时代，可有时候感觉也差不多了。

九年之后，我们的航行速度终于达到了二分之一光速。

No.22

The Ophiuchi Hotline

他的一切努力都是徒劳的。

旧地球历 581 年
热线初接触委员会

第一次接触。

蛇夫座热线的外星人到底长什么样？丽洛觉得自己已经把所有可能性都考虑在内了：可能是纯能量生命体，也可能是三流科幻小说中标准的怪兽形象，甚至可能是双腿直立、左右对称的人形——毕竟后者这种体型设计能够高效地实现某些特定目的。丽洛还想到，他们的生命形式可能超出了人类的理解范畴，也许与侵略地球的那种外星人更相近。

可丽洛发现自己身处一条普通的走廊当中。这条走廊很像她小时候经常玩耍的地方。走廊尽头有一间会议室，里面铺着地毯，上面摆了张长条形的木桌，还有十来把椅子。

"我觉得这里的重力差不多是1G，你们说呢？"走进会议室的时候，标枪说道。这个房间很安静，没有一点回声和杂音，所以当标枪的声音突然响起，丽洛吓了一跳。

"嗯，差不多吧。"丽洛瞥了标枪一眼，发现她比以往显得更矮小了。在重力环境中，标枪用双脚直立着，甚至连丽洛的腰也够不到。

"你觉得这里为什么会有重力呢？"标枪继续说道，"这地方是通过旋转来模拟重力环境的，对吧？可我们来到了转轴，这里应该没有重力才对呀。"

"证明他们能控制重力场。"瓦法说道。

"没错。可既然如此，他们为什么还要旋转呢？如果他们能够在中心点实现1G重力，那在圆环边缘肯定也做得到，对吧？"

"也许是因为成本太高？"华夏猜测，"也许是在向我们表示友好？"

"别急着下结论。"丽洛回应道，"我们需要警惕这种思维定式。"

"思想开放点。"瓦法说道。

丽洛明白，他们说这么多，其实是在给自己壮胆。此刻，众人站在会议室的一头，都踌躇不前——毕竟主人家还没正式邀请呢。刚才在飞船上,那个声音突然闯入了"反重力号"的无线电系统,把他们吓了一跳。那声音教他们怎样进入热线基地,让他们走到长廊尽头,然后就没有然后了。

突然,会议室另一头的门打开了,很多男男女女鱼贯而入。他们看起来都是普通人,相貌都很俊美,就跟丽洛日常在月球的公共长廊里遇到的人差不多。唯一不同的是,这帮人的装扮是复古风,与现代潮流相差了起码两个世纪。

"请进,请进,快请坐。"一个男人说道,"请拉开椅子坐吧,我们这里不是什么正式场合。"

四个人不知怎么回答,只好乖乖坐下来。在蛇夫座人全部就座后,这里便座无虚席了,而刚才说话的那个男人就坐在长桌的一端。这时,他站起身来,双手按在桌面上,双眉轻皱,目不转睛地看着丽洛一行人。

"我们知道你们会很紧张。"他说道,"我们也不知道应该怎么应对,所以就把这里尽量布置成一个你们熟悉的环境。但估计你们还需要一段时间才能真的安下心来。"

他的目光在四人脸上扫过,给每人送上一个微笑。

他的笑容有点古怪——虽然看起来很温暖,可丽洛觉得这微笑背后并没有真情实意。正如刚才他皱眉是为了表达关切,这一丝微笑纯粹是为了显示友好。丽洛瞥了华夏和标枪一眼,想看看两人是否也有同感。

"现在其实挺尴尬的。"那人继续说道,"你们人类与外星生命首次接触的经验相当有限,而我们则已经经历了成千上万次。我们对跟你们类似的物种所知甚多,对人类的了解尤其透彻。而你们对这次会面心存忧虑,心里还有大量疑问。眼前这一切对你们来说,都显得特别怪诞。"

他停顿了一下，看着坐在长桌两侧的同伴们。所有人都开始点头，有几个还礼貌地附和了几句。在座的外星人都尝试与她们四人进行眼神接触，可是丽洛心里想，我跟你们还没这么熟吧。她突然觉得脑子里有点乱——这帮家伙的架势就像某家大公司的董事会成员正在开会谈生意。

"首先，我们先自我介绍一下。我是联络团队的发言人，名字叫威廉。"接下来，每个人都站起来自报家门。可丽洛认准了那些都不是真名，因为他们报上来的全是旧地球时代常用的古老名字。外星人报完了名字后，标枪四人也轮流站起来做自我介绍。

正式礼节完成后，威廉重新入座。丽洛能看出来，其余蛇夫座人都松了一口气。接下来，会议室响起一阵嗡嗡嗡的交头接耳声。这个场景太普通了，丽洛几乎没有留意。可当她仔细听他们在说什么时，却发现这真的就是嗡嗡嗡的声音。这种声效完全是人为的，就像情景喜剧中的背景笑声。看来，他们精心设计了这个实景舞台，给丽洛四人上演了一场身临其境的真人秀。

"几位是我们的贵宾，你们想在这里待多久都行。想吃点什么吗？不用？好吧。如果谁想吃东西请尽管吩咐，不必客气。接下来这个演示会很长，希望各位不要介意。根据以往经验，我们发现如果一开始就采用问答形式的话，你们需要很长一段时间才能抓住重点，开始提一些有意义的问题。讲课的形式太干瘪无趣，恐怕你们坐不住。因此，我们制作了这部影片，向各位介绍整件事情的背景，助各位了解到底是什么引导你们来到这里，参加这次历史性会面的。艾莉西亚，请你调一下灯光好吗？"

有人正在架设一台类似电影放映机的设备。一块屏幕从天花板上垂下来，灯光转暗，放映机开始咔嗒咔嗒地运行起来。屏幕上出现一串标题，伴随着越来越响的背景音乐。

等级
制片：热线初接触委员会

影片的开场画面是星罗棋布的银河与恒星，旁白音是人类在日常生活中听惯了的标准计算机语音。丽洛想，外星人的选择简直是绝了。这个声音的语气声调、抑扬顿挫都在严格的控制之下，能对人产生一种镇静安神的效果。丽洛一行人终于开始稍稍放松一点了。

"太阳系的居民，来自地球的人类，你们好。我们是你们在银河系当中的近邻，在此向各位致以最诚挚的问候。过去几百年来，我们两个种族一直通过一种你们称之为'蛇夫座热线'的通信设备保持联络。现在，决定性的一刻快要来临了。有些事情以前你们只能臆测，不过我们马上就要把这些事情的来龙去脉都告诉你们。你们面临着一个重大的决定，需要迈出关键的一步。

"自你们人类这个物种从树上跳下来的那一刻起，就有人提出了一些哲学问题。只要是思考过这些哲学问题的人，对于下面这句话都不会感到惊讶：宇宙是古怪的地方，远比你们想象的更古怪。在这里，我们不想误导人类以为我们能解答这些问题。其实，我们与人类在许多方面都很相似：许多难题无论是对我们还是对人类来说，似乎都注定了永远是不解之谜。不过，有些事情我们已经知晓了，而你们则闻所未闻。我们觉得有必要把它们告诉人类，因为你们已经来到了一个转折点，你们此刻的决定关系到人类这个物种的生死存亡。

"我们把这部影片命名为'等级'。正如你们亲眼所见，也彻底信服了——人类注定不能成为银河系的霸主。你们的家园星球被一个更强大的物种夺走了，而且他们赢得轻而易举。对于你们来说，败局就如同万有引力定律一样不可抗拒——说句题外话，他们是不受引力约束的。你们现在流落在太阳系各处，苟活的地方不是太热就是太冷,甚至连空气也没有。你们当中有些人日夜祈祷,希望有一天获得解放,还有些人则早已开始朝着这个目标展开行动。

"不幸的是,解放是没指望了。如果能够帮你们夺回地球,我们一定会出手,可他们比我们更强大。你们要抗争,要光复地球,可惜一切努力到头来终归是徒劳。

"接下来,我们必须告诉你们,这一切背后的原因到底是什么。首先,有必要向你们简单介绍一下我们自己。"

整部影片播放了一个小时左右。丽洛全身放松,低垂着眼皮,瘫倒在舒适的座椅里,让大量信息尽数涌入脑海——这也正是蛇夫座人想要的效果。影片质量上乘,就像制作精良的广告,不但节奏紧凑,还能一丝不苟地展现各种细节。

影片以概述的方式向四人介绍了蛇夫座人的状况,全是一些模糊的动画片段。标枪后来告诉丽洛,在热线运行的四百年间,对方从来没有发送过任何关于他们自己的信息,所以当她看到影片并没有揭示蛇夫座人的庐山真面目时,也没有感到吃惊。

据他们自称,蛇夫座人是一个失去了家园的族群。他们的家乡星球其实并不在蛇夫座70,甚至不在人类所知的任何一个星系。

标枪凑过来在丽洛耳边低声说道:"我怀疑……他们是在有意隐瞒。"

"有可能。"

他们自称已经存在很久很久了。正如影片所说,他们的起源早已"湮没在历史长河里"。他们的历史记录能回溯到七百万年前,而他们的社会从那时候起就一直没有改变过。

影片还重点叙述了人类对于入侵者的种种猜测,并且证实了当中的很大一部分观点。

"你们称之为'入侵者'的那个物种,其实是一系列高等级的智慧生命中的一员。各大星系中有许多物种与他们相似,包括你们太阳系木星上的一个本土物种。这些物种只能在气体巨星上进化,而且不使用工具——至少不使用我们能理解的那些工具——却能通过某种不为我们所知的方法去改变周围的世界。用'念力'这个概念也许能帮助你们理解他们的能力:如果我们拥有念力的话,就能做一些跟他们相似的事情了。

"对于入侵者来说,时间是物质的一个维度。这种理念对他们的生命观有什么影响,我们就无从得知了——就算知道了,对我们也并无裨益。可这个事实表明,他们远远超越了我们,就如我们远远超越了二维世界的生命。"

丽洛许多年前就听说过一些关于海豚的传闻,现在影片证实了那些传闻:海豚属于二级智慧生命。瓦法听了,从鼻子里哼了一声。丽洛瞥了她一眼,有点好奇瓦法对这些信息做何感想。地球解放党党徒一直认为,海洋哺乳动物只是普通的动物罢了,那些"入侵者攻占地球是为了解放海豚"的传闻完全是无稽之谈。

"而那些能制造工具,在陆地上进化并生活在可燃空气当中的物种属于三级智慧生命。虽然我们和你们人类都属于第三级,可我们必须指出,在同一级中也存在着不同的智慧层次。你们目前比我们落后,将来也许永远也追不上我们。有些话题,我们可以和你们讨论;有些事情,我们还不能告诉你们;还有些事情,即使我们说了,你们也没有足够的准备去理解和接受。现在,我们要正式开始讨论蛇夫座热线发送的信息,解释我们待在这里的目的,以及为什么这些年来一直和你们保持着联络。"

说到这里,屏幕上首次出现了一张人脸。这张脸虽然英俊,却是标准的行货,让人看了也记不起来。丽洛过了好一会儿才意识到,那正是威廉的脸。屏幕上的威廉微微一笑,那笑容就跟真人版威廉刚才的假笑一样空洞无物。

"正如之前所说,我们是一个失去了根源的物种。你们也许很难理解这是怎么发生的,而我们也只能通过推测去管窥一二了。"

紧接着,威廉身后出现了一颗类地星球。"我们肯定也是在一个跟地球很相似的星球上完成进化的。无独有偶的是,我们和你们一样,都是被同一个敌人赶出家园的。接下来,我们见证了同样的事情发生了成千上万次。受害的种族很多,遭遇也是大同小异。"屏幕上,无数艘飞船逃离了那颗星球,散落在该星系的各个卫星和小行星上。

"终于有一天,像你我这样的种族会打起光复家园的主意,并且开始付诸行动。可气体巨星上的生物很快就会把这些小打小闹镇压下去。和以往一样,这种任务对他们来说简直毫无难度。"丽洛看见无数个形状模糊的阴影从那颗蓝色星球涌出来,瞬间就把附近天体尽数淹没。此处没有旁白,可是明眼人一看就知道到底发生了什么事情。

"这就是我们的遭遇。我们已经被赶出了母星,然后在避难的地方再次遭到袭击。跟第一次入侵一样,我们当中只有极少数成功逃脱,去了邻近的星系。同样的命运很快就会降临到你们人类头上。

"你们有一个组织叫'地球解放党'。相信各位都知道,这个组织的势力越来越大。人类逃亡这么久,安于现状好几百年,也是时候出现反对声音了。而且无论你们怎么打压,也不可能将这些声音压制下去。我们现在向你们指出——是郑重指出——地球解放党的领袖特威德一直在木星和近地轨道进行秘密实验,到现在肯定已经引起了入侵者的注意,还连累八大星球上的人类都被盯上了。虽然特威德做这些实验已经走火入魔,不过他并不是一个恶魔。他只是想重振人类的威风,夺回地球的控制权。对此,我们感同身受,不过我们还是需要重申一次:他的一切努力都是徒劳的。

"就算没有特威德，也会冒出别人做同样的事情。即使你阻止了他一个，也会有别人取代他的位置。根据以往经验，我们知道，某个想法一旦产生，任何打压的努力都是徒劳的。你们当中有些人会对我们的警告置若罔闻，依然一意孤行，继续想方设法招惹入侵者。假以时日，你们准备好了反攻地球，就会主动出击。然后，你们就会一败涂地，散落在八大星球的居民也会因此彻底覆灭。

"当然，还有些人会成功逃跑。其实人类已经有足够高的科技水平进行星际飞行了，但目前还没有足够大的经济压力迫使你们去研发具体的技术。有些人会相信我们的警告，并且及时撤离。到了那时，我也希望能够告诉各位，这个故事最后是大团圆结局。"

画面一次又一次地改变，一个个星系以风格化的手法表现在屏幕上。其中，许多星系有气体巨星，所以不在考虑之列。在有的星系中，一些需要氧气的物种就和今天的人类一样，生活在没有空气的星体上。只有少数几个星系里有适合生存的星球，而且这些星球的海洋里没有二级智慧生命——但问题是，这些星球早就有居民了。

"我们很快就发现，"威廉继续说道，"银河其实是一个很拥挤的地方。搜寻适合生存的家园是一项漫长而艰苦的任务。有些物种始终找不到新的安乐窝，于是就灭绝了。有一些种族的成员各散东西，分隔太遥远，从此便断了联系。他们各自变异，在星际空间形成了新的物种。你们人类是在一个宜居的世界中进化而成的；与之相比，星际进化的过程要暴烈得多，而竞争各方都是智慧生命。切身利益受到威胁时，他们是绝对不会手下留情的。这种斗争用'打仗'二字来描述未免过于简化，其实各个物种是可以变化、融合以及互相渗透的。

"我们自称'商族'。虽然我们目前的这种生存方式是从某个源物种进化而成的，可从某种意义上说，我们并没有一个单一的母星。按照目前的生存状况，我们其实是一个多物种的混合体——关键是这些物种之间达到了一种共生共存的平衡态。"

终于，热线发射站出现在屏幕上，正在缓缓旋转着。只见一道红色光柱从这里射出，与一颗黄色恒星擦肩而过。

"其实商族算是一个组织，专门为无家可归的物种提供生存所需的知识。我们对外广播，四处发送信息——你们也因此获益了。在这几个世纪里，我们教导你们怎样改造自己的基因结构。可不知出于什么原因，你们总是不愿意做出改变。我们发过去的信息大部分是告诉你们如何以不同的方式去改造人类DNA，你们竟然把这些有用的资讯都忽略掉了。这种情况实属罕见！我们遇到过那么多物种，在有必要时，他们都会毫不犹豫地做出改变。而你们呢，出于某种原因，你们对物种改造有一种根深蒂固的偏见，视之为洪水猛兽。我们发送过去的信息明明跟你们息息相关，而你们竟然完全看不懂！

"可是，这种怪癖的代价太大，你们再也负担不起了。以基因代码作为定义物种的标准是任意而且武断的，你们必须马上改变这种观念。人类要对自己的身体进行改造才能在太空中存活，因此你们必须迈出勇敢的一大步，建立一种不以身体差异为转移的种族认知。人类在'定义自己的种族'这件事情上做得并不成功，可现在，你们已经到了不成功便成仁的生死关头。直到今天，你们也没办法明确地告诉我们，人之所以为人，到底是什么因素造就的呢？

"你们眼前看到的这副躯体，"威廉摊开双手，低头看着自己的身体，"按照你们目前使用的标准，可以算是一个人了。从基因角度看，这确实是一个人类的身体。不过我只是暂时寄居在里面，就如同你们许多人活在克隆身体里面，而且一生中会更换多个不同的躯体。"

此时，画面再次改变。丽洛看见了一个她经常去的地方：月球王城的大广场。镜头前人来人往，都在各自赶路。不知为什么，丽洛隐隐感到对方快要亮底牌了。

"他们要狮子开大口了。"标枪低声说道,"值钱的东西快拿稳了。"她知道蛇夫座人要开始谈交易了,顿时两眼放光,连鼻孔也撑开了。一想到漫天开价、落地还钱的时刻就要来临,标枪立刻心花怒放起来。

"我们既然自称为商族,当然是要做交易的。我们给出的是什么,你们心知肚明。毕竟你们一直从中得到好处,算起来已经好几百年了。可是你们从没想过问问我们要什么回报。我们确实需要回报,而且想要的东西说起来很简单,但要解释清楚却又很困难。

"我们想要的,是你们的文化。"

No. 23

The Ophiuchi Hotline

我们生来不应该承受这样的磨难,人类应该活得更像人一点。

旧地球历581年
丽洛·亚历珊德拉·卡吕普索

应该怎么描述我在美国东海岸度过的十年光景呢？

在很长一段时间里，我都处于一种迷惑的状态：为什么我这么肯定自己是在美洲大陆呢？马克尔死后，我像行尸走肉般地游荡了几天。又过了将近一个月，我才终于鼓起勇气，向自己提出一系列问题。可惜后来我被它们困扰了整整十年，始终没有找到答案。这些问题用一句话概括就是：到底发生了什么事情？

之前我明明在木星的大气层中向下急坠，可一眨眼工夫，我就泡在了大西洋的浪花里——而且我还知道这里就是大西洋。

可这样描述不太准确，因为各个事件之间并没有严格的时间先后顺序——它们更像是交错融合在一起。我清楚记得自己在水里之前，明明坐在灌木丛下面不住颤抖；同时我也记得自己从水里爬上了岸，却记不起自己何时入水的了。

这段经历感觉太主观了，我从一开始就怀疑，就算自己想白了头也不可能找到答案，可还是忍不住去想。最后我好歹得出了一个结论，只是这个结论看来过于苍白无力，也许一点价值也没有。不过，正如我确信自己所在的地方就是美洲大陆的东海岸，我对这个结论还是相当有信心的。

我下坠时撞到了一名入侵者——或是一个木星人，反正两者都差不多。出于某种不为人知的原因，入侵者把我移走了。这个转移的过程也许只有几秒、几分或几小时，也许过了好几个世纪。而在这个过程中，也许有些信息被强行灌进了我的脑子里。也许潜意识当中，我能清楚看见自己是怎样被转移，以及怎样被传送到了某地。

可是为什么？为什么入侵者对我如此关怀，竟然把我送回地球？难道这是一个意外吗？我不知道。可我心里有种挥之不去的感觉：我这样子被迫穿越时空，其实是有原因的。这个原因虽然尚且不明，可是将来总有一天会真相大白。而在那天到来之前，我还面临一个艰巨的任务：活下去！

粗略估算一下，我遇上的各种危险已经有成百上千次了。从某种意义上说，我每天都是在冒险，因为每天早上醒来时，我都不知道能不能活着看到夕阳。我发现，原来亲身历险远不如读冒险小说来得愉快啊!

可不管我经受了多少艰难困苦，多少次与死亡擦肩而过，我的经历到头来也只不过是一个流浪的故事。这个故事的主角迈着蹒跚的脚步，日复一日地行进在大西洋岸边的矮树林和沼泽里。

我总是向南走。虽然我的地理知识不太丰富，可我知道，越往南气候越温暖。在这里熬过第一个冬天后，保暖就成了我毕生的志愿。

我的诀窍是，在叶子开始变黄时就找地方留下来过冬。我能用湿泥和树枝搭建窝棚——多亏你的野外生存训练，特威德!——或者投靠当地的某个土著部落，在他们的村落里躲避风雪。

这些年间，我也学会了许多技能，比如如何做一艘简易的小船渡河，怎样制造和使用弓箭，怎样设置陷阱捕捉猎物……顺利的话，一天下来我能够前进三公里，可是如果遇上合得来的部落，我也许会盘桓数周甚至几个月。

在与土著部落相处的过程中，我的身高给我带来了不少好处。我遇到的所有人都对我敬若天神，因为他们都没有我肩膀高。

刚开始的时候还挺不容易的。我要进入他们的营地，把自己塑造成一个游走四方的女神形象，然后还要学会跟他们好好相处。虽然不同的部落有不同的方言，可所有这些方言都有一个相同的基础：英语。因此，跟他们沟通是没问题的。很快，我的声名就传开了。人们叫我戴安娜，把我描述成全身闪着银光的伟大女猎手，还说我的双腿有马腿那么长。每到一个村落，人们都扶老携幼地出来欢迎我，于是我把清零力场打开几秒钟，让他们见识见识我的幻影造型，满足一下大众的需求。人们会伸手触摸镶在我胸口的那朵金属花，神情中充满了期待和敬畏。我成了传说中的神奇女侠、拥有金刚不坏之身的科学怪人新娘、半人半机械的戴安娜公主。

在土著们眼中，世上只有一件东西比我更厉害，那就是海豚。每个村庄的圣所都供奉着一尊木雕——一条长着水平尾鳍、头顶有气孔的大鱼。

她已经向北走了好几个星期了。在过往的漫长旅途中，她也曾朝北方前进。不过那时都是沿着河岸走，目的是找一个容易渡河的位置。一旦过了河，她就会继续向南。

可这次看起来就不一样了。她的西面只有一片水域，远处完全看不到陆地。而且这里的海水颜色也不一样，更接近绿色，不像别处那么蓝。这一带的海岸线主要是沼泽湿地，她大部分旅途都是用独木舟和长杆完成的。水里栖息着巨大的爬行动物，有的甚至跟在她船边一起游，不过她一点也不害怕。

最近两年都没下雪，这里的冬季太温暖，似乎有点名不副实。虽然来到了温暖的地方，可是她依然继续着流浪的生活。一来是习惯使然，二来是因为她不能决定自己应该怎么度过余生。入侵者再也没有理睬她；至于为何来到地球，她始终找不到任何线索。可一旦停下脚步，这就意味着她要成为某个部落的一员。她知道自己忍受不了这种生活——哪怕头顶女神的光环也不行。

每次遇到部落土著，她总会把自认为对他们有用的知识倾囊相授；至于她离开之后对方会不会记住她的金玉良言，她就无从得知了。老实说，她甚至不知道这些知识到底能不能给他们带来好处。其实在她出现之前，这里的土著就已经有自己的一套方法去应付身边的环境了，只是那一套方法并不适合她。土著居民都活不长，痛苦和磨难更是家常便饭。他们生命中唯一美好的事物就是自己身处的集体，同胞们的陪伴使他们拥有一种归属感和安全感。而她知道自己与众不同，所以永远不可能找到这种感觉。无论她在一个部落逗留多久，也不会融入那个集体当中——她始终只能是一个不合群的女巨人。

跟过往相比，丽洛已经脱胎换骨了。她的皮肤饱经风霜，已经晒成了棕褐色；她的头发也被海水和阳光漂白了。虽然没有镜子，可她却知道自己的前额、眼角和嘴角都布满了反时尚潮流的皱纹。十年光阴把她从一个标准年龄十九岁的克隆人少女打磨成了一位看起来年过四十的中年妇女。她的右侧太阳穴到下巴的位置有一道皱皱巴巴的白色伤疤，左大腿上面也有一道；她的掌心和脚板都布满了厚厚的老茧；她小腿肚子上的绒毛也不像以前那么繁茂、柔顺了。

丽洛一直往北前进。过了整整四个星期，她才意识到自己来到了北美大陆东南角一个窄长半岛靠近内陆的尽头——本地土著把这里叫作"佛罗尔达"。

终于，她决定在这里留下不走了。当然，她也可以沿着墨西哥湾的岸边继续前行，然后绕过弧形的海岸线，到达墨西哥甚至南美洲——不过丽洛已经身心俱疲，不想继续漂泊了。于是她调转船头，沿着风平浪静的内陆河道回到了大西洋。

当她重新看到蓝色大海时，丽洛在古城迈阿密的废墟附近挑选了一个好地方，搭起一间棚屋。然后她在屋外开垦了一片空地，把土著赠送的作物种子洒下耕种，又尝试烧制陶器、饲养野兔野鸡——来了地球这么久，这还是她第一次务农。

附近的部落都尊重她的隐私，平常不会来打扰。只在某些神圣的大日子里，人们才会前来朝圣，求她为他们做法祈福。丽洛对那些典礼仪式当然是一窍不通，不过估计都是祈求每次狩猎能满载而归。她倒是很愿意为土著们祈祷一番，只要他们在一年里的其余时间都别过来打扰她。

在日常生活中，她有许多事情要做，所以不愁打发时间。需要放松时，她就划着小艇出海垂钓。她很喜欢坐在船上盯着水面，脑中一片空明，什么也不用想。唯一有可能冒出来的念头只跟一个人有关——马克尔；至于自己的遭遇，她早已想通，满腔怨愤也化解得无影无踪。

在丽洛的一生中，没什么比男孩的死更能触动她了。所以，自马克尔死后,她跟遇到的每个人都保持着距离。那是她第一次看见一个人以这么不体面的方式死去,而且死得毫无意义。从那以后,她还见证了许多人的死亡,而且每次都会有同样的感觉:我们生来不应该承受这样的磨难,人类应该活得更像人一点。

这种感觉很强烈,却并不符合逻辑,所以丽洛很不习惯,多年来一直在跟自己做思想斗争。一方面,她告诉自己:一个活人说到底只不过是一种动物,所以他像动物一样死掉又有何不可呢?可这个结论并不能满足丽洛的心理需求,单凭逻辑不足以解开她心里所有的死结。她开始觉得,脚下的这片土地是属于人类的——事实上,人类一度是地球的主人。沦陷之前的人们也许并没有把地球照料好,可他们一直尽力而为。如今,残存在地球上的人类被打回了茹毛饮血的原始状态,丽洛看在眼里,不禁痛心疾首。

来到地球后,丽洛反而变成了一名地球解放者。

有一天,水下突然出现一道巨大的黑影,距离她的船底还不到三米。然后水下涌起一阵强烈的气流,发出轰鸣的呼啸声。紧接着,一道巨大的水柱直喷出来,散落在她四周。

丽洛站直了,目不转睛地盯着那道黑影。这东西至少有二十米长,前端较为圆润——这是一头抹香鲸。

丽洛抓起装满鱼的芦苇篮子,狠狠地砸向那道黑影。篮子从它身上弹起来,落入了水中。抹香鲸的表皮闪闪发亮,完全没有受伤。于是丽洛继续拿东西砸它:船桨、用来装鱼饵的粗陶碗……凡是能找到的物品都被她扔了过去。

巨兽缓缓翻身,巨大的尾鳍从水面升起来,在空中摇晃了片刻,然后又无声无息地滑进了水中。

丽洛全身颤抖着,过了整整一小时才平复下来。

第二天，地平线上出现了一些沉默的黄色影子。丽洛站在岸边盯着它们，看到眼睛痛了也不愿把目光移开。虽然这些影子若隐若现，可丽洛毫不怀疑，它们是真实存在的。而且那些影子变化无常，并没有固定的形状。

她见过它们！当时，她正在木星的大气层内往下急坠，那些东西就在她下方。片刻之后，她的感觉就变得支离破碎了，她发现自己躺在了沙滩上——当丽洛意识到，自己还在木星大气层下坠时，其实已经在地球沙滩上逗留一段时间了。这段记忆早被她掩埋在意识深处，此刻突然又冒了出来。那些使人难以置信的画面就像用叠化镜头表现出来的定格动画，而她就是这样子来到地球的。

丽洛控制不住自己，又开始全身发抖。然而，这次让她颤抖的并不是恐惧，而是愤怒。

她物色了一棵大小合适的树，把它砍下来，然后每天坐在沙滩上，一边削木头一边眺望大海。她把树干砍成了一根三米的长棍，再用一把以废钢铁打成的小刀将棍子的一端削尖。

接下来就是耐心等待了。

一天清晨，海面上终于出现了一道道水柱。丽洛耐心地观察着，深深呼吸着带有大海咸味的空气。渐渐地，她全身上下每条神经都绷得紧紧的，指尖也传来阵阵刺痛的感觉。最后，丽洛一把扯掉身上的皮马甲和缠腰布，快步跑过沙滩，纵身跳上小船。她已经不再畏惧死亡——若要成仁的话，今天正是大好日子！至少，丽洛在临死前可以让巨鲸尝尝她亲手做的鱼叉的滋味。

丽洛不知道对方能否感到她心中的杀机，可她已经不在乎了。她用强壮的臂膀划动双桨，直直冲向那些正在海面上翻滚的黑色巨兽。

与此同时，入侵者们也从半空中往下移动。它们并没有加速或者减速，只是莫名地就移动了。它们进出海面的时候并没有发出声响，甚至连半滴水花也没溅起来，看来这些东西能轻而易举地在两种介质间来去穿梭。丽洛站起来，朝它们挥舞鱼叉，心里暗暗地思考着对策。一想到它们残害了自己的同胞，丽洛心里就充满了狂暴的愤怒和刻骨的仇恨。可即使在这种状态下，她还是很清醒，也知道有些事情远远超出自己的能力范围。她要报仇就只能针对那些有血有肉的目标，完事后她就能心安理得地死去了。她在这世上已经无事可做，与其一辈子在无穷无尽的荒芜沙滩上行走，整天在一间泥屋旁枯坐，还不如死了痛快。

突然，小船侧边的水面下出现了一道带着斑纹的巨大黑影。丽洛连忙伸手按下锁骨旁的金属花开关，整个人顿时变成一个发光发热的蓝色幻影。阳光射在她脸上，全被反射成支离破碎的炽热亮斑。

然后她大喝一声，伸直手臂，高高举起，奋力向下一插！鱼叉深深刺进了巨鲸背上那堆积如山的皮下脂肪里，长柄在她手里不住地颤抖着。

丽洛——银光闪闪的女猎手，神奇女侠戴安娜——站在巨鲸背上，双手紧紧地握住鱼叉，发出了最后的怒吼。巨兽的尾鳍升到水面上，然后重重砸了下来，小船登时粉碎。

紧接着，巨鲸沉入了水中。

No. 24

The Ophiuchi Hotline

要是人类不愿意跟你们合作的话,还有别的选择吗?

旧地球历 581 年
华夏

影片播完了，胶片依然绕着放映机的中轴继续转动，发出"啪啪"的声响。片刻后，终于有人过去把放映机关了，房间这才安静下来。紧接着，灯亮了。丽洛、标枪、瓦法和华夏看见面前那八张脸孔，都用充满期待的目光盯着四人——商族人在等着他们表态呢！会议室的气氛顿时紧张起来。

不知为什么，丽洛突然觉得眼前的一幕已经跟现实脱节，她仿佛置身一部歌舞片当中。音乐喜剧的角色们无论正在做什么，都能随时随地切换成唱歌跳舞的状态，而这帮人也一样，仿佛马上就要开始载歌载舞了。丽洛想，如果他们真的唱起歌来，她就要疯掉了。

"好了。"威廉说道，"这个……你们觉得如何？"

丽洛的目光扫过每个商族人的脸，从威廉到艾莉西亚，再到托马斯……

"言之有物。"华夏突然冒出这么一句。

"内容充实到位。"一名商族人说道。

标枪清了一下嗓子，"呃……对，这影片拍得不错。可我们来这里真是为了讨论贵方宣传资料的艺术价值吗？"

"我们只是想知道你们的看法。"威廉答道，恳切之情溢于言表，"我们当然明白，你们没资格代表全人类去接受或者拒绝我们开出的条件，因为你们并不是人类官方派来的使者。"

"你们打算拿这部影片怎么办呢？估计你们不是专门做给我们几个看的吧？"

"我们会向整个太阳系进行广播。这一次，我们不再使用热线，而是直接发送到你们星系当中所有住人的星球上——这种运作方式其实是我们的惯例。你们肯定已经意识到，我们用热线发送信息时，并没有使用最大功率。当然了，我们的激光信号再怎么强，也不可能飞越十七光年而不衰减；可是我们发送信号时能达到的强度其实比你们一直以来接收的热线信号大很多。只是，我们在发送热线信号的过程中，在发射端对信息进行了模糊化处理，并使其发生扭曲，从而假装是从蛇夫座70发送过去的。我们希望你们以为我们是在很遥远的地方。

"我们知道，被发现是早晚的事，于是我们给你们发送了那段信息。通常来说，那段信息发出不久对方就会找上门来。要是你们不出现，我们就难免怀疑自己是不是在浪费时间了。所以说，你们来得正好啊！"

标枪在椅子上动了一下，脸上露出不快的神情，"对，对。不过问题是，你期待人类收到这段信息之后做何反应呢？"

"请说详细点好吗？"威廉轻描淡写地瞄了她一眼。

"我的意思是，你们给我们发来那么多免费的信息，其实是要回报的。没问题，你的意思我们都懂。可是你们想要的竟然是我们的'文化'……我恐怕不是很明白，你们打算怎么'获取'我们的文化呢？"

"我以为那段影片已经讲得很明白了。"

"我就不明白。"华夏也说道，"标枪提出的问题我也不明白，而且我还有另一个疑问：要是人类不愿意跟你们合作的话，还有别的选择吗？"

"啊……"威廉抿了一下嘴唇，"看来我们在正式发送之前要先修改一下最后几个部分才行。看到了吧，各位这次造访使我们获益匪浅啊。好了，接下来我就把你们托付给我们的同化部长。艾莉西亚，您请。"

如果说威廉的举止显得生硬，甚至有点假，那么艾莉西亚简直跟时装店的木偶模特差不多，丽洛甚至想象得出她的手脚上都连着牵引用的细线。就在丽洛想象着这帮所谓"商族"的真面目到底是什么时，艾莉西亚主动回答道：

"希望各位能从这部影片中了解到，"她说道，"你们眼前这一切都与商族的文化或者基因无关。这间会议室，还有我们的身躯，都是专门为了此次会面而设计的。我们对人类进行了长期的研究，至今已持续将近八百年了。其间我们一直监听着你们的电视和电台广播。实际上，我们跟地球的渊源比这区区八百年久远很多——我们第一次去地球是在两万年前。从那以后，我们一直等着你们回访。

"我们一直在学习如何成为真正的人类。"

说到这里，艾莉西亚摊开双手，"考虑到空间上的距离，这个任务几乎是不可能成功的。可我们这座空间站其实是一个实验室，专门研究人类文化的同化工作。在我们下方有两百个环境模拟舱，复制了古今人类社会的各种模式。此外，我们已经准备好开展文化混杂实验，将我们手头掌握的各种文化与你们人类的文化融合在一起。相信各位已经看出来了，我们目前对人类的了解也仅限于皮毛，只能对重要的外形和思维定式做出并不完美的模仿。"

"是的，这一点我明白。"丽洛说道，"或者说，我觉得自己明白了。你刚才说你们没有属于自己的文化，又说你们原本的文化已经湮没了，或者与外族文化彻底融合，再也不可分割了。"

"是的。"艾莉西亚回答道，"在某种程度上，这样说是对的。不过这一切都不是偶然的。根据我们多年来对不同种族的观察，当一个族群被迫流浪，过着一种居无定所的游牧生活，时间久了，他们的活力就会消失殆尽。最终，每一个种族所特有的那一点火花会熄灭，然后这个种族就灭绝了——我们见证过太多种族遭遇了这种命运。因此，作为一个族群，我们刻意抓紧每一次机会去努力改变自己；与此同时，我们也会保留每一个单独的个体。就比如说我自己吧，作为集体意识的一分子，我已经超过两百万岁了。这句话的意思很难向你们解释，估计解释了也是徒劳。"

"对，对，你在影片里面就已经提到了。"标枪不耐烦地说道，"可直到这一刻，你还是没有告诉我，你们打算对我们——对人类——做什么？"

"很简单，我们希望与一定数量的人类共存一段时间。要想真正了解一个文化，就必须从内部开始接触。我们有一些技术，跟你们人类独立研发的记忆储存技术相似——说句题外话，你们现在使用的记忆储存术其实是我们帮忙改良的——能够使两个不同的思维叠加在一起。通俗地说，我们希望在你们的脑子里搭几年顺风车。几年过后，我们就能成为货真价实的人类，而不是你们现在看到的这些半成品了。"

"你觉得我们的想法会被人类接受吗？"威廉问道。

"你的意思是，我觉得人们会信你吗？"标枪问道，然后叹了一口气，"我觉得挺难的。你说的所谓'共存'，是一种什么状态呢？就像配对共生体吗？"

"不，不，没有配对共生体那么夸张。我们的角色将会是一个不为人所留意的幕后观察者，而且几年后我们就离开，你们又变回独自一人了。问题是你们现在已经时日不多了，不出一百年光景，入侵者就会把流落在八大星球的人类尽数歼灭。"

"这样的话，你们需要多少……多少个宿主呢？"

"我们只需抽取一个有代表性的样本，所以几千个就够了。这个阶段结束后，我们可以在内部通过互相学习进一步了解人类。"他停顿了片刻，又继续道，"我们也知道，这个要求很古怪。不过老实说，这是你们种族能提供的唯一回报了。我们发送给人类的资讯是我们七百万年来辛辛苦苦发现和收集的，之所以送给你们，目的只有一个，就是要换取人类的文化。你们的金银钞票我们不需要，你们认为有价值的东西我们都不需要。至于你们的科技，我们早就了解得一清二楚了。我们不需要你们做奴隶，不需要你们做食材，也不需要你们给我们庞大的帝国添砖加瓦。当然，我们也不是什么星际慈善机构。从某种意义上说，我们其实也是'入侵者'。你们种族正在面临第二场侵略，只是这一次，你们会热烈欢迎的。"

"第二次侵略？什么意思？"瓦法总是对危险特别敏感。

"其实这是一次远程的侵略。现在，我们终于谈到问题的核心所在了：在那一段信息当中，我们提到不回报就会有'严厉惩罚'。各位有听说过'特洛伊木马'吗？"

丽洛看了看同伴们，发现只有标枪在点头。

"当初要是你们完全没想过回报的话，就不应该接受我们的馈赠，还接得那么爽快，没有丝毫的不情愿。不过话又说回来，送上门来的好处，很少人会拒绝。不拿白不拿，这是宇宙中不同种族共有的特性。

"至于共生体，他们其实不算巨大的成功。可他们在土星环上已经生活了很久，而且以惊人的速度繁衍着。现在，那里居住着超过一亿九千万对共生体，而每对共生体都是一枚定时炸弹。只要我们发送合适的信号，共生体中的两者就会合二为一，变成一个单独的个体。而且这个单体不属于人类，我们可以完全操控他们。许多年前我们已经给它们编好了程序，使其能够按照既定程序执行预设的任务。它们能够在休眠状态下在行星间穿梭，等到达了人类居住的地方……嘿嘿，我就留给你们自己想象吧。"说完，他向后靠在椅背上。其他商族人也依样画瓢。

丽洛的脑海里一下子出现了那些场景。

除了金星和火星，别处的人类都生活在地底。那两颗星球都有大气层，所以还会安全点。至于其他地方，那些共生单体能在地表大肆破坏，摧毁人类的维生系统。

丽洛在脑子里飞快地计算着概率。人们长年生活在安全密闭的地底环境，很容易忘记需氧生物与太空环境之间的斗争一刻也没有平息。相比之下，人类总是有一个优势：环境虽然凶险，但对人类却没有恶意，不会处心积虑地去害人。因此，只要人们小心行事，是能够把对手控制住的。

可他们要面对的是数以千万计的破坏者，而且每个都是适应太空环境的精兵……

然后，她又想到了参数，顿觉一阵难过。一对共生体能够在太空中存活，其内部机制一定很复杂，丽洛对此一窍不通。她只知道冬夏至通过改变身体形态，几乎能够适应任何环境。因此，有需要的话，冬夏至完全能够轻而易举地抹掉隔在它和参数之间的细红线，使两者融合成一个超级高效的单体。可这样一来，参数作为人类的一方，又会剩下些什么呢？参数告诉过丽洛，一对共生体的双方是很亲密的，几乎可以看成是同一个人。不过即使是这样，她们依然各自保留了一些私密的部分，确保她们是两个独立的个体。可是一旦商族人真的翻脸，配对共生体的平衡机制就会被彻底破坏，最后只剩下冬夏至一个。这就是为什么一直以来，丽洛内心深处始终没有完全信任共生体的原因。

那么，这种不信任合理吗？虽然现在听了商族人的这番话，丽洛还是很难做出判断。对于商族人来说，冬夏至固然是个任由他们控制的木偶，可参数又何尝不是呢？他们都是潜在的盟友，只是自己还不知情罢了。

丽洛正想继续追问，却被一声巨响打断了。这是一种类似警报的尖啸声，所有商族人不约而同地仰头往上看，脸上露出惊恐的神情……或者说，他们尝试露出惊恐的神情。这些外星人明明看起来就是地球人的样子，可偏偏感觉一点都不像。一想到这里，丽洛就打了个哆嗦。

"等等。"威廉说道,"等一下。看来出问题了,我会……"说到这里,他停住了。片刻之后,他的双眼突然闭上,脸部肌肉都松弛下来,样子已经不像个人了。标枪一下子站起来,紧张地环顾四周墙壁。瓦法也蹦起来,后退几步,离开了长桌,还把座椅给碰翻了。丽洛突然意识到自己也已经站了起来。

当威廉再次开口说话时,声音已经变了。

"我们探测到入侵者有动静。"说完这句话,他的声音越来越小,最终变成了一连串叽里咕噜声。他的话虽然丽洛听不懂,可其余商族人听了却面露忧色,纷纷交头接耳,显得不知所措。

No.25

The Ophiuchi Hotline

这场劫难,人类是逃不掉了。

旧地球历 581 年
丽洛·亚历珊德拉·卡吕普索

戴安娜版的丽洛紧紧握住鱼叉,被巨鲸带着一直沉向深海。终于,巨鲸触到了海床,随即变成水平前进,但强劲的势头丝毫不减。

随着体内肾上腺素的消退,丽洛心中只残留下一片苦涩的失败感。她并没有杀死这头巨兽,而且就算再纠缠下去估计也没戏。她甚至不确定自己到底能不能对它造成半点损伤。

最终,她放手了。巨鲸迅速向前游去,消失在一片深蓝当中。丽洛独自浮在水里,既没有往上升,也没有向下沉。

事到如今,她应该何去何从呢?丽洛伸手碰了碰镶在胸口的进气阀——她可以把清零力场真空服关掉,一下子淹死算了。不过,她也可以回到水面,然后向岸边游去。真空服内置的人工肺可以给她供氧,所以回去应该不成问题。可她真想这样做吗?

突然,她发现头顶上方有什么东西。

也不知道为什么,她想也不想就向下蹬腿,奋力迎了上去。

那东西正在迅速变大——它这会儿就在我下方,不住地往下坠落——丝毫没有避让的意思。她盯着这个影子,眼睛又开始痛起来了。那是黄色吗?不,那是很多种颜色混杂在一起——我的四周和下方突然出现了一团团翻涌的黄云,而我下方那个东西也是黄色的,却比云团更深。多年以前,在木星大气层,我就是掉进了这种东西里面——这影子虽然是个单独的个体,却蕴含着无穷无尽的颜色和形状。

她的心突然一沉,整个人继续下坠。

我不知道自己往下跌了多久,不过也许这个问题根本就没有意义。我只知道自己跌过了时间和空间,还穿越了自己的一生。

渐渐地,我已经不知道自己身在何方,甚至连自己是谁也不可能知道了。我生命中的每一秒都同时展现在我眼前。我站在一片岩石密布的荒野上,头上一道刺眼的亮光——我知道这地方曾经被称作"木卫八",不过现在距离太阳已经有两光年那么远了。

我抱着一具尸体，把他的脑袋枕在我的膝盖上。我无助地痛哭着，一生中从没体会过如此深沉的悲哀。

我在木星大气层坠落。

我面对着男瓦法，看着他缓慢抬起枪口，然后听见一声爆炸。

我手里拿着一把小刀，正在考虑自杀。

有一个不断旋转的环形水族箱，我看着里面的小鱼。

我欢笑着在树林里奔跑，天上有颗正在熊熊燃烧的蓝色太阳。

我在冥王星的一间公共浴室里，和一个名叫昆斯的男人谈话。

我在一个直径七十公里的巨环的中轴上，坐在一间会议室里，观看着一段由外星人制作的影片。

我面对着瓦法，他举起枪准备杀我。

我在一个装满黄色液体的罐子里苏醒过来。

五岁的我牵着妈妈的手，跟在搬运机器人后面，向新家走去。

我坐在计算机终端屏幕前，在绿光的映照下，仔细研读着一篇相当有趣的热线译文。

我们登上一艘环波江座82恒星飞行的巨型殖民飞船。可惜这个星系的星球已经有主，我们必须去别处寻找。

我在美洲涉水过河，急流绕着我的双膝盘旋，泛起朵朵白色的浪花。

在去地心的路上，我生下了第二个孩子，艾莉西亚。

我的外孙出生时，我牵着艾莉西亚的手。

我面对着瓦法。

我死了……又死了……一而再，再而三地死去……

我拼命往后缩，却怎么也避不开。每一刻都是当下。然后不知怎的，刚才的每一个瞬间都突然消失得无影无踪，只在我的脑海里留下许多混乱的画面，却几乎都不是真正的记忆。而我想起来的那些事情，有些来自过去，有些则属于未来。

突然,我觉得天旋地转——那种过去、现在和将来全部挤在一起的混乱感又回来了。我再一次向后退缩,却反弹在一条粉色的四维长虫身上。这条长虫有一百万条腿,包含了我一生从出生到死亡的每个瞬间。此刻,我恢复了单独的个体,只有一个视角。我沿着自己一生的时间线来回穿梭,在过去与未来中游荡……

然后,我的思绪再次陷入混乱,在晕头转向之际,我再次尝试后退。刚才目睹的一切已经超出了我意识能够承载的极限,我感觉那些"记忆"已经在迅速消退。我在同一个时间点以太多方式存在了,所以我的思维无法对那一切进行解读。我的眼睛已经看不见了——或者说,我明明能够看见,只是大脑无法吸收眼睛读取到的影像。

我陷入了一个寂静而漆黑的地方,不知到底被困多久。在这里,时间是不存在的,可我所有的姊妹都陪伴着我。渐渐地,我们能看清一点了。这时,有一个奇怪的物体飘进了我游离在外的意识里。虽然我没有亲眼看见,却真真切切地感觉到了它的存在。更奇怪的是,我四周的一切都是那么离奇荒诞,而这东西却反倒给我一种熟悉的感觉。突然,我知道了一件事情:这东西很有价值,我必须把它拿到手(好像是有人在告诉我,我必须把它拿到手?)。这件东西是属于它们——那些入侵者的,我要把它夺过来!

于是我伸出手……

她看见华夏凑过来,抓着她肩膀一个劲儿地摇。她的脖子软软的,脑袋不停地前后摆动着。她努力地调整着两眼的焦距……

"……没事吧?发生什么事情了?"

"他们怎么你了?"这是瓦法的声音。丽洛看见她脸上流露出真挚的关切之情,忍不住微笑起来——瓦法,瓦法,你还是有希望做个好人的。

"那是谁?"

"那是我。"丽洛一边说着,一边坐起来。刚才提问的是标枪,丽洛知道她在说什么。之前商族的警报响起时,丽洛脑海里出现了一片万花筒似的影像,而眼前这个场景也在其中。会议室里突然多了一个人——一个身材高大、棕色皮肤、浑身湿透的女人。丽洛与她对视着,相互点了点头。她们两人之间不必多说什么,因为她们都经历过这一刻。

只见那女人手里拿着一件东西:一个边长五厘米的银色立方体。

"你是谁?"瓦法问道。

那女人好奇地看着瓦法。

"为了避免混淆,你就叫我'戴安娜'好了。每个人都是这样称呼我的。"

这个名字在丽洛脑海里激起了一连串清晰无比的记忆。那些片段像瀑布似的倾泻而下,丽洛想抓却抓不住,只能眼睁睁地看着它们像梦境般流逝。那一段漫长而精彩的旅程,一走就是整整十年……一路上披荆斩棘……巨大的树木一直触碰到顶层——不,不,这是她自己生命线中的场景。

她继续努力回忆着。她看到另外一个丽洛,就在"逃亡的卫星"上;她被迫沿着时间线向前快进,目睹了自己的死亡——一共三次;接着她又被推回以前,看着自己一次又一次地死去……对吧?她已经不能确定了。可与此同时,她隐约感觉到:冥冥之中,仿佛有什么东西一直在指引着她,让她知道过去发生了什么,将来又会发生什么。

"我们先出去再说。"丽洛说道。

"什么?"标枪完全不敢相信丽洛竟然会这样说,"我还有很多事情想……"

"免了。没用的。我只需要问一个问题。"丽洛说道,转头看着威廉,

"我手里……她手里那个东西是什么？"

威廉满脸愁容。"那东西，"他说道，"是一个奇点。看来事情的进展比我们预料得要快。"

"奇点是什么？"

他耸了耸肩，"我也希望我们知道答案。要是我们知道的话，就能和他们平起平坐了。我们之所以称之为'奇点'，是因为这东西违反了宇宙当中的所有基本规律。我们估计这东西根本就不可能存在于这个宇宙中，至少不能以正常的方式存在。所以你看到的只是一个清零力场，作用是遮盖这个东西。你想进一步看看里面的真身，是永远也做不到的。"

"这东西是干什么用的？"丽洛觉得有点晕头转向。这问题的答案她其实是知道的。

"它好像能消除一个物体的惯性。你别问具体原理是什么，我们研究这东西几百万年了，到现在还是一无所获。我们猜测，它能把惯性转化成物质的其他特性，然后储存在一个理论上的超空间里——或者说是第五维度的空间。"

"你少废话了。说到底这东西就是一个星际航行驱动器！"标枪说道。

"是星际航行驱动器的根基。你们很快就能学会如何使用奇点，然后你们就能够在很短的时间内达到极高的速度，而且耗费特别少的燃料。到时候，你们要去别的星系就易如反掌了。"

"是我偷回来的。"戴安娜自豪地说道。

"嗯？"威廉瞥了她一眼，似乎有点分神了，"真的吗？你说是你偷回来的？厉害嘛，居然连入侵者也上了你的当。"

戴安娜脸上顿时流露出得意的神色，可片刻后又不那么确定了。丽洛有点同情戴安娜，因为她对事情的本原已经略知一二。

"这东西……不是我偷的,对吧?"戴安娜说道。

"当然不是了,其实是他们给你的。你要知道,入侵者在进行种族清洗的时候,是遵循固定模式的。把奇点交给你,这只是其中的一个步骤。整个过程结束时,太阳系当中的所有人类——包括地球上的那些残余——都不会幸免。这个奇点会自我复制,它甚至可能是一个有生命的活物。具体情况我们也不知道,可我们不会不懂装懂。而且我们跟其他种族一样,都在使用这种装置。"

"可他们为什么要把奇点给我们呢?"

"我不清楚他们的动机,可是他们进行种族清洗时,似乎并不打算将对方赶尽杀绝。你应该记得,他们并没有直接杀害地球上的人类——一个也没杀;当初他们也没有继续追杀月球上的幸存者。他们任由人类活下去,等你们主动挑衅了,然后才给你们最后一击。现在,他们又给了人类第二次机会,让你们能去星际空间开枝散叶。他们总是给行将毁灭的种族提供这个机会,至于对方是否接受,我觉得他们是不会关心的。"

"既然他们主动提供这个机会,就证明他们还是关心人类的。"

威廉皱起眉头,"他们到底关心什么,谁知道呢?反正他们对我族就没怎么关心过。对你我来说,这个奇点也许是一个奇迹,但对于他们来说,这东西的技术水平也许就和石器时代的石刀石斧差不多。"

华夏的目光依然在两个丽洛的脸上转来转去。

"拜托哪位善长仁翁告诉我这是怎么回事好吗?"他说道,"她是谁?是从哪儿来的?"

"你认不出我了?"戴安娜问道,"我变化真有那么大吗?上一次你看见我时,我正在往木星坠落呢。"

"可是你到底去了哪……我想问的是,你怎么……"

"她是被入侵者送回来的。"威廉说道,"他们只是把她的生命线扳回来对折罢了。从我们初步获取的指标的强度看来,她去了几千年后的未来,在地球上度过了十年,然后被送回到这里。这事对他们来说易如反掌,就像你们在两点之间连线那么简单。"

丽洛愈发不耐烦了。

"我们可以走了吗?你们还有什么问题回飞船上再问吧,我保证能回答其中的绝大部分。"

"可以,可以。"威廉说道,"如果你们非走不可,就悉听尊便吧。只是我们必须修改一下原定计划。虽然我们知道这一切肯定会发生,却没料到会这么快,更想不到火已经烧到我们后院了,真烦人!我们提出的条件,你们好好想想吧。这笔交易仍然有效,只是留给你们做决定的时间远比我们预计的少。"

"我们都没机会看看这个巨环里面是怎样的。"华夏发起了牢骚,"我们看到的只是一个造假的东西。"

"就像一个舞台?"瓦法试探着说。

"随便吧,反正就是他们弄出来的障眼法,为了让我们感到宾至如归罢了。"

标枪站在"反重力号"的玻璃圆顶里凝视着外面的巨环,"我觉得他们根本就不想让我们进去看。"

这时候,瓦法抬起了头。他们回到飞船已经一个多小时了,其间她一直在沉思,默默听着戴安娜讲自己的故事。丽洛也在旁补充,尽量告诉大家她所知道的事情,还解释她是怎么知道的。说着说着,丽洛突然意识到他们其实都听不明白。就比如说标枪和华夏,他们听着丽洛和戴安娜的叙述,脸上竟然流露出怀疑的神情——这两人其实对眼前的一切并没有更好的解释。标枪倒是有自己的一套理论——而且她也尽量表达得委婉一点——她说戴安娜其实是商族制造的冒牌货。

至于商族为什么要这样做,标枪也说不清。

丽洛和戴安娜懒得驳斥标枪的指控,这个谬论最后还是不了了之了,因为没有人能解释为什么商族要以这般明显的方式渗透进来。可真正让他们抓破脑袋的问题是:商族为什么要索取人类的文化呢?他们那么强大,难道不能直接强抢吗?

最后,众人决定暂时按兵不动,伺机而行。他们不知道商族将采取什么措施去"获取"人类的文化,而商族的神通究竟有多广大,他们还完全不清楚。

"我们下一步有什么对策?"瓦法问道,"我承认,我脑子从来没有像现在这么混乱过。"

"你这话什么意思?"标枪问道,"关于什么的对策?"

"关于……所有这些事情的对策啊!他们告诉我们的这些事情,你们相不相信?"

标枪无助地看着丽洛和黛安娜——她是真的想不明白,"是什么让她那么抓狂呢?你们知道她在讲什么吗?"

"啊……她可能是担心……担心即将发生的那件麻烦事儿。"

"麻烦事儿?"瓦法已经开始尖叫了。她的声音很刺耳,让人听了不寒而栗,"麻烦事儿?你把八大星球的毁灭说成是一件麻烦事儿?人类要毁灭了,对吧?我没听错吧?"

"你没听错。"丽洛说道,"商族确实是这样说的。"

"那你……"瓦法张开嘴巴,却说不出话来。她的双手悬在半空,仿佛绝望地想要抓住些什么,然后她一下子把手甩开,狠狠地拍打在了膝盖上。"难道这里只有我一个人关心人类的死活吗?"她的目光在众人脸上扫过,最后停在标枪那里。

"你干吗针对我?"标枪感觉有点不爽,"我当然不希望那么多人死于非命。可正如商族所说,他们也有机会逃跑呀,只需要接受商族开出的条件就可以了。至于所谓的'八大星球'嘛……"她很不屑地哼了一声,"我关心那个干吗?我又不是公民。"

瓦法又看向华夏,华夏只是耸了耸肩,"你说要想对策,是吧?那你听着,我这就回家,把我的大宝剑磨锋利了!然后咱俩杀出去,双剑合璧——关键时候我能指望你,对吧?咱们并肩作战,一起把入侵者给灭……"

"呸!你闭嘴吧!"瓦法说完,目光转到丽洛身上。其他人也不约而同地看着丽洛。

"这场劫难,人类是逃不掉了。"丽洛平静地说道,戴安娜点头表示赞同,"同时我必须承认,很抱歉,我确实不怎么关心。我跟标枪和华夏一样,都对政府没什么感情。而瓦法你又何尝不是这样呢?你一心想推翻政府,好让你的大老板重新当权。可这一切都不重要了,因为人类难逃一劫,这件事情我是百分之百肯定的。我猜各位都不相信我俩,可我们确实看到了未来——至少看到了我们有生之年的未来。很多人会丧生,入侵者将会杀死所有留在太阳系的人类。"

"你怎么就无动于衷呢?"瓦法问道。

"我……"丽洛自己也觉得说不过去,可她很清楚这是为什么,"我确实没什么感觉,因为这事仿佛已经发生了,我早已亲眼见证了这一切。我们现在当然可以回去,把我们自己的经历附在商族广播的内容上面,尽力劝说人们离开太阳系。可大部分人都不会听的,而我们能做的仅限于此。最后的结局是无法避免的。"

可是瓦法不肯接受这一切。丽洛端详了她片刻,然后合上双眼,在记忆里搜寻着瓦法的未来。她知道瓦法将会脱胎换骨,最终突破自己的极限。她真是特威德的小孩吗?丽洛隐约记得瓦法后来亲口承认了,可她对将来的事情已经不敢确认了。有太多的零碎片段,拼凑起来却不能成为一幅完整的画面。不过有一点是肯定的,瓦法心里已经出现了一丝怀疑：她不知道自己给老板卖命时，到底做得够不够好。戴安娜的故事对每个人都造成了很大的冲击，其中瓦法所受震撼最深。以前在她心里，入侵者只是纸上谈兵式的目标。而现在，她第一次把他们看成真真切切的敌人。

不过，目前瓦法依然对大老板死心塌地。她还不知道特威德已经开始逃亡，而迫使他逃离月球的正是另外一个"丽洛－华夏"组合。现在告诉她真相有害无益，还是以后再看吧。

众人还在七嘴八舌地说个不休，可丽洛并没有认真听。她目不转睛地盯着另一个自己——她的克隆人，而克隆人也在看着她。

"我记得马克尔。"丽洛轻声说道。

"我也记得标枪特别苗条的时候。"戴安娜微微一笑，丽洛也笑了，"我还记得'复仇星'撞击木卫八，还有被瓦法杀死了好几次。"

"来我房间吧。"丽洛说道。

两人在丽洛的舱房里面对面坐下，久久不说话。太阳房继续传来嗡嗡嗡的人声，就像苍蝇那么烦人。那三个家伙还在讨论过去几个小时里发生的事情，可丽洛觉得那些事情其实都不值一提了。刚才她惊鸿一瞥般窥见了过去与未来，这种超验的感觉依然残存在她的心里。丽洛知道自己前方还有漫长的一生，只是很多细节本来就模糊，现在更是渐渐淡化了。

"那些记忆正在消失，对吧？"戴安娜说道。

"对。我现在还记得你过去的一些高光时刻，还有另一些……不行，越说越乱了，是吧？"

戴安娜微笑起来。"未来的事情我记得并不多。"她说道。

"只是有这样一个印象：我俩还有很长一段路要走。"

"是的。"

她们又陷入了沉默。丽洛感觉有些事情还没讲，却也不着急，因为该说的话始终还是会说出来的。她瞥了一眼戴安娜手中的银色立方体——好像也没什么特别的。

"我能瞧瞧吗？"

戴安娜低头一看，似乎忘记了那东西还在自己手里。随后她一把抛给了丽洛。

立方体从戴安娜手里飞出来，速度不断变慢，过了一米左右，终于停在了两人正中间。在无重力环境下，立方体本应一直向前飞，直到撞上什么东西才能停下来，丽洛实在想不出有什么外力能使它减速。不过它确实就这样悬浮在半空，一动不动了。

丽洛伸手握住拿了过来，同时感到一阵轻微的阻力。那东西似乎更趋向于保持静止不动的状态，但也并没有过多顽抗。

"我在想，这东西到底能干什么呢？"丽洛说道。

"你觉得我们应该拿来瞎折腾一下吗？"

丽洛把它端在眼前仔细观察起来。她觉得立方体一侧的颜色好像有点不一样，于是用大拇指的指甲去刮了一下，"我不会乱来的，我只是想……"

突然，立方体竟然展开了。

该怎么形容呢？这里的所谓"展开"，并不是四个侧面分离或者翻开，而是较小的立方体经过分拆和重新组合，转化成较大的立方体。最后，当它静止下来时，丽洛觉得那是叠在一起的八个小立方体，感觉摇摇欲坠。再仔细一看，原来是一个超立方体。丽洛吓了一跳，连忙把手缩回来。那东西依然是一动不动地浮在空中。

"呃……我现在应该怎么做？"

戴安娜绕着超立方体缓缓转圈，伸长了脖子把脑袋凑上前仔细观察，同时刻意不碰它。

"你觉得我们能把它恢复原状吗？"

于是丽洛再次伸手去抓。那个超立方体的状态显然很不稳定,在丽洛的手碰到的一刹那,它马上动了起来,重新变回一个简单的立方体。不过,这次它的边长变成了十厘米,体积也成了原来的八倍。

"我刚才差点就看出它到底是怎么变化的。"戴安娜一边说一边拿起立方体。可她还没做什么,那个立方体就又开始动了,而这一次是向内折叠……最后,它变成了两个边长五厘米的立方体。

"我们还是把这问题留给数学家去解决吧。"戴安娜说完,小心翼翼地把两个立方体放在身旁的床铺上。

"如果我们会用了,标枪在回程上就能节省很多燃料。"

"嗯,这个,我觉得我们还是应该先问问她。"

戴安娜看着丽洛,然后望向别处,目光却不由自主地又回到了丽洛脸上,"我……关于我们俩的未来……那些细节变得越来越模糊了。"

"是吧?"

"可是我有……这个,你的记忆和我一样吗?我记得你和我……总是在一起的。从现在开始,我做的大部分事情,你也有参与其中。"

"是的。"丽洛此刻感到更加安心了。她本来就相信自己的记忆不会错,现在听到戴安娜亲口确认,当然是最好不过。到了这时,她脑子里关于未来的记忆已经所剩无几。她越是去回忆,记忆中的内容就越像梦境般消散、淡化,最终变成一个个模糊的印象,而不再像记忆了。经过大浪淘沙,残留下来的记忆片段虽然都很真实,也很生动,却又像在电影画面里插播的闪帧,抑或一幅大拼图中的一些零星碎片。

她看见蓝色太阳下的一片树林,这是一百年后的一幕,而戴安娜也在那里陪伴着她。

"我还在想,那颗太阳到底位于哪个星系呢?"戴安娜问道,然后两人一起哈哈大笑起来,"我们亲自去看个究竟,岂不有趣?"

No.26

The Ophiuchi Hotline

我们会发现一些人。我们都认识的熟人。

旧地球历 581 年
丽洛·亚历珊德拉·卡吕菩索

航程到了这个阶段,想在天空中看见太阳已经很难——更何况丽洛此刻正位于木卫八的背面,更是看不到了。他们在几周前便完成了飞行状态的转换,如今正在减速当中。半人马座的南门二星就在他们下方。

丽洛建了一个太阳花植物园,不过这地方挺难管理的,她花了挺长一段时间才总算适应过来。要照料园里的植物,她必须依靠一些狭窄的栈道,而这些栈道是从地面倒悬下来的,所以她就像行走在一块巨大石壁下面。只要一低头,她就能透过栈道的网格看见脚下的亿万繁星。

园里的植物排成三个同心圆,圆心是一个巨大的银碗,碗里的清零力场正是用来固定黑洞的。虽然隔了一段距离,可丽洛还是能清楚地看见这个由三根巨柱支撑起来的大碗。这三根柱子是无形的,她只能看见三个巨大的基座——那是生成支柱的设备。大碗的开口朝下,正对着南门二,强烈的白光无声无息地从碗口喷射出来,生成了 0.05g 的负加速度。

丽洛沿着栈道往前走,她身上系着一根安全绳,绳子的另一头绑在她头顶的一根缆线上。木卫八的引力非常小,如果她不小心失足,下一个能落脚的地方会是在两光年之外。

太阳花并不是一种新发明,其设计灵感源自前沦陷时代地球上的一种植物:向日葵。太阳花是一个直径三米的碟状圆盘,其中心有团白热状态的结瘤。圆盘能够将能量聚焦到这个结瘤上,而光合作用正是在这里进行的。太阳花的块根外壳虽然很硬,里面却又软又甜,口味有点像菠萝。

每株太阳花都是倒长的。它们深深扎根在头上的地里,有根粗杆子垂下来,圆盘形的花朵就挂在杆子的末端。收割时,丽洛先把一个很大的金属盘子挂在栈道的钩子上,然后才开始挖。太阳花的块根会跌入盘里，一同掉下来的还有许多石子和新泥。丽洛突然想到，这种仰头的劳作方式跟传统的弯腰耕作正好相反——前者累了胳膊和肩膀，后者伤的是腰身。

她坐下来歇息，双腿轻轻地摇晃着，下方就是无垠的太空。突然，一件奇怪的事情发生了：她一生的经历突然在眼前闪过。而且她看到的并不是从出生到死亡的单一过程，而是一个多线程的复杂整体。她看到了自己在不同生命线上经历的种种磨难和痛苦，还有许多次惨死。然而……

"你没事吧，丽洛？"

"什么？"她抬头一看，"你来多久了？"

"几分钟吧。"卡斯回答。如今他已经长成大小伙子了，在许多方面跟他老爸都很相像，"我打招呼你也没答应。你没事吧？"

"噢，我没事。"在刚才那辉煌的一瞬间里，那些画面如同一幅壮丽的画卷，完整地展现在丽洛眼前，可惜此刻已经开始消失了。丽洛很想把这幅画卷永远留在心里，可惜已经超出了她思维的承受范围。丽洛感觉那两位还在世上的姊妹正在离她而去，不过她也知道，这只是暂时的。

卡斯在她身边坐下来，低头看着双脚。

"你觉得我们到了那里会发现什么呢？"他问道。

"什么？"那些片段已经全部消失了，她又变回了原来的自己。那一切真的发生过吗？可丽洛真切地记得，她确实窥见了未来。

"我们到了那里之后会发现什么呢？我是说南门二。"

"我们会发现一些人。"丽洛说道，"我们都认识的熟人。"